HEROLAND CAFÉ

PHILIPPE MAIA

HEROLAND CAFÉ

MINOTAURO

Heroland Café
© Almedina, 2024
AUTOR: Philippe Maia

DIRETOR DA ALMEDINA BRASIL: Rodrigo Mentz
EDITOR: Marco Pace
EDITORA DE DESENVOLVIMENTO: Luna Bolina
PRODUTORA EDITORIAL: Erika Alonso
ASSISTENTES EDITORIAIS: Laura Pereira, Patrícia Romero e Tacila da Silva Souza

REVISÃO: Gregory Neres
REVISÃO MÉDICA: Adel Mercadante
FOTO DO AUTOR: Andréa Rocha
DIAGRAMAÇÃO: IO Design
DESIGN DE CAPA: Ademir Leal

ISBN: 9788563920980
Maio, 2024

Heroland Café é marca registrada do autor Philippe Maia.

DADOS INTERNACIONAIS DE CATALOGAÇÃO NA PUBLICAÇÃO (CIP)
(CÂMARA BRASILEIRA DO LIVRO, SP, BRASIL)

Maia, Philippe

Heroland café / Philippe Maia. -- São Paulo :

Minotauro, 2024.

ISBN 978-85-63920-98-0
1. Ficção científica brasileira I. Título.

24-198123   CDD-B869.308762

Índices para catálogo sistemático:
1. Ficção científica : Literatura brasileira B869.308762
Eliane de Freitas Leite - Bibliotecária - CRB 8/8415

Este livro segue as regras do novo Acordo Ortográfico da Língua Portuguesa (1990).

EDITORA: Almedina Brasil
Rua José Maria Lisboa, 860, Conj.131 e 132, Jardim Paulista | 01423-001
São Paulo | Brasil
www.almedina.com.br

ESTA OBRA É CARINHOSAMENTE DEDICADA À minha mãe, Regina; a meu pai, Philippe; à minha irmã, também Regina; a meus tios, e a meus avós maternos e paternos, em especial aos inesquecíveis Zezé e Renato, fonte de muita inspiração para esta história.

Família.
O bem mais precioso que se pode ter.

AGRADECIMENTOS

Adel Mercadante, Ademir Leal, Christina Barreto, Erika Alonso, Marco Pace, Nelson Bohrer, Paulo Soler, Reinaldo Pimenta (*in memoriam*), Rodrigo Mentz e Wendel Bezerra.

SUMÁRIO

DE AVENTURAS, DUBLAGEM E AMIZADE

CARO LEITOR, PERMITA-ME COMPARTILHAR COM você um segredo: por trás das páginas deste livro repleto de aventura e mistério, há uma história tão extraordinária quanto os próprios personagens que habitam suas páginas. E essa história começa com uma amizade que floresceu no fantástico mundo da dublagem e cresceu como uma trama digna dos melhores roteiros de ficção.

Conheci o autor deste livro enquanto nos aventurávamos por mundos imaginários, dando voz a heróis e vilões – da última vez, eu, como Batman, e o Philippe, como Charada –, com a mesma paixão e o mesmo entusiasmo que ele agora canaliza em suas palavras escritas. Desde o momento em que nossos caminhos se cruzaram, eu sabia que estava diante de um talento especial, alguém cuja criatividade e habilidade para tecer histórias cativantes eram verdadeiramente notáveis.

E agora, ao segurar este livro em minhas mãos, vejo o fruto desse talento em toda a sua glória. *Heroland Café* não é apenas uma obra de ficção; é uma ode à imaginação, é uma homenagem aos mundos que habitamos dentro de nossas mentes, e aos laços que nos unem como amigos. A narrativa cria uma imersão incrível, pois o autor consegue descrever perfeitamente os lugares, o clima, os personagens e tudo o mais que permeia a história. Sem mencionar os diversos *easter eggs* e as menções a filmes e a canções dos anos 1980 e 1990, paixão que eu e o autor compartilhamos.

Na trama, somos apresentados a Christian e a Renato, dois personagens cujas vidas se entrelaçam em meio a estranhos e soturnos fenômenos que assolam a cidade do Rio de Janeiro. Enquanto Christian, um produtor de vídeo e ávido fã de quadrinhos, mergulha de cabeça na aventura, Renato traz consigo uma bagagem de experiências e mistérios que acrescentam uma profundidade única à história.

Por meio destas páginas, somos convidados a embarcar em uma jornada repleta de suspense, mistério, ação e viagens no tempo. Uma jornada que nos leva das ruas movimentadas do Rio de Janeiro aos recantos mais sombrios de nossa própria imaginação, de modo a nos tirar o fôlego e não querer mais largar o livro. Ao final dessa jornada, encontramos não apenas uma história bem contada, mas também uma reflexão sobre a força da amizade e a coragem necessária para enfrentar os desafios que a vida nos apresenta.

Então, caro leitor, prepare-se para mergulhar em um mundo de aventura e ficção, onde as sombras escondem segredos tão antigos quanto o próprio tempo. E lembre-se: por trás de cada grande história, há sempre um amigo com uma voz fraterna (e às vezes uma das mais conhecidas do Brasil) pronta para narrar as aventuras mais incríveis.

Wendel Bezerra
Dublador
@wendel_bezerra

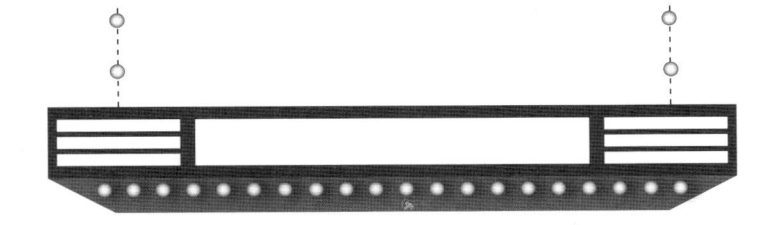

PLAYLIST DE
HEROLAND CAFÉ

WAX	*Right between the eyes*
A-ha	*Take on me (extended version)*
Duran Duran	*Notorious*
Oingo Boingo	*Just another day*
Smiths	*There's a light that never goes out*
RPM	*Rádio pirata*
Capital Inicial	*Música urbana*
Keane	*Spiralling*
Madonna	*True blue*
Propaganda	*Duel*
Linkin Park	*Burn it down*
Madonna	*Papa don't preach*
Ego Trip	*Viagem ao fundo do ego*
Legião Urbana	*Tempo perdido*
Dan Hartman	*I can dream about you*
Hall & Oates	*Out of touch*
Cindy Lauper	*The Goonies 'r' good enough*
Propaganda	*P-Machinery*
Simple Minds	*Alive and kicking*
Sandra	*In the heat of the night (long version)*
Dire Straits	*Walk of life*
A-ha	*You are the one*

HERÓI

ERA UM DIA PERFEITO NO RIO DE JANEIRO: o céu estava claro e os raios solares iluminavam com vigor a cidade, apesar de não estar calor. Uma agradável brisa melhorava o clima e ajudava a compor um cenário ainda mais belo para a família Alves. Stephanie estava prestes a dar à luz no Hospital Maternidade Alexander Fleming, em Marechal Hermes. Seu marido Eric estava dando pulos de alegria, acompanhado por seus pais e sogros. A festa já estava preparada. De madrugada, Stephanie começou a sentir contrações, e a família, de prontidão, já se movimentara para levá-la ao hospital. Ambas as famílias eram trabalhadoras. Não eram pobres, mas batalhavam com alguma dificuldade para manter um certo conforto e uma boa qualidade de vida. Nesses oito meses e três semanas, a chegada do pequeno Lucas foi o elo de união entre todas essas pessoas, e, com muita alegria, povoou os sonhos dos parentes.

Exatamente às sete e cinquenta da manhã, um lindo e bem-disposto bebê veio ao mundo. Ao ver aquele lindo meninos nas mãos do obstetra soltando o choro habitual de um recém-nascido, a emoção tocou o coração de Eric. As imagens foram registradas em vídeo e, em pouco tempo, Lucas estava no berçário, e era admirado por todos através de um gigantesco vidro de observação. Seu pequeno topete virou a atração não só da família, mas de todos os que por ali transitavam.

Cerca de quarenta minutos se passaram e, aos poucos, os familiares foram ficando mais relaxados. Na maior parte do tempo, conversas eram ouvidas, com parentes fazendo planos e combinando comemorações. Naquele momento, a única enfermeira presente no berçário terminou os procedimentos do prontuário e foi chamar uma colega para ficar em seu lugar enquanto saía para beber água e ir ao banheiro.

Eric Alves estava começando a se acalmar após algumas noites mal dormidas, tamanha a expectativa do nascimento. Ele recostou em sua poltrona enquanto fitava seu filho a distância. O sorriso orgulhoso em seu rosto foi gradativamente cessando à medida que uma inevitável soneca se aproximava. Os olhos começavam a fechar e o corpo já ameaçava se ajeitar para o descanso. Estava no limiar entre estar acordado e a fase inicial do sono quando viu uma sombra incomum se formar dentro do berçário, por trás do berço de Lucas. No estado em que estava, levou alguns segundos para ele se dar conta de que a sombra não era lógica com relação à luminosidade do Sol na sala, o que o fez enxugar os olhos areados de sono. Aquilo tinha que ser uma ilusão do cansaço. Mas não era.

Um ímpeto de força em meio ao desespero o fez praticamente se erguer em câmera lenta da poltrona, soltando um guincho quase sem voz de socorro:

— Enfermeira!!!

Naquele instante, a atenção dos outros presentes voltou-se novamente para o berço de Lucas... e todos se tornaram testemunhas de um vulto sombrio que envolvia o berço da criança como uma aura escura. Uma presença maligna e arrepiante. Houve um breve choro do menino. E, depois, silêncio.

A sombra começou a se distanciar e desapareceu misteriosamente em direção à janela. Gritos desesperados foram ouvidos na sala. Mas não se ouviu mais Lucas.

Chris deixou seu corpo acordar naturalmente naquela manhã de sábado, no bairro da Gávea, no Rio de Janeiro. Era por volta de nove e cinquenta da manhã. Não muito tarde, considerando que ele nunca fora adepto de dormir e acordar cedo. Logo percebeu que Melanie, sua noiva, já havia se levantado há não muito tempo. Era dia de folga, e uma tranquilidade absoluta parecia tomar conta de seu espírito naquele momento. Ele não fez nada de muito diferente, apenas o ritual de um sábado sem trabalho: levantou-se, tomou um rápido café com leite gelado junto de Melanie, e os dois foram passear tranquilamente pela rua dos Oitis, em direção à praça Santos Dumont.

Era um dia muito agradável do mês de abril, e os raios de Sol aqueciam os corações. A parada na praça não demorou muito, e, logo em seguida, partiram em direção à rua Marquês de São Vicente, mais precisamente para o Shopping da Gávea. O shopping era um destino habitual do casal, que curtia a caminhada pela agradável região observando as famílias que desfrutavam de um dia tão bonito. Passaram em frente a uma tradicional hamburgueria que abria suas portas naquele momento, enquanto um dos funcionários posicionava o cardápio externo ao som da contagiante canção "Right between the eyes", do WAX.

Fundado em 1975, o Shopping da Gávea sempre foi mais que um simples centro comercial e de compras. Aconchegante, ficou conhecido por sua variedade cultural, dispondo de cinemas e teatros, sempre muito ativos, recebendo espetáculos com artistas consagrados, além de iniciantes. Seu piso original de pedras portuguesas com desenhos geométricos estilizados sempre manteve um toque distinto de nostalgia nos corredores, contribuindo ainda mais para encher o lugar de charme.

Era por volta de onze horas da manhã quando o casal entrou por uma das portas principais e logo cumprimentou um conhecido funcionário do local. Chris disfarçou um pouco e se debruçou no quiosque da floricultura, pegando algo que havia encomendado no dia anterior: um discreto e lindo buquê para sua amada. Ambos estavam vivendo um momento muito especial, talvez a melhor fase que o relacionamento dos dois havia experimentado. Os objetivos se alinhavam, as almas estavam em sintonia e o amor estava no ar.

— Eu quase não consegui disfarçar. Aqui, meu amor... são pra alegrar ainda mais o seu dia!

Melanie retribuiu o gesto com um sorriso tímido, mas pleno de felicidade. Aquele sábado prometia momentos especiais.

— Por que eu continuo me surpreendendo com você? Adorei! Vem, a gente tem muita coisa legal pra fazer!

Os dois se sentaram na praça de alimentação, nas mesas do Chez Anne, para tomar um café expresso e saborear o lendário mil-folhas da premiada delicatéssen. Estavam pensando nos planos para o resto do fim de semana e para os meses que se seguiriam. O casamento era iminente, e aumentar a família viria naturalmente na sequência. Foi quando subitamente algo atraiu a atenção de Christian.

A praça de alimentação não estava lotada, mas havia muitas famílias no ambiente, quase todas com crianças. Uma família em especial chamou sua atenção, composta por uma mãe que aparentava ter uns 35 anos, acompanhada de uma senhora que provavelmente seria a mãe dela, um bebê quase recém-nascido e uma menina de cerca de seis ou sete anos. O bebê estava no carrinho, relativamente bem próximo à mãe.

Com certa rapidez, o cenário começou a ficar um tanto confuso, com pessoas indo e vindo, ocupando e desocupando mesas, à medida que as garçonetes se esgueiravam entre os clientes para tirar os pedidos. Então, a mãe do bebê se cansou da demora e resolveu ir ao balcão, provavelmente para tirar alguma dúvida. De súbito, Chris sentiu um alerta. Algo estranho, incomum. Um verdadeiro frio na espinha. Em uma mesa bem próxima à da família com o bebê, uma mulher de semblante inofensivo mudou da posição em que estava sentada e se inclinou estranhamente para ficar perto do carrinho.

Oportunista como uma ave de rapina, de forma ardilosamente habilidosa, ela sutilmente roubou o bebê durante os poucos segundos de desatenção da avó da criança. Tudo parecia acontecer em câmera lenta, como um verdadeiro pesadelo em preto e branco. Chris observava tudo num estado de transe, quase podendo ouvir os batimentos cardíacos dos envolvidos. Bem-sucedida, a ladra de crianças começava a se distanciar das mesas, das pessoas, das famílias. Discretamente e sem alarde algum, ela marchou na ponta dos pés em direção à saída.

Faltava muito pouco. A mulher já começava a se sentir vitoriosa e livre, próxima à saída para a rua, sabendo que dificilmente seria encontrada depois. Então cruzou os últimos metros do corredor principal até Christian atingi-la de forma certeira! Um mergulho direto nas pernas da criminosa. Uma presença de espírito fora do normal e um reflexo incomum ainda permitiram que ele agarrasse o bebê, colocando-o sobre o balcão de um quiosque enquanto imobilizava a ladra. Naquele momento, começava a chover gente. A mãe, desesperada, já estava lá, assim como outros que posteriormente perceberam a ocorrência e já auxiliavam o rapaz em seu ato de bravura. O rapto da criança havia sido evitado. Surgia ali um novo herói.

CAPÍTULO 2

UM NOVO AMIGO E SEU INCRÍVEL EMPREENDIMENTO

CLÍNICA PERINATAL, NO BAIRRO DA BARRA DA Tijuca. Uma casa de saúde de alto padrão, famosa por prestar excelentes serviços à elite da região. Já é domingo, e Nicholas, filho de Bruno e Laura, é aguardado efusivamente pela família Faber. Esse é o primeiro bebê do casal. O pai, um jovem engenheiro espacial, estava prestes a ser transferido para a Embraer, em São José dos Campos. A mãe, uma jovial arquiteta e designer de interiores com certa influência no meio, especialmente no bairro onde vivem. As numerosas famílias estavam ali em peso, ambas tradicionalíssimas.

Nicholas finalmente vem ao mundo, precisamente às catorze horas e cinquenta e três minutos. Um bebê saudável, que já nascia demonstrando vibração e muita disposição. Um sorriso leve, típico de um recém-nascido, destaca-se em seu delicado rosto. Laura recebe seu lindo filho nos braços, e não consegue conter a emoção. Seu marido a beija carinhosamente na testa, transbordando de felicidade. Pouco tempo depois, o enfermeiro já encaminha Nicholas para o berçário.

— Ei, rapaz, cuide direitinho do meu sobrinho, ouviu? Ele é o sonho desse casal que amamos tanto!

— Eliane, não se preocupe, está tudo bem! Os funcionários são maravilhosos. O neto da minha sócia na empresa nasceu aqui há uns dois meses. Só ouvi elogios! E sei que o meu neto vai sair muito bem deste hospital nos braços da minha filhona!

— Mas nunca se sabe, Nelson! Pedir uma atenção especial nunca é demais! Concorda comigo, Sandra? Vai, fala pro seu marido!

— Gente, agora nós temos é que comemorar!

Todos se cumprimentam, e a alegria une as famílias. Nelson se desliga do grupo por alguns segundos e retorna com uma garrafa do champanhe Moet Chandon Imperial. Começam os brindes pela chegada de Nicholas! O clima é de perfeita harmonia, e o sentimento de realização preenche os corações de todos. Finalmente os parentes se despedem, e Laura tem uma noite agradável de sono.

Como tudo corre dentro do esperado e todos os seus exames estão ótimos, sua saída da maternidade é programada para o dia seguinte. De manhã, Nelson e Sandra (pais de Laura) já estão a postos para levar a filha e o netinho para a casa. Ainda no quarto, o casal veste a primeira roupinha do nenê, um macacão com temas de super-herói que há muito tempo estava reservado para aquele momento.

Logo que a papelada da alta fica pronta, o casal desce para encontrar com os pais de Laura. Nelson está tomando um café na recepção, e oferece um cappuccino a seu genro. Laura e Sandra admiram o bebê e, por um instante, o colocam no carrinho. Bruno está terminando seu café e prestes a assinar as últimas guias do plano de saúde quando uma queda de energia toma conta de todo o andar do hospital. Por mais high-tech e eficiente que seja, o sistema de energia não retorna imediatamente. Ninguém se assusta com a quase completa escuridão, mas algo incomum acontece. Conversando com sua mãe, Laura gira o pescoço de volta para o carrinho em que seu filho está.

Subitamente, um véu de sombra se materializa ao redor da criança, com uma energia repulsiva que mantém Laura inerte e estagnada por alguns segundos. Ela percebe o perigo, mas não tem forças para gritar, nem pedir ajuda. Em poucos segundos, os familiares se dão conta de que há algo errado e assustador acontecendo ali. A sombra tem um abominável formato humanoide, e um cheiro ácido emana de sua presença. Ela parece sussurrar algo junto ao rosto do pequeno Nicholas. Bruno consegue ser mais rápido que os outros em detectar o perigo e salta em direção a seu filho, no exato segundo em que a luz retorna ao ambiente. Em vão. Ele desfere um golpe na figura sombria, mas naquele instante ela já não estava mais ali. Seu soco atinge o vazio e ele cai, tamanha a força que utilizou. Todos respiram fundo e se acalmam, pois o primogênito da família continuava ali, em seu carrinho.

— Pai!!! Bruno!!! Vocês viram isso? Tinha alguma coisa aqui! Meu filho!

— Calma, Laura! Eu vi! Já passou! Nicholas, meu filho! – a princípio, Bruno parece aliviado. Mas o terror não demora a dominá-lo.
— Pessoal, ele não se mexe!

— Enfermeira! Alguém nos ajude! Nosso filho está imóvel!
— Um médico, por favor! Socorro!!!
Desespero. Nicholas continuava vivo. Mas não se mexia mais.

Em seu dia de folga, lá estava Christian de volta ao local do "quase" crime, felizmente evitado por ele. Na pequena loja de revistas do Shopping da Gávea, estava mergulhado na prateleira de lançamentos de quadrinhos. O dono do estabelecimento, que já o conhecia há anos, tinha acabado de sinalizar que uma edição que ele há muito tempo aguardava havia acabado de chegar. Foi quando o rapaz ouviu alguém falar por trás de seu pescoço:

— Olhe, eu não sou brasileiro, mas na minha terra natal isso fez muito sucesso. *Marvel Especial número 2*, lançado aqui no Brasil em dezembro de 1986. Mas, na verdade, é um relançamento das histórias originais de *The Spectacular Spider-Man*, dos anos 1960. Oh céus... eu sempre me comovo ao lembrar da morte da pobre Gwen Stacy. Peter realmente amava aquela garota... Ah! Perdoe--me! Sempre me distraio com essas coisas! Prazer, eu sou Renato Singer! Empresário, arquiteto, professor e admirador de artes e quadrinhos, entre outras atividades.

— Prazer, eu sou...

— Sim, eu já sei quem você é! Christian! O rapaz que evitou o sequestro do bebê! Parece que temos um herói de verdade aqui! Desculpe a intromissão, mas não pude deixar de cumprimentá-lo. Sou norte-americano, e estou envolvido com os últimos preparativos para o lançamento do meu empreendimento, bem próximo daqui.

— Puxa, muito interessante... então o senhor também aprecia quadrinhos?

— Meu jovem, digamos que venho apreciando várias ramificações da cultura pop há muito mais tempo do que você pode imaginar – disse o simpático senhor, com um sorriso de ternura em seu rosto.

— Já vi que temos algo em comum. Aliás, o seu rosto de certa forma me é familiar...

— Deve ser impressão sua, afinal, mesmo tendo trabalhado no Rio de Janeiro décadas atrás, só tratei de meu retorno para cá muito recentemente. Quando morei aqui você nem era nascido. Mas, como disse, estou prestes a inaugurar meu próprio negócio neste bairro muito em breve. E ainda estou dando umas escorregadas no idioma. Por favor, não repare.

— Ora, reparar no quê? Parece que o senhor viveu aqui a vida inteira.

— Aqueles dias já estão bem distantes – disse ele, sorrindo. — Seu ato ao salvar aquela criança de um sequestro foi muito nobre. Realmente, separar um filho dos pais desta forma é imperdoável. Como se sentiu ao realizar algo tão admirável?

— Posso garantir ao senhor que faria aquilo quantas vezes fossem necessárias. Ainda não tenho filhos, mas minha noiva e eu pretendemos ter nossa própria família em breve.

— Fascinante, meu jovem – neste momento, Renato Singer encarava Christian com um olhar sereno de admiração. Seu semblante transmitia calma e um magnetismo fora do comum. E Christian podia sentir uma vibração de bondade emanando do distinto cavalheiro.

— Como uma demonstração do meu respeito e admiração a você, meu novo amigo, vou lhe fazer um convite: por que não me acompanha em uma visita ao estabelecimento que irei inaugurar em poucos dias? Creio que vai gostar do que vai ver. Seria formidável mostrar a você em primeira mão. E estou mesmo precisando fazer um primeiro teste. Você será o nosso primeiro visitante.

— Nossa, fico lisonjeado com o convite. Ainda tenho algumas coisas pra fazer, mas... quer saber? Convite aceito. Não é toda hora que se conhece um novo amigo dessa forma. Vamos lá!

— Acaba de me deixar muito feliz, Christian. Tenho certeza de que esse será apenas o primeiro passo para algo fabuloso.

UMA RELÍQUIA ESCONDIDA

CHRISTIAN E O SR. RENATO SINGER DEIXARAM o shopping pela porta principal e seguiram em direção ao Baixo Gávea. Os dois foram conversando animadamente pelo bairro enquanto percorriam um pequeno trajeto. Passaram em frente à conhecida loja de discos Tracks, pelos bares em frente à praça Santos Dumont e logo estavam em frente ao restaurante Guimas, verdadeira instituição da região.

— Já estamos quase lá. Eu disse a você que era bem próximo.

Os dois viraram na rua Major Rubens Vaz e, pouco tempo depois, chegaram a uma travessa.

— Engraçado, moro aqui perto faz algum tempo, mas nunca havia percebido que essa rua existia. Que lugar agradável! Rua... Monroe? Curioso!

Nesse instante, Christian observava a placa com o nome da rua fincada na esquina, ao tradicional estilo urbanístico do Rio de Janeiro: um retângulo predominantemente azul-marinho, com rodapé branco. A placa parecia nova e recém-instalada.

— Bons olhos, rapaz! Eu concordo com você, e nossos *shareholders* também. Esse local foi escolhido a dedo. Bom, estamos chegando.

Em poucos instantes, os dois ficaram frente a frente com uma construção notável. Uma espécie de cinema antigo com letreiro luminoso, erguido em uma casa nobre de arquitetura eduardiana. Uma fachada nada comum para os padrões históricos do Rio de Janeiro, que parecia já estar estabelecida ali há um bom tempo. Não era uma propriedade gigantesca, mas os dois pareciam pequenos perto dela. Como nos velhos cinemas norte-americanos, havia uma cabine externa de bilheteria, símbolo do glamour de tempos antigos e gloriosos.

— Como prometido, cá estamos! Vamos entrando!

— Que lugar incrível! Como é possível que isso esteja aqui e ninguém tenha visto?

— Meu rapaz, tomamos as providências para isso não acontecer! Afinal, "o segredo é a alma do negócio", você conhece o ditado! Repare bem nessa incrível réplica. Usei material proveniente de várias outras unidades da nossa Companhia. Aqui temos peças do Missouri, Montana, Ohio, Colorado, Nebraska... e a cereja do bolo: trouxe emprestado por uns tempos o projetor de nosso cinema em Astoria, no Oregon. Foi uma doação da família Walsh, em 1986. Ah, aquele lugar me traz boas memórias!

Renato fez um gesto polido para que Christian tomasse à frente, e logo os dois passaram a cabine pela lateral. Esta seria a passagem de entrada para o público visitar o que quer que estivesse surgindo ali. Christian estava ao mesmo tempo maravilhado e intrigado com o fascinante local que estava conhecendo. Prestava atenção em tudo. Próximo à bilheteria, logo na entrada, pôsteres raríssimos de filmes clássicos se misturavam com outros das mais diversas eras da sétima arte, exibidos em molduras douradas com lâmpadas. Então, Renato e Christian seguiram por um portal e chegaram ao hall de entrada.

De um lado, via-se um tradicional balcão de bar americano, com assentos de almofada redondos, ornamentos de metal dourado clássico nos acabamentos e uma infinidade de bebidas, as mais sofisticadas possíveis. Havia, também, ali, máquinas de sorvete, milk-shake e soda. Do lado oposto, vários displays temáticos com figuras de ação e estátuas de heróis e outros ícones marcantes da cultura pop, além de mais pôsteres de filmes de ação, aventura e ficção, e de grandes astros da música. Tudo aquilo era um verdadeiro deleite para Christian, que imediatamente reconheceu figuras de quadrinhos como *O cavaleiro da Lua, Micronautas, Esquadrão Atari, Rom – o cavaleiro do espaço* e muito mais.

Uma estátua em tamanho real do personagem Hank – o arqueiro, de *Caverna do dragão* –, e outra do heroico Capitão Apollo do antigo seriado *Battlestar Galactica*, pareciam posar como verdadeiros guarda-costas do lugar. Christian estava em meio a uma combinação decorativa perfeita entre um museu da cultura pop e um sofisticado bar de estilo clássico, com um leve toque de modernidade.

— Newman! Música!

Atendendo ao comando do sr. Renato Singer, a batida e os acordes de uma familiar canção começaram a ecoar no ambiente. Em uma fração de segundos, Christian reconheceu o falsete inconfundível de Morten Harket na versão estendida de "Take on me", do A-ha, sua banda preferida. O jovem começava a se sentir mais e mais atraído pelo que via e sentia ali, e não disfarçou o sorriso. Foi quando Renato colocou a mão sobre seu ombro.

— Seja muito bem-vindo... ao Heroland Café! Sua presença aqui é uma honra e uma satisfação para mim!

O elegante e distinto senhor norte-americano se comunicava de um jeito cativante e carinhoso, transmitindo bondade e uma aura de paz, compartilhando uma serenidade magnética com o jovem.

— Sr. Renato, eu agradeço muito por ter me trazido aqui antes de abrir para o público. Isso é um verdadeiro sonho! Que coleção incrível o senhor tem! O que é esse lugar exatamente? Um museu? Cinema? Uma loja de quadrinhos?

Com o cativante e sereno sorriso habitual, ele respondeu:

— Meu filho, na verdade é um pouco de tudo isso: um clube, loja de colecionáveis, museu, centro cultural, bar. Este lugar está repleto de histórias. É um monumento aos grandes heróis de todos os tempos. Senti algo bom em você, por isso a sua presença é tão importante aqui. Deixe-me apresentá-lo. Este é Newman, meu fiel barman.

Um homem de cerca de cinquenta anos, vestido como um crupiê, debruçou-se no balcão do bar e fez uma saudação amistosa.

— Olá, garoto, muito prazer! O que posso te oferecer?

— O prazer é todo meu! Hum... confesso que tô de olho nessa máquina de milk-shake. Os antigos *diners* americanos sempre foram o meu fraco. Por acaso você faz Vaca Preta?

— He he he... veio ao lugar certo! Essa é minha especialidade! Saindo uma Vaca Preta!

Com muita habilidade, Newman preparou com maestria a mistura de refrigerante de cola e sorvete de creme. E completou com um ingrediente secreto, dando um toque ainda mais saboroso à clássica bebida.

— É todo seu, garoto! O que acha?

Christian sentiu um sabor incrível. O gosto da infância estava de volta à sua boca. Apenas pelo hall de entrada, já podia sentir que aquele lugar era especial. Renato Singer o observava, com seus brilhantes olhos azuis generosos.

— Muito bem, vamos continuar o nosso tour! Venha, pode trazer sua bebida. Estamos apenas começando. Até logo, Newman!

Renato e Christian saíram do hall e chegaram a uma antessala neoclássica, extremamente elegante. Havia um tapete vermelho guiando todo o caminho. Dois móveis simétricos com espelhos permeavam o ambiente. De um lado, as paredes eram decoradas com quadros com as mais belas molduras que Christian já tinha visto.

Aparentemente eram pinturas, retratações de personalidades com alguma importância. Do outro lado, havia placas condecorativas e comemorativas. Não houve tempo para que ele examinasse mais atentamente, mas pôde ver condecorações da Força Aérea Americana, da Royal Air Force Britânica, da Patrulha Rodoviária da Califórnia e da Força Aérea Brasileira. E uma placa em destaque acabou lhe chamando a atenção. Havia um brasão central com a águia americana, ladeado por dois brasões menores e a inscrição: "*Singer Souvenir of the Louisiana Purchase Exposition. AD 1904*". Guardou aquilo em sua memória e prosseguiu. Esta antessala possuía ligação com outros cômodos, mas o tapete vermelho dava direto para um portal onde havia cortinas abertas para um salão.

— Não podia ser melhor, estamos bem na hora! Ele já vai entrar!

Renato deu um passo e, em seguida, ambos já estavam no amplo salão com mesas e cadeiras decoradas e belos vitrais com vista para um lindo jardim de inverno. Nele, havia um imponente palco, de tamanho considerável. Delicadas e sofisticadas cortinas ajudavam a reduzir de forma agradável a luz no ambiente. Luminárias se encarregavam de dar o toque final de meia-luz em cada mesa. Um piano branco de cauda, do célebre fabricante Steinway & Sons, pronto para ser tocado, repousava no canto do salão.

Christian observava com admiração o elegante instrumento musical. Certamente seu dono o tinha em perfeito estado, tamanha a limpeza da valiosa peça. Não havia uma imperfeição sequer, e sua textura reluzia. A momentânea concentração de Christian foi subitamente quebrada por uma voz de tom incomum, aveludada, que praticamente sussurrou em seu ouvido.

— Seja bem-vindo, amigo! Prazer em conhecê-lo!

Um homem alto, esguio, e de *smoking* preto tinha acabado de surgir ao seu lado. Christian se assustou, e custou a compreender o que havia acontecido. O homem parecia ter acabado de sair de dentro de um espelho veneziano de corpo inteiro.

— Christian, quero apresentá-lo a uma de minhas principais atrações, e um de meus homens da mais extrema confiança. Este é o Grande Romanelli!

— Puxa, é um prazer te conhecer também, mas... como você fez isso? Eu estava prestando atenção... e não havia nada no espelho. Como você saiu de lá?

— A arte do ilusionismo é algo fascinante, não é? Porém, ainda preciso aperfeiçoar alguns detalhes. Números bem mais interessantes estarão no meu espetáculo de terça-feira à tarde. Me dará a honra de contar com a sua presença?

— Como posso dizer não a um convite desses? Estarei aqui, sim!

— Serve como um incentivo ainda maior para mim. Até amanhã, então!

O homem se despediu com uma reverência educada, porém antiquada. E, em seguida, deu uma piscada de olho. Havia algo incomum em seu comportamento.

— Meu caro Christian, creio que já tomei muito do seu tempo por hoje. Não tenho como agradecer a sua visita, mas reforço o convite do Romanelli. Consegue estar aqui novamente na terça, por volta das dezessete e trinta? Garanto que não vai se arrepender. E poderei lhe mostrar os outros ambientes do nosso Heroland Café. O que me diz?

— Bom, deixa eu pensar numa coisa... acho que consigo, se começar mais cedo no trabalho. Tudo bem, podem contar comigo! – disse ele, com um sorriso verdadeiro no rosto.

— Formidável! Venha, vou acompanhá-lo até a rua!

Assim, eles se despediram, sabendo que um novo encontro estava bastante próximo.

CAPÍTULO 4

MELANIE & CHRISTIAN

CHRISTIAN ERA FORMADO EM JORNALISMO, mas enveredou pela área da televisão e acabou se especializando em roteirização. Prestava serviços a uma produtora bem ativa na cidade, também situada na região onde morava. Melanie tinha cursado direito, e era advogada da área trabalhista em um escritório no centro do Rio de Janeiro. A semana que se iniciava prometia ser cheia. Ele tinha projetos importantes para finalizar, com prazos apertados. Ela estava com cada espaço de sua agenda preenchida, com uma verdadeira avalanche de audiências marcadas. O último ano havia sido um período de mudanças avassaladoras para o jovem casal.

Christian e Melanie foram apresentados por um amigo em comum, Erik. Ele havia estudado com Melanie no Colégio Rio de Janeiro, e conhecia Christian do grupo de jovens membros de bandas de pop rock daquela área da zona sul. A primeira vez que se viram foi inesquecível: Erik, Melanie e outros amigos estavam na fila para entrar numa festa de rock quando Christian chegou, atrasado. Ao descer do táxi, seus olhos se cruzaram instintivamente com os lindos olhos cor de mel de Melanie. Christian deu um abraço no velho amigo que, em seguida, o apresentou à moça e aos outros do grupo. Curtiram muito a festa e depois entraram pela madrugada lanchando em um conhecido estabelecimento boêmio. O abraço que trocaram ao final foi simplesmente mágico e confortante.

— Foi um prazer conhecer você... – disse ela, com um sorriso tímido irresistível ao se despedirem.

Aquele tinha sido o primeiro toque, o primeiro gesto de carinho de laços que dificilmente seriam desfeitos.

Nos dias que se seguiram, mais encontros do grupo de amigos se sucederam até que, em uma das animadas festas, a atmosfera conspirou para que os dois consolidassem o que vinham descontraidamente construindo. Naquela noite, seus olhares se fixaram desde o momento em que se encontraram. Ambos estavam com suas amizades mais próximas. Mas naquele momento se viram hipnotizados com o carisma um do outro. Brindaram, dançaram, conversaram. A trilha sonora caprichada pelo DJ era mais um ingrediente para aumentar o furor do que já transbordava no coração dos dois jovens. Sinais de neon piscavam nas paredes da casa de festas ao som de bandas como Keane, Duran Duran, The Smiths, Simple Minds, Oingo Boingo, RPM, Legião Urbana, Capital Inicial, Roupa Nova e muitas outras.

O tempo passava, e a fascinação mútua acelerava seus corações, mas de certa forma também os deixava tímidos. Até que Christian a puxou pelo braço e a levou para a varanda mais próxima. Nada mais se disse. Um beijo de alma foi dado pelo casal, e o mundo parou. O perfume perfeito, a música perfeita... e lábios que se encaixaram como sendo de verdadeiras almas gêmeas. Aquele foi certamente um dos melhores momentos de suas vidas.

Oficializaram o namoro pouco tempo depois e, a cada vez que estavam juntos, olhavam fundo dentro do olho um do outro para tentar entender de onde vinha algo tão forte. Fizeram muitos passeios juntos e descobriram, também, muitas coisas juntos. Como é impossível deixar de ser, algumas dificuldades também surgiram, mas o verdadeiro sentimento que tinham um pelo outro fez com que superassem os problemas.

Melanie e Christian não deixavam de lado suas individualidades, eram equivalentes intelectualmente e tinham um senso de humor afinado. Maratonavam séries policiais, e eram apaixonados por café e cafeterias em geral. Já possuíam sobrinhos pelo lado dele, e isso proporcionou tardes de sábado muito animadas no cinema. Após alguns relacionamentos não consumados de ambas as partes, os dois pareciam caminhar em direção a um horizonte de felicidade duradoura. Surgiram algumas viagens curtas, até conseguirem juntar dinheiro, e com um ano de namoro decidiram comemorar viajando pela Califórnia. Ele já havia visitado San Francisco em uma viagem quando garoto com sua família, e ela já conhecia Los Angeles, pois na infância já tinha morado uns poucos meses com os pais e o irmão na capital do cinema. E a primeira parada foi justamente em "LA".

Visitaram a Universal, a Disney de Anaheim, pegaram sol em Santa Monica e em Venice e partiram finalmente para o norte do estado. A sequência da inesquecível *road trip* levou Christian e Melanie à magnífica Carmel, uma belíssima cidade à beira-mar. Lá, o rapaz realizou um grande sonho: visitou a vinícola do genial compositor de trilhas cinematográficas Alan Silvestri. O casal deu tanta sorte que conseguiu fazer a visita em um dia em que o próprio Alan estava presente. Uma foto com o grande ídolo na loja de vinhos foi mais uma valiosa lembrança que Melanie e Christian levariam desses momentos tão especiais.

Em seguida, foram para Napa Valley e fizeram um tour indescritível pela Stag's Leap Wine Cellars, provando o melhor Cabernet Sauvignon de suas vidas! O clima entre os dois era leve e apaixonante, mas o melhor ainda estava por vir. Estavam prestes a passar os últimos dias da viagem em San Francisco, cidade que Christian dominava e para onde já tinha traçado um roteiro cheio de surpresas. Hospedados no fabuloso San Francisco Marriott Marquis próximo à Market Street, eles passearam por Sausalito, viram o pôr do sol cinematográfico do Pier 39 e andaram de mãos dadas até a fábrica de chocolates Ghirardelli.

Curtiram os encantadores bares, restaurantes e happy hours da cidade. Faltavam duas noites para virem embora quando saíram para jantar a pé. Subiram a Powell Street até a Union Square, onde ainda fariam compras pequenas na Macy's. A parada final da noite foi no último andar da loja de departamentos, com um jantar muito charmoso e agradável na varanda da The Cheesecake Factory. O restaurante por si só já era muito jovem e atrativo, com uma combinação de decoração moderna e elementos egípcios. Mas o melhor daquele lugar era a varanda ampla com mesas com vista para a Union Square. E foi lá que os dois sentaram à luz de velas para o ápice da aventura californiana.

— Meus pés tão me matando! Mas nem ligo... essa cidade é perfeita! É muito bom estar aqui com você!

— Acho que acertamos em cheio com tudo até agora. Eu te falei que este lugar é incrível.

— Puxa... fico pensando... se um dia tivermos a nossa casa, se ela ao menos se parecer um pouquinho com o nosso hotel...

— Pena que tá acabando, né? Mas tudo *sempre* pode ficar ainda melhor!

Ao terminar a frase, Christian piscou para o simpático garçom que passava entre as mesas. Melanie deu um suspiro de satisfação com um sorriso no rosto, apreciando a linda vista noturna da bela e iluminada praça abaixo deles. Quando voltou o rosto para a mesa, teve uma grande surpresa.

— Meu amor...não consegui encontrar momento mais perfeito que esse. Aqui, sob os céus estrelados da Califórnia... neste lugar tão especial... você quer casar comigo?

Melanie olhava incrédula para as mãos do até então namorado, com o coração disparado. Um lindo anel dourado brilhava nas mãos dele, com uma plateia de garçons e garçonetes radiantes atrás de Christian. Com a expectativa de todo o staff do restaurante e de todos os animados frequentadores presentes, ela se levantou elétrica na cadeira e disse a plenos pulmões:

— *Yes!!! I do!*

Todos aplaudiram efusivamente, e o casal se beijou à luz do luar.

— Sim, meu amor, eu caso com você! Quero sentir o que estou sentindo agora para sempre!

E, assim, o compromisso foi firmado, porém ainda não consumado. De volta aos dias atuais no Rio de Janeiro, Melanie e Christian seguem com o planejamento para o casamento que tanto desejam. No apartamento na Gávea, o coração da jovem moça pulsa cheio de sonhos, preenchido com ansiedade. Antes do expediente e da única audiência do dia, teve uma consulta médica. Seu dia acabou terminando mais cedo do que o esperado, e ela aproveitou para ir à academia. Agora, aguardava a chegada do noivo. Ela deu uma última checada nos e-mails e foi para a janela pensar. Ouviu o barulho da chave, e lá estava Christian. Cansado, mas feliz. Nada como terminarem o dia com um jantar a dois.

— Deu tudo certo hoje, meu amor?

— Uhum... gostou do filé? Esse fui eu que fiz!

— Demais, uma delícia! Mas me fala... tinha consulta hoje, né? Como foi?

— Foi boa, nada demais. E você na produtora?

— Hoje até que foi calmo, mas tem dois projetos grandes pra gente terminar essa semana.

Melanie terminou de comer e se levantou. Ligou o som. A música "True blue", da Madonna, tocava suave nos autofalantes. Ela se distanciou, e foi caminhando para a varanda. Christian também acabou de jantar e, intrigado, foi atrás dela.

— Hum... gostei! A nossa música! A que pedi ao garçom pra tocar na hora do pedido em San Francisco... – ele a abraçava por trás enquanto olhavam a cidade.

— O melhor dia da minha vida. Mas tudo *sempre* pode ficar ainda melhor.

— Ah é? Como assim?

— Meu amor... qual a coisa que você me disse que mais queria na vida?

Christian hesitou...

— Não... é o que eu...? – gaguejou.

— Christian... você vai ser pai!

E ali, mais uma vez em uma varanda, à luz das estrelas... Melanie e Christian foram abençoados.

CAPÍTULO 5

AVANT-PREMIÈRE

DIA CHEIO NA PRODUTORA EM QUE CHRISTIAN trabalha! A principal emissora cliente da empresa mudou o formato de um documentário de responsabilidade dele, e precisavam receber o material finalizado até o fim da tarde. O chefe de Christian tinha plena confiança em seu potencial, mas a pressão da cúpula da diretoria executiva falava mais alto. O prazo precisava ser cumprido a todo custo.

— Chris, é o seguinte: os caras mudaram tudo. Agora eles querem a narrativa em primeira pessoa. Vai ser tudo com os olhos do arqueólogo. As informações, os trajetos, a geografia... tudo permanece. Mas você vai precisar fazer umas alterações severas nesse roteiro. E pelo menos esse episódio a gente tem que resolver hoje. Posso contar contigo?

— Walter, não se preocupa. Menos mal que eles mantiveram o resto. Vai dar um trabalhinho, mas acho que consigo. Aliás, normalmente eu poderia ficar até mais tarde, mas hoje tinha agendado um compromisso com uma importância considerável.

— Olha, o que eu preciso é que você finalize isso HOJE, e que fique satisfatório pra eles. Se conseguir, pode sair até antes.

Christian olhou o relógio e começou a fazer contas de cabeça. Como todo bom profissional, tinha precisa noção do seu rendimento a cada hora de trabalho. Tratou de se abastecer com bastante café e foi à luta. Marcou os pontos necessários e começou a série de mudanças no script. As horas começaram a passar, e logo viu que o processo seria um pouco mais longo do que havia imaginado. Suprimiu o almoço e comeu apenas um sanduíche de filé com queijo num bar próximo e retornou para consolidar o trabalho.

Exatamente às dezessete horas e sete minutos ele terminou o roteiro e apresentou ao chefe. Com o aval da emissora, ele estava liberado. Deixou a produtora e caminhou a pé em direção à rua Monroe. Estava em cima da hora para a apresentação do Grande Romanelli e ele não queria deixar furo, nem causar uma má impressão ao seu novo amigo Renato Singer. Apressou o passo e marchou pela rua Marquês de São Vicente, passando em frente ao Shopping da Gávea. Naquele fim de tarde o movimento era intenso e as luzes da fachada do shopping já iluminavam e animavam a calçada no bairro. Apressou o passo, e precisamente às dezessete horas e vinte minutos chegou ao endereço recém-descoberto. Ao se aproximar da cabine da bilheteria, percebeu que agora ela estava acesa e ocupada por uma moça de cerca de trinta e cinco anos, loira, e com a charmosa aparência de uma *pin-up*.

— Olá, boa noite. Eu sou Stacy, como posso ajudar? – disse ela, falando português com sotaque americano.

— Oi, boa noite... vim a convite do sr. Renato Singer. Estou aqui para o show do Romanelli.

— Ah, claro... pode me confirmar o seu nome?

— É Christian. Ele não me perguntou o sobrenome, mas é Christian Ventura.

— Perfeito. Está aqui na minha lista. Seja muito bem-vindo, o espetáculo ainda não começou.

Chris pegou seu ingresso e sorriu para a moça. Pensou o quão interessante era ter no seu bairro uma filial de um cinema clássico norte-americano com todo o staff do país original. No hall de entrada havia um bilheteiro de fraque que pegou seu ingresso e o acompanhou até a porta do salão. Renato Singer estava no corredor, e tinha acabado de cumprimentar um casal que tinha acabado de chegar. Ele estava falando ao celular, aparentemente com um velho amigo da terra natal:

— *Yeah, these are great news, Sal. I'm glad you're responsible for that. I'll thank you personally the next time we meet. I have a guest here, I have to go now. You take care, my friend!*

Renato desligou o telefone e, com um largo sorriso, foi receber Christian.

— Meu jovem, que bom que veio! Perdoe o mal jeito, estava conversando com um velho amigo meu, Sal Buscema!

— O quê? Você conhece o Sal Buscema? O lendário desenhista da Marvel?

— Ora, não só ele como também seu saudoso irmão John, e muitos outros como Steve Ditko, Jack Kirby, George Pérez, David Michelinie, Chris Claremont e o próprio Stan Lee. Mas Sal Buscema é um dos meus melhores amigos. E digamos que ele e John já retrataram algo muito significativo pra mim no passado.

— Sr. Renato, isso é absolutamente espantoso!!! Quantas surpresas ainda terei nesse lugar?

— Garoto, está apenas começando! Vamos entrar, estamos no fim de um ensaio de outra atração que você vai gostar.

Renato afastou suavemente a cortina e ambos adentraram o salão. O jovem foi conduzido à sua mesa, mas permaneceu de pé por alguns instantes. Era pôr do sol, e o efeito da luz entrando pelos vitrais trazia uma serenidade contagiante. Ainda era possível ver os últimos raios solares daquele dia cruzarem as mesas com delicadeza, como fachos encantados de luz. Não se escutava nenhum som vindo da rua, e uma leve e agradável brisa podia ser sentida. Dessa vez não se via apenas funcionários presentes, mas também alguns poucos convidados. Olhou ao redor, e viu que um distinto pianista já estava a postos no teclado do incomparável Steinway & Sons branco.

Foi quando a silhueta de uma mulher de meia idade surgiu no palco, com outros músicos em sua retaguarda. Christian manteve-se estático, com a curiosidade aguçada, observando. Após breves acordes do piano, uma linda voz começou a interpretar a canção "Duel", que muitas vezes ele já havia escutado. Uma execução deslumbrante...

Concentrado e entretido, Christian relaxou o corpo e sentou-se na mesa reservada para ele, desfrutando de cada momento que estava vivendo. Cada segundo executado da fascinante música o envolvia e o remetia a momentos muito bons da sua infância e juventude. As últimas notas foram ouvidas, e uma salva de palmas se seguiu. Renato olhou para o rapaz e perguntou:

— E então... minha Dama Alemã excepcionalmente convidada lhe é familiar?

— Eu não tenho palavras... um show intimista da Claudia Brücken, ao fim do expediente... no meu bairro?

— Sim! A incomparável vocalista do Propaganda! Venha, rapaz... – disse Renato sorrindo. – Vou apresentar você a ela e aos outros integrantes da banda!

Claudia usava um vestido cáqui, quase branco, com um design que conseguia ser clássico e moderno ao mesmo tempo, e levemente exótico. Com seus sofisticados saltos *stiletto*, ela desceu graciosamente os três lances de escada do palco até as mesas e foi direto até onde os dois se encontravam.

— Minha Dama! Fantástica, como sempre! Sua performance permanece arrebatadora, igual a quando nos conhecemos em Düsseldorf. E acho que você acaba de deixar de boca aberta esse seu fã que está aqui ao meu lado. Claudia Brücken, permita-me apresentá-la a Christian Ventura, meu novo amigo.

— Eu não tenho palavras! Sou seu fã desde garoto! Não acredito que estou apertando a sua mão! "Duel" tocou a minha alma desde a primeira vez que ouvi, aos nove anos... nossa! É um prazer do outro mundo te conhecer! Eu estou encantado!

— Encantada estou eu! E surpresa! Sinceramente não esperava ouvir isso na noite do meu ensaio! Mas você é mesmo muito doce! É um prazer! – o sorriso dela era de real satisfação por conhecer um admirador tão verdadeiro em sua primeira visita neste novo país.

Os três seguiram conversando animadamente na mesa por algum tempo, com histórias de todos os lados sendo contadas. Deliciosos aperitivos foram servidos, assim como um drinque secreto especial da casa chamado Aurora.

Ouviu-se uma campainha típica da proximidade do início dos espetáculos. Os não muito numerosos convidados já estavam todos sentados quando Stacy, a *pin-up* da bilheteria, passou e fechou as cortinas de acesso ao salão. Isso chamou a atenção de Christian que, sussurrando, perguntou a Renato:

— Sua assistente da bilheteria veio pra cá. E se ainda chegarem pessoas atrasadas?

Renato respondeu despreocupado, em tom baixo:

— Não se preocupe. Ninguém mais virá. Durante as primeiras semanas a clientela será composta apenas por pessoas muito especiais. Nossa receita de orçamento comporta isso.

Um pouco surpreso, Christian acenou com a cabeça e recostou o corpo na cadeira. Teve a impressão de sentir a temperatura ficar mais fria. Ouviu um som muito de leve, como se fosse um sopro de vento. As luzes diminuíram. De repente, sentiu um objeto dar um rasante em seus fios de cabelo. Era uma cartola negra, e agora estava levitando à sua frente. Girando devagar. O som da ventania estava mais forte, e a temperatura estava ainda mais baixa. Logo percebeu que não havia apenas uma cartola levitando, mas várias, espalhadas pelo grande salão.

Em uma sinfonia muda, elas pareciam seguir a mesma coreografia, e bailavam ao som do vento. O pequeno público presente começava a vibrar, de forma contida. De repente, um grande clarão violeta iluminou o ambiente por um instante, até formar um portal circular no palco. Uma música grandiosa, com elementos wagnerianos e das grandes trilhas épicas do cinema começou a ecoar. Uma mão com luvas brancas segurando uma varinha mágica começou a surgir gradativamente de dentro do portal, até que todos puderam ver por completo um mágico ao estilo tradicional, trajando um fraque escuro como o espaço sideral. A música atingia seu ápice, cada vez mais épica e mais heroica, e as cartolas voavam em alta velocidade, agora não mais em sua própria órbita. Foi nesse momento que o público ouviu:

— Senhoras e senhores... eu sou o Grande Romanelli!

Com um estalar de dedos, todas as cartolas cessaram sua dança e vieram em uma rota convergente até a mão esquerda do mágico, tornando-se uma única cartola. Todos urraram e aplaudiram de pé!

— Sejam todos muito bem-vindos!

O pianista, um britânico chamado Phillip Kehr, vestia um impecável fraque branco com camisa preta de botão, e reverenciava respeitosamente os convidados. Com uma brilhante interpretação de "A Fada Açucarada", de Tchaikovsky, ele demonstrava toda sua versatilidade após acompanhar Claudia na apresentação anterior. Sob uma nova e breve salva de palmas, o mágico se posicionou no palco e ficou imóvel e em silêncio por alguns segundos. Ele inspirou profundamente, e depois soltou um suspiro de relaxamento. No momento seguinte, algo inusitado aconteceu: a cabeça de Romanelli se manteve unida a seu corpo. Porém, estranhamente, seu rosto começou a se projetar elasticamente em direção a uma das mesas. Sua face, em tamanho gigantesco, pairou na frente de um casal de idosos, vestidos com roupas sofisticadas ao estilo esporte clássico. O crânio gigante do mágico permanecia ligado por um rastro etéreo a seu corpo.

— Boa noite, nobre casal. Não quero invadir sua privacidade. Como se chamam? – disse o mágico, com um sorriso charmoso, quase canastrão.

— Errrr... sou... Dorothy... e esse é meu marido, Howard Preston.

Um tanto sem graça, Howard apenas sorriu para Romanelli.

— Muito bem! Sr. e sra. Preston, encantado! Digam-me... de onde vocês são?

— Cleveland, Ohio!

— Ah... interessante, senhor! Certamente. Por acaso frequentaram muito o Cleveland Arcade?

— Sim, Howard e eu fomos proprietários de uma loja lá...

— Eu sei!

— Sabe?

O rosto gigantesco apenas acenou positivamente como resposta.

— Talvez não se lembre, mas havia uma loja de mágicas na centenária galeria. Eu estive lá, por algum tempo. Este não é o nosso primeiro encontro. Mas me diga, sra. Preston... para onde gostaria de ir às próximas férias?

— Bom, sem dúvida ela gostaria de...

— Ora vamos, Howard... deixe que eu respondo ao cavalheiro... bem, eu gostaria de ir às Cataratas do Niágara!

Com um som que anunciava um truque mágico, todas as luzes no recinto se apagaram subitamente. Não se via nada, nem mesmo a cabeça do incomum mágico. Passados os primeiros segundos, a visão dos convidados se adaptou ao escuro. Foi quando Howard percebeu a única entrada de luz exterior. Parte das cortinas de uma parede de vidro não estavam totalmente cerradas, e uma porta também envidraçada estava entreaberta. De longe, o sr. Preston e os outros presentes começaram a ouvir uma voz que vinha de longe, do Jardim de Inverno.

— Howard, por favor! Estou aqui fora! Aqui em cima! Por favor, tire-me daqui!

Howard se levantou, e rapidamente foi em direção ao jardim. Outros o acompanharam, logo atrás. Lá estava Dorothy, levitando, bem alto. Abaixo dela, uma cascata que antes não estava ali desembocava esplendorosamente na grande fonte do Jardim de Inverno. A bandeira do Canadá se formava com luzes nas águas, bruxuleantemente iluminadas.

— Querida, vou tirar você daí!

Gradativamente, Dorothy começou a descer, até chegar aos braços de Howard.

Lá estava Romanelli, saindo debaixo da cascata, sem se molhar. Todos aplaudiram, um pouco desconcertados.

— Obrigado, senhoras e senhores! Perdoem-me por tirá-los de seus lugares. Por favor, sigam-me de volta ao salão!

Sem mover um músculo e dar um passo sequer, Romanelli simplesmente deslizou de volta para o palco, em um movimento retilíneo e pitoresco.

— E, agora, chegamos ao momento mais especial de nossa *avant-première*! Eu costumo dizer que cada estreia de um espetáculo é como o nascimento de uma criança. Os ensaios são o período de gestação, quando "fertilizamos" nossos poderes mágicos para o momento em que sejam revelados ao público. E este é o tema do meu último número de hoje: a importância de uma nova vida! E, para realizá-lo, precisarei de um voluntário que tenha a coragem de caminhar por territórios sombrios, onde uma falsa luz silencia o caminho da verdade – ele fez uma pausa.

— Christian... eu escolhi você. Aproxime-se.

Surpreso, Christian olhou ao redor. Renato Singer não estava mais ao seu lado. Um pouco inseguro, ele se levantou, e, devagar, aproximou-se do palco. O breve lance de escadas já não parecia tão pequeno. Era difícil compreender o que ele sentia naquele momento. Uma mistura de ansiedade, fascínio, empolgação e nervosismo. Respirou fundo, e deu o primeiro passo para pisar no palco. Segurou firme nas duas mãos fortes de Romanelli, vestidas com luvas brancas, que o puxaram gentilmente. Isso aumentou a confiança de Christian, que não pôde deixar de perceber a pulseira de prata com crucifixo usada pelo ilusionista. Agora, frente a frente, Romanelli e Christian estavam prestes a realizar o grande desfecho da noite no Heroland Café.

— Qual o seu maior sonho, jovem?

— Bom, acho que ter filhos e vê-los crescer, vivendo em um ambiente familiar feliz.

— Perfeito... é de se imaginar. De longe se nota que é uma pessoa centrada, de família. E acha que está próximo de alcançar esses objetivos? – disse o mágico, com um leve sorriso.

Por poucos segundos Christian o observou, com uma certa desconfiança. Por que ele estaria fazendo essa pergunta? Teria ele adivinhado o que Melanie o havia revelado no dia anterior? Romanelli insistiu:

— Christian... olhe bem para mim. Olhe além dos meus olhos. Você confia em mim?

Christian se concentrou, e vasculhou seus sentimentos e sua sensibilidade. Definitivamente, o mágico não emitia maus fluidos, apesar do mistério e da excentricidade.

— Eu confio. Sim.

— Então aperte a minha mão... e permita-me conduzi-lo em uma viagem de muitas descobertas!

Com um estalar de dedos em meio ao silêncio das cerca de vinte pessoas presentes no salão, uma melodia familiar começou a ser tocada no pulsante Steinway & Sons branco. Era "The Entertainer", de Scott Joplin, marcante obra do *Ragtime* de 1902. A visão de Christian havia ficado enevoada e opaca, mas começava a voltar ao normal. Ele havia se transportado para outro lugar, outra época. Estava agora em um dia ensolarado, num grande descampado com um lindo jardim gramado e construções suntuosas. Verdadeiros palacetes estavam por todos os lados, com homens e mulheres de alta estirpe, usando roupas antigas e chapéus. Próximo a esse verdadeiro jardim de sofisticação, Christian via lagos e pessoas praticando esportes. Para onde quer que olhasse, lá estava a marcante bandeira norte-americana, mas

muitas bandeiras de diversas outras nações também estavam desfral-
dadas em pavilhões.

Havia uma imponente roda-gigante de madeira, com crianças e
adultos radiantes fazendo fila para se divertir na atração. Foi quando
ele prestou atenção em diversas placas e galhardetes nas construções.
Aquela era a Louisiana Purchase Exposition, a Feira Mundial de 1904,
realizada simultaneamente aos Jogos Olímpicos, em Saint Louis.

Entre diversas autoridades, políticos, nobres cavalheiros, famílias
e comerciantes, Christian se viu próximo a uma figura específica.
Um elegante cavalheiro de boa estatura, com cabelos lisos penteados
para trás e sedutores olhos verdes cor de safira. Muito eloquente,
estava cercado por duas belas mulheres e, animadamente, parecia
contar seus feitos a elas com muito orgulho. Em seguida, cumpri-
mentava políticos e parecia consolidar negociações outrora em an-
damento. A voz de Romanelli soava suave nos ouvidos de Christian:

— E então, meu jovem. O que você vê?

— Isso parece ter mais de cem anos... são tantas pessoas... que
evento magnífico! É realmente impressionante! Mas... tem algo de
errado... uma energia... há uma presença maligna aqui.

— Continue, Christian. Está próximo da verdade.

Christian continuava perto da figura misteriosa e sombria, o
eloquente cavalheiro. Ele encerrou suas conversas e se dirigiu a
um grande pavilhão; aproximou-se com rapidez, enquanto abria
o sobretudo e retirava um objeto. Era uma pequena coleção de
frascos, com um líquido de cor azul-capri. Ele circundou a construção e, na ponta dos pés, observou por uma janela o movimento
interior. Aquela era uma das grandes atrações da feira: um grande pavilhão com diversas incubadoras neonatais com crianças
recém-nascidas.

Uma equipe de muitas enfermeiras cuidava das crianças, mas a situação não parecia ser muito boa. Alguns bebês estavam inertes, em um aparente estado de paralisia, alguns apresentando uma coloração azulada. Os responsáveis pelo pavilhão indagavam as enfermeiras e o médico-chefe que, atônitos, não encontravam outra explicação além do forte calor que fazia naqueles dias. O cavalheiro observava, aparentando certa satisfação com a lastimável cena. Christian pensava: quem seria capaz de instalar uma atração dessas numa feira mundial? Mal sabia ele que isso era comum naquela época remota: atrair o público com os prodígios e descobertas científicas da era industrial. E as incubadoras já haviam sido igualmente expostas na Feira Mundial de Berlim, em 1896.

O cavalheiro permaneceu à espreita, aguardando. Pouco tempo depois, a situação pareceu se acalmar, e ele penetrou a área neonatal sorrateiramente. Tirando um dos frascos do bolso, aproximou-se de uma incubadora e a abriu. A criança parecia ser uma das mais saudáveis. Ele abriu o frasco e silenciosamente derramou algumas gotas na boca delicada do bebê. Sem choro, o rosto do recém-nascido começou a reagir, com um leve espasmo, ficando com uma estranha coloração azul. Com um contido sorriso de perversidade, o homem se retirou habilmente.

O Sol estava se pondo, e fogos de artifício começaram a explodir violentamente no ar. O céu foi tomado por uma cor violeta assustadora, após um lindo dia ensolarado. O crepúsculo iluminou uma trilha acidentada que lhe chamou a atenção, e agora Christian parecia estar em outro lugar. Estava em frente a um monumento rústico, com muros de pedra.

— Vá em frente, meu jovem. Eu estou com você – Romanelli fazia questão de manter seu elo com o rapaz.

Com muito medo, Christian prosseguiu. O chão era de terra, extremamente úmido. Fumaça saía de sua boca, a cada respiração. A temperatura caiu vertiginosamente enquanto ele seguia por vielas de pesados tijolos de pedra. Um cheiro forte de ácido tornava a caminhada ainda mais difícil quando começou a ouvir de longe muitas pessoas chorando e gritando. O caminho dobrava a esquerda, quando percebeu que estava em um labirinto ao ar livre. Começou a se sentir tonto e com dificuldade de respirar, quando se deparou com uma moça de cerca de vinte e cinco anos, segurando um bebê em sua manta. O olhar dela era desolado, sem esperanças. Quis ajudá-la, mas seu corpo já não o obedecia completamente e seu braço não a alcançou.

Logo mais à frente, um homem e uma mulher urravam de dor em volta de um berço, onde outro bebê parecia doente. Mais gritos e choros vinham de todos os lados, de todas as vielas. O tormento era cada vez maior e mais agonizante, e, em meio a todo esse terror, Christian ouvia ao longe variações assustadoras da canção "Duel", que tinha acabado de escutar no show. Ele apressou o passo e quis se ver livre daquele pesadelo, o quanto antes, até que chegou a um beco sem saída. Viu alguém se escondendo atrás de uma grande caixa de madeira, com muito medo. Por mais debilitado que já estivesse, inspirou fundo e sentiu um perfume conhecido em meio àquele ar ácido e frio. Um perfume de amor. Era Melanie, logo percebeu! Parecia aterrorizada, segurando alguma coisa.

Christian correu, e viu que ela estava suja e ferida, com parte das roupas rasgadas. Imediatamente ela o reconheceu e começou a sussurrar, pedindo ajuda de forma veemente. Ao chegar mais perto, viu que ela tinha uma menina recém-nascida em seus braços, com o mesmo semblante apaixonante de sua amada. O tempo parou por um segundo e os olhos dos três se uniram... até um colorido azul petrificante tomar o rosto das duas.

Num ímpeto de força descomunal, ele as segurou com furor, apenas para ver as duas desfalecerem em seus braços. Desesperado, Christian se agachou enquanto tentava revivê-las. Em vão... o jovem urrava e socava o chão, sentindo uma dor indescritível. Ajoelhado, ele compulsivamente chorava de olhos fechados, soluçando, até que sentiu alguém chegar a sua frente.

— Não tenha medo, meu rapaz. Querem a sua filha. Mas há uma esperança.

A voz serena de Renato Singer parecia ainda mais confortante e protetora. Estava de volta ao palco.

CAPÍTULO 6

O DIA SEGUINTE

RENATO CONDUZIU CHRISTIAN ATÉ A CALÇADA. A *avant-première* havia acabado, e os poucos convidados aparentemente já haviam se dispersado. Christian se recompôs e recuperou a calma, porém continuava assustado e com a cabeça cheia de dúvidas.

— Não tenha medo, rapaz. Você está entre amigos. Ainda precisamos conversar sobre muitos assuntos. Mas lhe peço que por enquanto não comente nada sobre este lugar com ninguém. Ainda estamos fazendo os últimos ajustes. A estreia de hoje foi uma exceção. Porém, sua noiva é muito bem-vinda. Pode trazê-la aqui para que eu possa conhecê-la?

— Eu a chamei pra vir aqui hoje comigo, mas, por coincidência, ela tinha um jantar na casa dos pais. De qualquer forma, eu contei que havia conhecido o senhor! – a atenção de Christian momentaneamente foi perdida ao ver Stacy entrando na cabine e desligando as luzes da bilheteria.

— Excelente. Acabo de ter uma ideia. Serão meus convidados para jantar. Depois de amanhã, às oito da noite. O que acha? Assim poderei conhecer Melanie melhor. Agora lembre-se: o que você viu no palco não acontecerá necessariamente. Nós temos o livre arbítrio, sempre. Tudo pode ser mudado. E eu estou aqui para ajudá-lo. Pode ir descansar. Tenha uma boa-noite.

Renato Singer terminou a frase colocando ligeiramente a mão sobre o ombro de Christian. Todo o medo e apreensão pareceram diminuir consideravelmente naquele instante.

— Tudo bem, sr. Renato. Eu ligo pro sr. pra confirmar.

— Será um grande prazer recebê-los. Mas venham. Precisamos realmente conversar, e o tempo está a nosso favor.

Eles se despediram, e Christian foi em direção à sua casa. Pensou em pedir um táxi, mas o movimento nas ruas era quase inexistente. Apressou o passo e logo estava de volta ao Baixo Gávea, próximo à rua Marquês de São Vicente. Começou a lembrar do que havia presenciado no palco do Heroland Café, e sentiu um profundo arrepio. Como saber se aquelas pessoas realmente eram bem-intencionadas? Como saber se Renato Singer era quem dizia ser? Quais seriam suas verdadeiras intenções?

Por mais que pudesse desconfiar de alguma coisa, no fundo Christian tinha a clara intuição de que entre aquelas pessoas existia uma energia pulsante do bem. Independentemente do que estivesse pela frente, já havia encontrado seus aliados de batalha. Foi para casa, e preferiu não comentar sua visão perturbadora com Melanie. No dia anterior soubera que seria pai e agora tinha sido exposto a indícios de que sua esposa e sua futura filha seriam alvo de um atentado, vítimas de alguma manifestação desconhecida. Pensou nas palavras confortantes de Renato Singer, fez uma oração, e deixou o corpo relaxar. A semana ainda traria mais emoções.

O dia seguinte foi cinzento e úmido. Em poucas horas, a cidade viveu uma brusca metamorfose meteorológica. Às catorze horas e trinta minutos, no bairro de Laranjeiras, a tarde já parecia noite. Na Maternidade Escola da UFRJ, com muita simpatia, a dra. Luiza Bugs acompanhava de perto suas pacientes que recentemente haviam dado à luz. De quarto em quarto ela fazia sua checagem habitual. Aparentava ser mais um dia tranquilo de trabalho.

— Boa tarde... como vai minha amigona da escola? Como é que tá o filhão?

A dra. deixou para ver por último sua velha amiga de escola, Sheila, que, por uma agradável coincidência do destino, foi ter filho com sua grande parceira de aventuras da juventude. A mãe de Sheila também estava presente, e segurava nos braços um rosado bebê sorridente.

— Ai, amiga! Que benção ter você aqui pra cuidar de mim! – as duas se seguraram pelos braços e se cumprimentaram carinhosamente.

— Você vai ter alta daqui a pouquinho. Espera só o seu maridão chegar pra levar você e o filhote. Enquanto isso, curte um pouquinho mais as fotos! Ah, falando em maridão... meu namorado tá chegando. Eu te falei que tô namorando um pediatra? É o dr. Douglas Stein, eu tenho que te apresentar. Vou lá embaixo que ele vem aqui só pra me dar um beijo rápido. Daqui a pouquinho tô de volta!

A dra. Luiza se despediu, pegou o elevador e chegou à recepção. O dr. Douglas havia acabado de estacionar o carro, e veio andando em sua direção com um sorriso no rosto. Deram um beijo, se abraçaram, e se encostaram brevemente numa marquise para conversar.

— Linda, como é que estão as coisas aqui? Já marcaram reunião com vocês sobre o procedimento de segurança?

— Não entendi, do que é que você está falando?

— O caso dos bebês comatosos, não tá sabendo?

— Não, o que é? Eu praticamente não conversei com nenhum colega hoje, só pacientes.

— Dois bebês, aparentemente saudáveis, simplesmente entraram num estado de coma. Um na Barra e outro em Marechal Hermes. As equipes dos dois hospitais estão sem entender. Os sinais vitais existem, mas as crianças não respondem a nenhum estímulo. Eles estão cianóticos. Foi preciso intubar.

— Que estranho. Eu não fiquei sabendo disso.

— Pois é, começaram a falar depois do segundo caso, cruzaram os dois prontuários e chegaram à conclusão de que o quadro é igual. Tudo igual, sintomas iguais.

Luiza fez uma cara de preocupação e suspirou.

— Puxa Douglas, fiquei até preocupada. Ainda bem que não foi aqui, mas vou ficar de olho...

De repente, a dra. sentiu um profundo arrepio na espinha e deu um grito.

— Ai, meu Deus! Douglas, você sentiu isso? Que arrepio horrível. Fiquei até tonta... segura a minha mão.

— Não, eu não senti nada. O que que foi?

— E que cheiro é esse? Que coisa ácida... será que tá vazando gás aqui ao lado?

As palavras de Luiza foram interrompidas por dois seguranças que passaram correndo por ela. Em alta velocidade, desviaram dos visitantes do hospital e entraram no elevador. Luiza e Douglas se assustaram e, em seguida, subiram para o andar onde estava sua amiga. A cena que encontraram não foi nada boa. Sheila chorava e era contida por um dos seguranças e pelas enfermeiras, enquanto sua mãe tentava entender o que havia acontecido. Seu lindo filho, agora era a terceira vítima de algo desconhecido.

— Luiza, me ajuda! Alguma coisa chegou perto do meu filho!!! Era um vulto negro! Salva ele! Por favor, salva ele!

Sheila continuou gritando. E logo desmaiou.

O fim de tarde foi se aproximando e uma nova virada meteorológica voltou a acontecer. Agora, pouco antes do pôr do sol, o céu estava claro de novo. Christian saiu da produtora e chegou em casa antes de Melanie. Ainda pensativo e um tanto desolado, ele foi para o quarto e ligou seu velho teclado PSR-500 da Yamaha. Começou a dedilhar lentamente os acordes de "Burn it Down" do Linkin Park no sintetizador e, ao mesmo tempo, observava pela janela o movimento do bairro.

Enquanto tocava trechos de suas canções favoritas, pensava no tempo em que ainda não fazia shows com a banda formada por ele e seus amigos. Christian, Erik e Bruno formavam a Aventura Insólita, e, de vez em quando, animavam festas de pessoas mais chegadas. Era um grande e divertido hobby, mas nada além disso. O telefone tocou e era justamente um deles, Erik.

— Fala Chris!!! Quanto tempo! Tudo certo? Tá podendo falar? Deve estar trabalhando, né?

— Não, que nada. Cheguei agora em casa. A Mel é que tá no trabalho ainda.

— Legal! Pô, então vou te fazer um convite. Vou lá no Shopping da Gávea! A Gabriela me disse que a Gramophone tá vendendo um monte de vinil dos anos 1980, tão queimando estoque antigo!

— Tá maluco, Erik? A Gramophone fechou há eras! Não existe mais.

— É o que você pensa. Eu também achava isso. Mas ela tá ABERTA! A loja existe num andar intermediário há anos! Acredita nisso?

— Como assim?

— É! Fica num espaço entre o primeiro e o segundo andar!

— O que é isso? Que coisa mais Harry Potter! Inacreditável! – sorriu Christian, surpreso.

— Eu tô indo lá agora! Quer dar um pulo lá comigo?

— Claro! Vou só avisar a Melanie pra encontrar a gente lá!

— A gente se vê daqui a meia hora!

Christian e Erik se encontraram e começaram a perambular pelo shopping que achavam que conheciam tão bem atrás da lendária loja de discos, equipamentos eletrônicos e musicais. Rodaram os andares habituais tentando achar alguma pista, e nada! Onde seria a passagem para o andar intermediário? Christian encontrou seu amigo jornaleiro do primeiro piso e resolveu perguntar a ele:

— Ah... a loja esquecida! He he he... se você subir por aqui vai sair lá! Eu poderia ter te contado isso há muito tempo, mas você nunca perguntou. Aproveita!

E lá foram eles. Em um espaço intermediário entre o primeiro e o segundo piso do shopping, a antiga e tradicional loja de discos Gramophone agora tinha uma localização quase secreta. O acesso era feito somente por uma escada interna de serviço, e não pelas escadas rolantes. Os dois amigos ficaram surpresos com a quantidade de discos de vinil novos, embalados como se tivessem saído da fábrica no dia anterior.

Acharam raridades de vários dos seus artistas e grupos preferidos. Era bom demais para ser verdade. Uma verdadeira instituição das lojas de discos e música, a Gramophone havia sido a precursora na venda de fitas de VHS em solo carioca, pouco antes da virada dos anos 1970 para 1980. Para Christian, até então ela já não existia mais. Estar ali novamente era como uma viagem no tempo.

Na hora de pagarem os vários vinis que compraram, conversaram um pouco com a simpática gerente, demonstrando toda sua surpresa com a ressurreição da loja em um local misterioso e fascinante como aquele. Quando Christian fazia seu pagamento com cartão de crédito, um cartão de visitas pousado sobre o balcão da mesa chamou sua atenção.

— Renato Singer. Você conhece ele?

— Hum... ah, sim! É o americano! Ele esteve aqui umas duas vezes, é muito culto e sabe tudo de música. Eu acho que ele foi do Exército, ou algo assim! Nossa, ele é tão agradável... tem uma coisa especial nele! – disse a gerente da loja.

— É, também o conheci. E tive a mesma sensação – Christian hesitou e por alguns segundos ficou olhando para o nada.

— Olhem, meninos! Gostei de vocês! Mas se quiserem comprar mais vinis raros, voltem logo. Algo me diz que não sobreviveremos muito tempo aqui. Nem todo mundo tem o mesmo interesse que vocês por vinis.

— A gente vai voltar sim, pode apostar. Não é Chris?

— Com certeza! Até mais!

Os dois amigos desceram com as mãos carregadas de álbuns raros, e em seguida encontraram Melanie e Gabriela, namorada de Erik. Os quatro foram lanchar, e em vários momentos Christian recebia o carinho da noiva, com trocas de olhares apaixonados. Em breve eles seriam três. Mas isso ainda era um segredo entre o casal. O dia terminava feliz e cheio de esperança, numa semana que vinha sendo uma verdadeira gangorra de emoções.

CAPÍTULO 7

JANTAR À LUZ DE MÁGICA

MELANIE E CHRISTIAN ACORDARAM NO MESMO horário, em cima da hora para chegarem em seus respectivos trabalhos, mas Christian tinha a grande vantagem de morar perto da produtora. Tomaram café voando e desceram juntos do apartamento que ficava no oitavo andar. Ambos estavam com ótimo humor, mas já contagiados pela adrenalina habitual da responsabilidade do ofício de cada dia. Enquanto dividiam o elevador com outros vizinhos, Melanie consultou o relógio duas vezes, com um princípio de agonia que começava a pressioná-la. Afinal, naquele dia teria uma reunião importante com os sócios do escritório sobre um problema com um dos clientes mais antigos que a firma possuía. A porta se abriu na portaria do edifício, trazendo um grande alívio para a jovem advogada. Hoje ela precisaria ir de táxi, ou não chegaria a tempo.

— Amor... um beijo rápido! Ótimo dia de trabalho pra você. Nos falamos mais tarde.

Ela deu um selinho no noivo e já se dirigia para a rua, quando o porteiro veio em seu encalço com um embrulho nas mãos.

— Sra. Melanie! Sra. Melanie! Isso aqui chegou pra senhora!

Melanie e Christian se entreolharam, e a pressa parece ter cessado por alguns segundos, dando lugar a uma súbita curiosidade.

— Ah, agora vamos abrir, né? O que será isso?

— Deixa eu ver... – disse ela.

Dentro da bela sacola cintilante havia uma caixa com um laço. Enquanto Christian a ajudava, Melanie soltou o nó e abriu o presente que havia recebido. Era uma miniatura de uma construção, aparentemente bem detalhada. Foi quando Christian percebeu que estava diante de uma reprodução fiel do Heroland Café nos mínimos detalhes.

— Olha, Christian! O que é isso? Que coisa mais linda! Quem terá mandado?

— Aqui, tem um envelope junto.

Melanie segurou o belo envelope bege de papel algodão, extremamente clássico e com ornamentos que ela jamais havia visto. Em seguida, puxou o conteúdo para ler, aparentemente uma espécie de convite para uma ocasião especial.

PREZADOS AMIGOS
CHRISTIAN VENTURA & MELANIE M. VENTURA,

Consideraremo-nos honrados com sua Presença em um jantar solene em sua homenagem, concedendo-os o Título de Amigos e Colaboradores Oficiais do Heroland Café, em sua unidade brasileira, na cidade do Rio de Janeiro.

Traje Esporte Fino –
Por Favor, RSVP pelo Telefone 5555-1904
Renato Singer – Ceo Heroland Café

— Oh, meu Deus... é do seu novo amigo. É... definitivamente é um convite que não podemos recusar. Nossa, já ia esquecendo! Tô atrasada, eu preciso ir pro...

— Amor... calma... eu sei! Fica tranquila, eu subo e guardo isso. Você tá em cima da hora, o táxi tá te esperando. Bom dia pra você!

Os dois se beijaram e Melanie saiu correndo em direção ao táxi amarelo que a esperava. Christian ficou parado, pensativo, observando sua amada ir embora trabalhar, e em seguida permaneceu observando o delicado presente e o convite. Resignado, finalmente desarmou o semblante de preocupação e subiu de volta ao apartamento. Era hora de fazer uma ligação.

— Alô, sr. Renato? Tudo bem? Sou eu... olha, eu queria muito agradecer a gentileza. Aliás, a Melanie mais ainda. Ela ficou encantada.

— Imagine, meu rapaz. Vocês são almas iluminadas. E em nossa missão nessa Terra, não é toda hora que cruzamos com pessoas assim.

— Puxa... obrigado mais uma vez. Agora, sobre hoje à noite...

— Sim... não me diga que vocês não vêm?

— Não, nós vamos sim! Melanie pediu pra confirmar. Ela quer muito conhecer o senhor.

— Formidável! Não mais do que eu quero conhecê-la. Isso é um grande alívio! Vejo vocês mais tarde então! Tenha um ótimo dia!

— O senhor também, obrigado! Até mais tarde.

Christian desligou o telefone e olhou para sua estante e para o rack de tevê. Agora, a delicada e detalhada réplica do Heroland Café ficaria ali. O rapaz seguiu para a produtora e trabalhou normalmente até retornar para casa. Coincidentemente, Melanie e ele chegaram ao mesmo tempo. Era hora dos dois descansarem brevemente e se arrumarem. O jantar tão esperado estava próximo. Christian se arrumou elegantemente para a ocasião: calçou seus sapatos Cole Haan estilo derby, uma calça bege e uma camisa azul de botões. Ficou pronto com considerável rapidez, e se sentou no sofá para esperar sua amada. As cenas da visão que teve no palco começaram a reaparecer em sua mente.

Especialmente a lembrança de ver Melanie e a menina que seria sua futura filha sendo caçadas por alguma força maligna aterradora. Os passos do rapaz naquele pesadelo acordado foram revividos um a um, até sentir um arrepio desconcertante. Foi quando uma voz suave e charmosa o trouxe de volta para a realidade:

— E então, meu amor? Como eu estou?

Christian despertou de seu transe momentâneo, e, boquiaberto, moveu a cabeça lentamente para o lado direito. Melanie estava deslumbrante. Por mais que fosse completamente apaixonado por ela, poucas vezes a tinha visto tão perfeita como naquele momento. Ela vestia um tailleur roxo, composto de duas peças. Um terno com gola quadrada e quatro botões frontais, e uma saia curta. Seus lindos sapatos de salto alto completavam o modelo exuberante. Sua simples presença arrebatadora ali, de pé à sua frente, mexeu ainda mais com o coração de Christian. Naquele momento ele renovava um juramento interno de que encontraria forças para proteger Melanie de qualquer coisa que a afligisse.

— Você está perfeita. Lindíssima. A mulher da minha vida. A minha alma gêmea.

Ela sorriu satisfeita, e com toda sua graciosidade e uma encantadora timidez, disse:

— Gatão... você é o homem da minha vida! E então... vamos?

Christian pegou seu melhor blazer, segurou a mão de Melanie, e os dois saíram do apartamento. Estava mais quente que o normal, sem o vento frio comum daquela época do ano. A Lua cheia brilhava no céu, e os dois caminhavam de mãos dadas pelo bairro da Gávea naquela aprazível noite. Se a energia entre os dois já era maravilhosa, a cada instante parecia mais compatível, complementar. Ele inspirava fundo, e sentia o ar puro da noite se misturar ao perfume de Melanie, simplesmente o melhor e mais fascinante aroma que já havia experimentado. Todo o peso das preocupações desapareceu de suas costas enquanto eles caminhavam tranquilamente até seu destino. Profunda conhecedora do bairro, Melanie reparou que havia algo diferente, logo após chegarem à rua Major Rubens Vaz.

Ela detectou uma esquina destoante, poucos metros à frente, como Christian havia reparado poucos dias antes. Entraram em uma rua curta, praticamente vazia, com urbanização diferenciada. Havia calçadas perfeitas com jardins de grama baixa, e uma construção recuada se destacava, única, por toda a extensão. Lá estava o Heroland Café, imponente e com seus letreiros acesos, como se fosse um parque de diversões esperando para ser visitado.

— Uau... isso é impressionante! Não deu pra ter ideia exata com você descrevendo! É igual à miniatura que ganhamos! E olha aquele detalhe! – apontou a jovem.

No letreiro de exibição havia a inscrição: "Melanie & Christian", com um *Tonight* pulsando em neon.

— Seu amigo deve ter tido muito trabalho urbanizando essa rua, ela não existia!

— Vamos, amor. Você ainda não viu nada! Vamos entrar!

No jardim de entrada, lá estava Renato Singer, esperando por eles. Um sorriso espontâneo de felicidade estampava seu rosto.

— Estão bem no horário! Seja bem-vindo novamente, Christian! E você, minha jovem... é uma honra imensurável conhecê-la. Considere-se em casa. Este é meu humilde estabelecimento. Espero que se sinta bem e acolhida, pois faremos o que for preciso para isso! Vamos, entrem!

Melanie, Christian e Renato passaram pela cabine da bilheteria, pelo hall de entrada, pelo bar, e foram em direção à antessala que dava acesso ao salão de shows. No meio do caminho, o som distante de jogos eletrônicos vintage chamou a atenção dos dois, que avistaram uma fabulosa sala de Arcade, na verdade um anexo do Museu de colecionáveis. Isto também surpreendeu o jovem, que não se lembrava de ter visto essa parte em sua recente visita anterior.

Melanie parecia encantada com a dimensão de todos os ambientes e com o extremo bom gosto da decoração. Mesmo para uma moça viajada e acostumada a frequentar locais imponentes e de alta estirpe, o Heroland Café a deixou fascinada. Não era apenas a arquitetura, nem os diversos estilos combinados, tampouco o bar temático com uma infinidade de colecionáveis e temas de filmes.

Havia um mistério no ar. Renato Singer, o anfitrião, definitivamente emanava uma energia do bem. Mas ela sentia que havia algo por trás disso. Um segredo. E estava disposta a descobrir qual era. Ao chegarem próximos às cortinas que separavam a antessala do salão de shows, Renato fez um discreto sinal para que não fizessem barulho.

— Ele está quase chegando ao intervalo. Vocês ainda pegarão o final do show de hoje – disse, empolgado.

Passaram pelas cortinas e foram gentilmente conduzidos pelo barman Newman até uma mesa reservada. O salão estava com o mesmo número de convidados da *avant-première* de poucos dias antes. Christian reparou que havia uma pequena equipe de garçons, todos vestidos de forma semelhante à de Newman. Em sua mesa, reluzia uma linda garrafa de Louis Roederer Cristal Brut em um grande balde de gelo.

— Estarei à sua disposição durante toda a noite, sr. e sra. Ventura – disse Newman, após acomodar o casal. Renato estava com eles, e preocupou-se em cordialmente informar à jovem sobre tudo o que havia programado.

— Primeiro assistiremos ao *grand finale* da apresentação de Romanelli. Em seguida, teremos nosso jantar especial em sua homenagem. Depois, quero levá-los à nossa sala de cinema – disse ele em voz baixa, próximo à Melanie.

— Senhoras e senhores, estou de volta para o último ato de nosso show de hoje! – o artista estava de volta ao palco.

Romanelli respirou fundo e passou a se comunicar em um tom solene e circense:

— Agora, peço a todos vocês aplausos efusivos para a convidada especial do meu próximo número: a *pin-up* número 1 do Heroland Café... Stacy!!!

Stacy saiu da coxia e entrou graciosamente no palco. Ela usava sapatos de salto alto, um collant e fraque pretos, além de uma cartola negra e luvas brancas. Sorridente, a bela e esguia assistente reverenciou toda a plateia antes de retornar e se posicionar ao lado de Romanelli. O ilusionista italiano começou a cantarolar uma canção, e, em seguida, outra assistente entrou no palco. O trio ficou lado a lado, com o mágico no meio. Os três tiraram suas cartolas e as estenderam acima de suas cabeças, formando uma espécie de triângulo.

Uma bruma começou a sair dos chapéus e foi tomando conta de todo o salão, passando por todas as mesas e frequentadores, se instalando em cada canto do recinto até o último espaço. Pouco a pouco, todos os presentes sentiram uma mudança na atmosfera. O ar estava diferente, e a percepção geométrica das formas já não parecia a mesma. Em algumas mesas, pessoas abanavam as mãos duvidando da solidez de tudo que estava ao seu aparente alcance; até perceberem que seus braços passavam através dos utensílios e objetos.

O salão do Heroland Café havia se tornado uma dimensão etérea. Christian olhou para o palco, e agora os três artistas estavam de costas, trocando de cartolas. Ao virarem novamente para o público, Romanelli tirou um grande pêndulo da cartola e disse em voz alta:

— Retorno imediato!

Tudo voltou ao normal, e as duas assistentes saudaram a plateia e se retiraram, saindo uma para cada lado. O mago deu um largo sorriso e em um segundo desapareceu na frente de todos. Puf! Melanie se preparava para dar um gole em seu champanhe quando a escuridão completa tomou conta do incrível salão de shows. Mas antes mesmo que ela se assustasse, uma coisa aconteceu: para sua surpresa, sua taça simplesmente acendeu. Um feixe de luz ofuscou sua vista, e lá estava Romanelli. Um mágico em miniatura, mergulhado no sublime líquido borbulhante. Sua voz saia emitida com naturalidade para todos ouvirem!

— Boa noite, querido casal! – ele elevou o tom, enquanto todos os presentes permaneciam estupefatos com o truque inesperado. Estavam fascinados com o brilho ofuscante de Romanelli miniaturizado dentro da taça, enquanto ele se dirigia em voz alta à plateia.

— Eu não poderia terminar minha apresentação de maneira mais triunfante, em homenagem à presença honrosa de meu amigo Christian Ventura e de sua adorável noiva Melanie M. Ventura. Sejam muito bem-vindos! Mas... perdoe a minha curiosidade. Esse "M" seria a inicial de qual sobrenome?

— Ah... Mitchell! E muito obrigada. Estou feliz de estar aqui!

— A alegria é nossa por recebê-la, moça. Aliás, eu iria mais além... eu diria que sua presença aqui hoje é imprescindível! Mas, continuando o espetáculo, estou muito feliz essa semana. Eu já rodei os quatro cantos do mundo em cartaz, vivi muitas aventuras fascinantes em terras exóticas... quase sempre a serviço do sr. Renato... mas retornar ao Rio de Janeiro tem um sabor muito especial.

Romanelli flutuava radiante, submerso no líquido dourado, como se desfrutasse do champanhe de altíssima qualidade. Porém, continuava com roupa e cabelos secos, e sua voz era ouvida com perfeição.

— A arte da ilusão acompanha o homem há milênios, desde que Dedi se apresentava no Antigo Egito para o faraó Quéops! As eras passaram, mas o mistério permanece. Em muitos reinos, em muitos séculos... os ilusionistas entretiveram e fascinaram..., mas também salvaram vidas! Será que vocês estão prontos para derrotar a ilusão mais perigosa de que se tem notícia?

Um som de trovão muito forte foi ouvido, e novamente a escuridão era completa. Não se viu mais nada, nem sinal da silhueta do mágico na taça de champanhe, até ele finalmente reaparecer através do espelho, agora em tamanho real.

— Obrigado, senhoras e senhores! Assim encerro minha apresentação de hoje. Se olharem cuidadosamente em seus bolsos masculinos e, em suas bolsas femininas, encontrarão um pequeno souvenir que eu magicamente "escondi" durante o show. É meu presente para cada um de vocês. E não esqueçam: O que seria da vida sem um jantar à luz de mágica?

Romanelli desapareceu novamente num piscar de olhos, e os não muito numerosos convidados começaram a se levantar. Ainda um pouco contagiados com o clima do espetáculo, Melanie e Christian sorriram um para o outro e ameaçaram se levantar da mesa, quando Renato disse a eles:

— Agora sim poderei dar a atenção merecida a vocês, meus queridos amigos. Newman trará o nosso menu. E posso adiantar que é vasto, poderão pedir o que quiserem. O nosso chef também está comigo há muitos e muitos anos. Terão a chance de conhecê-lo!

Melanie escolheu um fabuloso linguado flambado com purê de batatas gratinado, enquanto Christian não conseguiu resistir a um convidativo steak ao molho bourbon acompanhado de um risoto com ingredientes secretos. Romanelli reapareceu, e se juntou ao trio para o aguardado jantar.

Newman e a irretocável equipe do Heroland Café trouxeram as refeições, servidas em belas bandejas de prata. Ao remover as tampas, cada prato tinha um ornamento circular brilhante em duas camadas, como luzes de neon. Uma roxa e outra azul. O logo do Heroland Café enfeitava a extremidade superior, marcado em alto relevo.

— Eu já morei aqui no Rio em outras ocasiões, exercendo funções diferentes. Mas sempre trabalhando para as mesmas organizações. Já devem ter ouvido falar de meu antigo sócio, Orlando Orfei! Eu o ajudei em um negócio bem próximo daqui, inclusive. Um parque.

— O Tivoli Park? – perguntou Melanie, curiosa e empolgada.

— Esse mesmo. Ah... aquela era a mais bela roda-gigante que essa cidade poderia ter...

— Sr. Renato, nós vivemos a nossa infância inteira socados lá dentro! Não é Melanie?

A jovem sorriu e foi interrompida:

— Eu mesmo me apresentei lá! Teve uma noite em que chamaram até a polícia. Fiz um dos carros do Trem Fantasma desaparecer! Foi parar do outro lado da lagoa, perto dos pedalinhos! – Romanelli não resistiu e contou em tom de galhofa.

— Incrível! Eu queria ter visto isso de perto! – Christian realmente tinha grandes lembranças do parque.

— Ah, são tantos shows e tantas histórias... como não lembrar dos momentos do Maracanã? – disse o mágico, nostálgico.

— Você se apresentou lá também? – Melanie e Christian perguntaram ao mesmo tempo, incrédulos.

— Não... na verdade eu gostava de fazer a magia acontecer no campo. Sentado na arquibancada!

Todos sorriram e animadamente terminaram de comer seus deliciosos pratos. *Cannolis* de creme foram servidos acompanhados de um *blend* especial de café, e todos ficaram extremamente satisfeitos e bem impressionados. Foi quando Renato Singer pediu a palavra:

— E agora, queridos amigos... se me permitem, gostaria de levá-los a um ambiente onde ainda não estiveram. Vamos ao nosso piso superior, gostaria de mostrar algo a vocês!

Os quatro saíram do salão de Shows em direção ao hall de acesso aos demais cômodos, e foram em direção a uma ampla escadaria. Pelo cheiro de pipoca que começava a ficar mais forte a cada passo, e pelos pôsteres e detalhes em neon nas paredes, ficou claro que estavam subindo em direção a algum tipo de sala de cinema. O grupo chegou ao andar superior, e Melanie e Christian ficaram impressionados com a magnitude do que viram: assim como no primeiro andar, o pé direito era alto, e na frente deles estava o Heroland Theater.

Um cinema clássico, com todos os detalhes das antigas salas clássicas de exibição norte-americanas. Olhando em direção ao lado oposto, Christian percebeu que havia mais cômodos. Estava claro que ainda havia muito a descobrir naquele lugar.

— *Just come right in, folks*! Meus queridos, este é o Heroland Theater! Aqui serão exibidos filmes cult para um público extremamente diferenciado. Como a cereja do bolo de sua visita esta noite, teremos uma atração especialmente de seu interesse. Podem se sentar onde preferirem. São 112 assentos para o seu conforto!

O casal passou pela roleta, cruzou a saleta da bombonière e do carrinho de pipoca e adentrou a sala de exibição. Um perfume adorável permeava o local, e tudo estava tão bem conservado que dava a impressão de estar funcionando regularmente.

Não havia cheiro de mofo, o carpete estava absolutamente limpo e as arandelas iluminavam o cinema com um charme clássico. O couro grená das confortáveis poltronas dava o toque final de beleza ao pequeno, porém imponente Heroland Theater. Romanelli tomou a frente e se sentou logo em uma das primeiras poltronas, sendo seguido por Melanie e Christian. O veterano empresário e combatente se manteve de pé e fez um sinal para a sala do projecionista. As luzes diminuíram gradualmente e, então, ele também se sentou.

— Meus queridos jovens. A partir de hoje, considerem este lugar como um refúgio, a segunda casa de vocês. Christian é um homem bom, e recentemente cometeu um ato nobre de bravura. Todas as forças neste mundo se atraem. Quem faz o bem, atrai as energias da luz, da mesma forma que quem venera o mal e causa sofrimento por livre e espontânea vontade atrai as forças das trevas. Há uma grande ameaça sob esta cidade no atual momento. Christian, nosso encontro não foi por acaso. Venho combatendo o mal há muito tempo. Mais tempo do que podem imaginar. Quero que assistam a um breve filme, e, em seguida, voltaremos a conversar.

Melanie e Christian processaram as informações recebidas com certo temor, mas sentiam-se muito protegidos onde estavam. Ele não havia comentado nada com ela sobre a visão que teve no palco do salão de shows, poucos dias antes. Agora seria a hora para colocar as cartas sobre a mesa e saber a verdade sobre o pesadelo que havia experimentado.

— Sr. Renato, estou ficando curiosa e um pouco preocupada. O que vai nos mostrar?

— Não tema, minha jovem. Não precisa se preocupar. Em instantes conversaremos.

Ele fez um novo sinal, e todas as luzes se apagaram. O velho projetor, proveniente do Liberty Theater de Astoria, Oregon, começou a trabalhar.

Uma contagem regressiva em película antiga tomou conta da tela. Pequenos estalos sonoros comuns de rolos desgastados de projeção eram ouvidos. Logo, um filme em preto e branco começou a ser exibido. A nitidez da imagem não era das melhores, mas podia-se ver construções de pedra e ruas estreitas, aparentando uma cidade antiga da Europa.

Viam-se pessoas sofrendo pelos cantos, ouviam-se alguns gemidos... até que a câmera viajou para uma rua um pouco mais larga, que terminava numa praça. Havia uma fogueira, com corpos sem vida sendo queimados. Ao redor dela, cerca de dez homens com trajes incomuns observavam, mascarados. As chamas iluminavam ardentemente suas roupas assustadoras: uma túnica e calças negras e botas de couro de cabra. Suas mãos vestidas com luvas que pareciam garras seguravam bastões ameaçadores. E o detalhe mais sombrio e arrepiante eram suas máscaras em formato de íbis, com um horripilante bico. Um chapéu de aba completava o inumano figurino, que causou arrepios na espinha do casal que assistia àquilo.

O fogo já perdia parte da intensidade quando os homens marcharam em direção a um descampado. Posicionando-se em um círculo, eles gritaram palavras de ordem em um idioma desconhecido, e o aparente líder tirou a máscara. A expressão em seus olhos era de maldade. Christian imediatamente reconheceu o homem. Era a mesma pessoa que ele, em sua visão, havia presenciado envenenar bebês na incubadora, poucos dias antes. Houve um corte na imagem, e agora o filme mostrava o mesmo evento grandioso do pesadelo de Christian. Lá estava a gigantesca roda-gigante, os diversos palacetes e pavilhões com bandeiras de diversas nações, esportes sendo praticados...

Famílias inteiras com roupas do início do século XX passeavam e se divertiam, naquela que parecia ser uma celebração sem precedentes. Poucos *frames* depois, lá estava o mesmo homem, aparentemente rodeado por políticos e autoridades. Houve um novo corte na edição, e agora a imagem já estava em cores perfeitas, com definição absoluta. O céu parecia violeta, e não era possível definir se aquele era o anoitecer ou o amanhecer. Uma torre comprida erguia-se sobre um rochedo, e lá dentro cientistas e homens trajando túnicas ritualísticas trabalhavam em conjunto. Lá estava o mesmo soturno homem, agora indubitavelmente um líder, dando ordens a todos. Painéis e plataformas de uma tecnologia aparentemente desconhecida e estranha funcionavam sob uma perturbadora luz azul, enquanto algumas cápsulas em formato de sarcófago pulsavam, contendo formas sombrias em seu interior. Um choro de bebês em uníssono tomou conta dos autofalantes do clássico cinema, e a tela ficou preta novamente. Fim da projeção.

As luzes se acenderam, e Melanie e Christian estavam visivelmente incomodados com o que assistiram, principalmente ele.

— Acho que temos muito o que conversar – disse Christian, em tom grave.

— Sr. Renato... o que nós acabamos de ver?

— Querida Melanie. Quero que saiba que estamos aqui pra proteger vocês. Em breve você será mãe. E uma linda criança trará ainda mais alegria à vida do casal que formam. Porém, forças das trevas seguidoras de um mal milenar arquitetaram um plano sombrio, maquiado como algo positivo. Estão atrás de crianças recém-nascidas, em uma missão de punição chancelada por mentes turvas. E tudo está começando bem aqui, nesta cidade. Existe uma lista de alvos... e a sua criança está nela!

— O quê??? – os olhos de Melanie se encheram de lágrimas enquanto ela se remexeu na poltrona do cinema. — O que o senhor está dizendo? Isso é alguma brincadeira? Eu quero ir embora deste lugar agora.

— Por favor, Melanie, escute.

A voz resignada e firme de Christian pairou no ar, e a fez ficar imóvel.

— Eu estive aqui há alguns dias, como você sabe. E tive uma visão. Eu acho melhor ouvirmos o que eles têm a nos dizer.

— O rapaz está certo, minha querida. Não se preocupe, não deixaremos que nada aconteça a vocês. Esta é a nossa missão. Pretendemos acabar com o perigo a tempo, e o seu parto só deve ocorrer em alguns meses. Como disse anteriormente, terão nossa proteção absoluta.

— Mas que forças são essas? O que nós fizemos? Por que meu bebê está nessa lista?

— Eles vêm de um lugar muito distante. Um batalhão de executores. Um povo atraído pela falsa luz de um indivíduo influente e de seu braço direito, uma alma impregnada pelos poderes das trevas. Os que os seguem creem estar fazendo o bem, mas, na verdade, são um rebanho vítima de uma cegueira inominável. Apenas a cúpula dessa organização do mal sabe o real propósito das ações que estão cometendo. Sabemos o que estamos enfrentando, e temos as armas certas para vencer. Confiem em mim.

Christian abraçou sua amada, ainda muito assustada. Sob o olhar de Romanelli e Renato Singer, ele disse:

— Nós confiamos.

CAPÍTULO 8

ALERTA

MELANIE ACORDOU MAIS CEDO QUE O HABITUAL. Sua mente estava envolta em pensamentos. O filme perturbador e a revelação feita por Renato Singer traziam um aperto em seu peito, aparentemente colocando em risco seu grande sonho: ser mãe. As últimas palavras de Renato ecoavam em sua mente:

— Esses fenômenos já aconteceram no passado. As crianças não estão mortas, apenas em um comovente estado de coma profundo. Envenenadas por emissários do mal. Olhe à sua volta... considere este lugar um santuário. Aqui estarão protegidos de qualquer ameaça. Mas também vamos precisar da ajuda de vocês.

Melanie lembrou de momentos da infância e da adolescência, quando sua mãe serenamente a ensinou a respirar fundo e a se livrar de maus pensamentos, agarrando-se a bons sentimentos e esperança. Uma técnica muito especial de meditação, passada de mãe para filha. Sentindo-se melhor, ela decidiu tomar café com calma. Fez um cappuccino com capricho e uma deliciosa torrada com ovos mexidos cremosos. Recostou no sofá da sala e ligou a tevê.

O noticiário matinal apresentava a previsão do tempo. Um lindo dia com tempo firme a esperava no centro da cidade do Rio de Janeiro.

Retornando ao quarto, constatou que seu noivo seguia adormecido sem sinais de que iria acordar. Voltou para a sala, e agora a previsão do tempo já dava lugar a outras pautas no programa de notícias. A apresentadora do jornal local anunciava algo mais sério, culminando em uma coletiva da Secretaria de Segurança do Estado:

— E agora vamos falar sobre um assunto misterioso e preocupante, que está tirando o sono de médicos, enfermeiros e de várias famílias na cidade. Estranhos fenômenos têm se repetido em maternidades do município do Rio de Janeiro. Bebês que nasceram saudáveis, e pouco tempo depois perderam os movimentos, entrando num inexplicável estado de coma. Em todos os casos, as crianças apresentam uma estranha cor azulada nos rostos. E o pior: há relatos de colaboradores e de familiares que parecem ter visto sombras sobre as crianças, durante o parto ou logo depois. Já são quatro casos no Rio, e a Polícia Civil já foi acionada e começou uma investigação. O repórter Ézio Moraes tem mais informações, direto da Maternidade Escola de Laranjeiras. Ézio, é com você.

— Bom dia, Melissa, é verdade. Esses quatro casos até agora ocorreram em partes diferentes do município do Rio de Janeiro, mas têm características muito parecidas entre eles. O que aconteceu aos bebês posteriormente ao parto foi idêntico. Duas crianças ficaram paralisadas no berçário. Um outro bebê já estava na recepção junto aos pais quando a família estava tendo alta, no bairro da Barra da Tijuca. E outra criança recém-nascida aparentemente sofreu do mesmo mal no quarto com a mãe, aqui mesmo na Maternidade Escola em Laranjeiras. A informação que temos é de que todos esses bebês se encontram intubados. A polícia esteve aqui, e já há um delegado responsável por esse caso. Ele deve ser apresentado numa coletiva de imprensa dentro de instantes na Cidade da Polícia...

— Ótimo, obrigada Ézio. E nós vamos direto pra lá, agora com o repórter Ricardo Marigo. Bom dia, Ricardo!

— Bom dia, Melissa, bom dia pra todos os espectadores. Vai começar agora a coletiva de imprensa, vamos ouvir o governador Dário de Castro. Ele já está se pronunciando!

— Quero dar bom-dia a toda a população, explicar a situação atual desses casos, e acalmar todos os cidadãos do Rio de Janeiro. Realmente houve quatro episódios com crianças recém-nascidas, porém a Secretaria de Segurança já foi acionada e está trabalhando para investigar o que aconteceu. Não acreditem em teorias da conspiração e em crendices. Eu asseguro que tudo será solucionado, não mediremos esforços para isso. Passo agora a palavra ao Secretário de Segurança Julio Cezar Murphy!

— Bem, bom dia a todos. A situação de momento é a seguinte: tivemos episódios de paralisia generalizada em crianças recém-nascidas, algumas durante o trabalho de parto ou logo após, e outra no dia seguinte próximo da alta. Há relatos de familiares e de trabalhadores que afirmam ter visto uma sombra perto dos bebês, mas tudo isso já está sendo muito bem investigado, não se preocupem. Com a aprovação do governador, eu criei uma força-tarefa para lidar com este caso. A partir de hoje, todas as unidades neonatais do município do Rio de Janeiro terão três soldados da PM fazendo segurança armada, em cada andar. Eu destaco para líder da Força-Tarefa o delegado da Polícia Civil Hamilton Gusmão. Seja bem-vindo, delegado.

— Obrigado, senhor. Já estamos trabalhando forte, e cruzando todas as informações com a Secretaria de Saúde. Peço à população que mantenha a calma, estaremos vigilantes vinte e quatro horas por dia.

— E agora eu passo a palavra ao dr. Celso Neves, neonatologista, diretor da Clínica Perinatal Barra. Por favor, doutor.

— Muito bem, bom-dia. Estamos todos em alerta. O que pode ser dito à população é que essas crianças se encontram vivas, mas em um estado de coma. Estão intubadas. Todas parecem manter sua função cerebral, porém não se mexem e apresentam uma coloração azul no rosto, de uma forma que a comunidade médica parece considerar sem precedentes. Estamos fazendo vários exames e analisando, mas até o presente momento não conseguimos detectar a causa dessa coloração e do estado inerte dos bebês. Estamos trabalhando muito, e o que posso afirmar é que eles não correm risco iminente de morte, apesar do que apresentam. Estão estáveis.

— Quero agradecer a toda a imprensa, as informações de momento são essas. E faço minhas as palavras do dr. Celso: o momento é de ALERTA. A polícia dará uma resposta à sociedade em um tempo curto, podem esperar. – disse o Secretário de Segurança.

De repente, um oficial da Polícia Militar se aproxima da mesa e, em voz baixa, passa uma informação à cúpula, mais precisamente ao Secretário de Segurança do Estado:

— Senhor... já não são mais apenas quatro casos. Infelizmente tivemos mais dois agora de manhã.

A coletiva termina e a apresentadora retoma o comando do telejornal, partindo agora para o momento cultural. Melanie desliga a tevê, apreensiva com o que viu. Ela escova os dentes, vai até o quarto e chega perto de Christian, que ainda está acordando:

— Bom dia, amor. Deixei café pra você na mesa. Hoje tenho uma pilha de coisas pra despachar, e de tarde um monte de audiências. Já tô saindo.

— Obrigado, amor. Já vou me levantar. Bom trabalho, te amo.

Melanie dá um beijo na testa dele, pega sua bolsa e suas pastas com processos e sai para mais um dia de trabalho. O jantar no Heroland Café ainda estava repercutindo em sua mente. Ela tinha absorvido com muita atenção cada palavra do carismático Renato Singer, porém era impossível não se sentir assustada com o fato de sua gravidez ser alvo de forças ocultas, colocando a sua integridade e a de sua família em risco.

A jovem advogada tomou coragem, e resolveu seguir sua rotina diária. Decidida, saiu de casa e foi trabalhar. Pegou o ônibus da integração, e em poucos minutos estava no metrô rumo ao centro do Rio. Desceu na Estação Carioca e foi caminhando por entre a multidão até o edifício onde ficava seu escritório. Parou em frente a uma delicada loja de decoração e artigos para crianças, e por alguns instantes ficou admirando a vitrine. Camas, penteadeiras e lindos ornamentos davam um toque clássico a tudo que estava em exposição. Melanie suspirou ao ver o diversificado *showroom* de artigos e móveis infantis, imaginando como seria ter uma linda princesinha vivendo em um aposento como aquele. Olhou o relógio e viu que precisava voltar à realidade. Andou um pouco mais e logo estava na grande porta de entrada do edifício de pé direito alto. Quando virava o corpo para entrar, teve a esquisita sensação de estar sendo observada.

Deu os primeiros passos dentro do prédio e teve a forte impressão de ver um vulto refletido em uma das muitas paredes de vidro da imponente portaria. Olhou rapidamente para trás, e teve a impressão de ver um pássaro preto voar em alta velocidade e sumir do lado exterior. Melanie ficou um pouco intrigada, mas resignou-se e seguiu para o elevador, agora incomodada com um cheiro ácido no ambiente e uma umidade bem maior que a habitual.

CAPÍTULO 9

PAPAI, ME APOIA!

O SR. NEWTON ZIMERMANN DIRIGIA SUA JÁ um tanto usada *station wagon* com indisfarçável impaciência pelas ruas do bairro do Recreio dos Bandeirantes. Gaúcho de origem humilde, agora era um bem-sucedido dono de uma rede de lojas de materiais de construção.

Com pressa, ele se deslocava até o endereço onde sua filha morava com o marido, no mesmo bairro. Maria, a filha de Newton, tinha vinte e cinco anos e estava grávida de trinta e nove semanas. O pai da criança era Alex, que tinha os mesmos vinte e cinco anos e uma antiga fama de não ter muita responsabilidade. Enquanto cortava caminho pelas ruas da região, Newton pensava em quantas vezes havia avisado sua filha de que aquele rapaz não era o homem ideal para ela. Separado da esposa desde os primeiros anos de idade de Maria, ele havia dado duro para que sua filha tivesse uma vida diferente da sua.

Sua ex-mulher morava no Canadá há muitos anos, o que tornava seu papel de pai ainda mais importante. Pensou em todas as vezes que falou sério com Alex, mostrando que se insistisse com Maria teria que seguir regras rígidas e finalmente arrumar um emprego sólido e duradouro. No fundo, tinha esperança de que aquilo fosse apenas uma fase, e posteriormente Maria desistiria dos encantos do namorado.

Em vão. Alex fez juras de amor e ensaiou uma grande mudança de comportamento, conseguindo trabalho como *trainee* em uma multinacional. Os nervos de Newton chegavam a se exaltar quando se lembrava da noite em que sua filha e o namorado o chamaram para jantar numa excelente pizzaria e comunicaram a gravidez.

Contrariado, sentiu um grande aperto no peito, para depois ver as lágrimas nos olhos da filha e de certa forma abençoar a concepção de uma nova vida. Mas Alex realmente o surpreendeu: em pouquíssimo tempo lhe pediu a mão de Maria, e em quatro meses os dois se casaram em uma emocionante cerimônia para poucas pessoas. Pesavam contra Alex alguns deslizes cometidos na juventude, como um desvio de uma pequena quantia e a falsificação de uma assinatura em seu primeiro emprego. Resquícios de desconfiança ainda poluíam os pensamentos do patriarca, mas as últimas atitudes de seu genro pareciam redimi-lo.

Aos sessenta e um anos, Newton Zimermann era alto e corpulento, mas igualmente grande era sua bondade, compaixão e generosidade. Enquanto refletia, aproximava-se da residência de Alex e sua filha, em um edifício próximo à praia do Recreio. Maria havia ligado cerca de meia hora antes sentindo uma contração. A cesariana estava programada para dois dias depois, mas, pelos sintomas, não daria para esperar.

— Bom dia, seu Newton! Obrigado por vir tão rápido!

— Oi, pai... vou entrar devagar porque tá incomodando muito. Acho que não vou aguentar!

— Calma! Deixa que eu te ajudo, filha! Alex, segura do outro lado!

Maria foi acomodada no banco de trás, e Alex ficou ao lado dela dando apoio e segurança. Newton deu partida novamente no veículo, com destino à Clínica Perinatal da Barra da Tijuca. Cerca de quinze minutos depois estavam próximos à entrada do centro médico quando perceberam uma grande movimentação de carros de polícia no local.

— Tá parecendo que nasceu o filho do chefe de polícia, olha quantos deles!

— Ou tem algum bandido perigoso aí dentro, rapaz! Como é que tá, guria?

— Melhorou um pouco, mas tô sentindo umas pontadas e muita tontura.

— Amor, pode deixar que vou chamar um enfermeiro pra ajudar a gente.

Alex saiu do carro com rapidez, e quase trombou com dois soldados da Polícia Militar. Debruçou-se no balcão da recepção e logo conseguiu auxílio para sua jovem esposa. Em poucos instantes a médica de Maria, a dra. Allison Marques, apareceu sorridente e tomou a frente de todo o procedimento.

— Maria, querida! Que barrigão! Vem um bebê lindo por aí! Vamos te levar primeiro pro quarto, aí vamos fazer um exame rapidinho e depois a gente decide a velocidade das coisas, tá bom? Tô vendo que os homens da sua vida estão com o coração na boca! – sorriu a agradável médica. – Não se preocupem! Vamos subir, família!

Maria foi sentada em uma cadeira de rodas, e um enfermeiro lhe aplicou um analgésico venoso. Pegaram o elevador e foram para o quarto 816 onde, mais aliviados, aguardaram por alguns instantes para fazer o exame. Ao sair momentaneamente do quarto para ir beber água, Newton viu mais dois policiais fardados conversando com uma enfermeira e outro homem, que lhe pareceu familiar.

Certamente o havia visto em uma entrevista em algum noticiário policial da tevê. Era o delegado Hamilton Gusmão, recentemente designado para investigar o caso dos bebês paralisados. Os indivíduos pareciam muito sérios, tentando levantar dados e recapitular acontecimentos. Newton passou por eles, bebeu água e retornou para o quarto. Após os devidos procedimentos, a dra. Allison Marques já se movimentava para levar Maria para a sala de parto.

Deitada, ela sorria para seu marido e seu pai, enquanto era empurrada na maca, saindo do quarto. Recebeu um beijo apaixonado do marido, e outro na testa de seu emocionado pai. Deitada na maca em movimento pelo corredor, seus olhos se cruzaram por alguns segundos com os do delegado Gusmão. Newton Zimermann colocou a mão sobre o ombro de seu genro e carinhosamente disse:

— A família vai aumentar! Tá chegando um garotão!

Com um sorriso sincero e com lágrimas nos olhos, Alex agradeceu.

— Obrigado mais uma vez por acreditar em mim quando eu mais precisei.

— A sua atitude foi corajosa e nobre. Você me ajudou a convencê-la a ter o bebê. Se dependesse da opinião de outras pessoas, não estaríamos aqui agora.

— Eu sei que ainda não tenho muito a oferecer, mas meu sentimento é verdadeiro. E eu sempre lutarei pra proteger a Maria e o seu neto. E o importante é que a Maria não deu ouvidos para aquelas opiniões.

— Eu sei, filho. Jamais esquecerei a conversa que tive com ela.

Newton se sentou na poltrona mais próxima e lembrou dos dias seguintes à noite em que Maria anunciou a gravidez. Era algo não programado, assustador. Com a desconfiança sobre o passado de Alex e sua instabilidade financeira, alguns dos amigos e amigas mais próximos de Maria começaram a incentivá-la a abortar. Esse nunca foi o desejo da moça, mas durante alguns dias sombrios de horizonte incerto, as influências começaram a encontrar eco em sua mente. Até que uma coisa inesperada aconteceu.

Pouco antes de se casar, Maria estava cursando faculdade durante as manhãs e trabalhando em uma loja de roupas femininas no turno da tarde, o que a deixava extremamente cansada. Certo dia, já no horário de fechamento do shopping em que trabalhava, uma ligação sem identificação a surpreendeu. Era da delegacia. Alex estava envolvido em outro incidente. Decepcionada e contrariada, Maria pediu ajuda a Newton e os dois foram correndo tentar resolver o problema.

Ao chegarem ao local, a primeira imagem que presenciaram foi a do rosto de Alex machucado, enquanto preenchia papéis e conversava com um inspetor da polícia. O que teria acontecido desta vez? Uma virada do destino tinha acabado de ocorrer na vida daquela família. Com forte aptidão para tecnologia e domínio de redes e planilhas, Alex havia descoberto uma aparente falha ou fraude no sistema de contabilidade da empresa. Alguém havia feito cálculos errados ou estava desviando valores. O jovem trainee era muito grato ao gerente executivo que o havia contratado, e estava agarrando a chance como sua grande oportunidade de mudança de vida.

Decidiu trabalhar até mais tarde durante aquela semana para poder investigar por conta própria o que estava acontecendo. E conseguiu. Um dos seus companheiros de trabalho, que ocupava o cargo hierarquicamente superior ao dele, era o responsável pela fraude. Alex esperou o momento certo, e, com o escritório vazio e apenas os dois, frente a frente, resolveu indagar o colega a respeito dos números irregulares. O funcionário acusou o golpe e o ameaçou, o que resultou em uma briga quase até a morte. A equipe de segurança presenciou tudo pela câmera e a polícia chegou em poucos minutos, para a sorte de Alex, que levava a pior no confronto.

Comovidos, Maria e Newton ouviram o relato diretamente do delegado plantonista, e prontamente acudiram e consolaram o rapaz. Suas palavras naquele momento ficaram marcadas para sempre:

— Maria... sr. Newton... jamais vou falhar de novo. Fui defender o meu emprego, e o meu futuro com minha futura esposa, meu futuro sogro... e meu abençoado filho!

Os três se abraçaram e qualquer dúvida que pudesse existir sobre a chegada da criança se encerrou ali.

De volta ao grande dia do nascimento do filho do jovem casal, Alex despediu-se momentaneamente do sr. Newton e seguiu os enfermeiros até a sala de parto. Em estado de êxtase, ele iria acompanhar o nascimento da criança e sentir uma emoção até então inédita em sua vida. Com seu celular em punho, ele se sentou no lugar designado pelos médicos para acompanhar a chegada de seu primogênito. Suas mãos suavam de ansiedade. Enquanto algumas lágrimas ameaçavam descer de seus olhos, um sorriso esperançoso de orgulho se formava timidamente em seu rosto.

Tudo seguiu conforme o planejado sem nenhum imprevisto, e às onze e quarenta e cinco da manhã o pequeno Patrick veio ao mundo.

Rosado e bem minúsculo, o simpático bebê foi colocado nos braços da mãe, que chorava de alegria. Visivelmente emocionado, Alex foi encorajado pela dra. Allison a se juntar à esposa e ao filho para fotos. Ao se debruçar sobre os dois e olhar para a câmera nas mãos do enfermeiro, Alex viu alguém aparecer subitamente atrás da divisória fosca na sala. Era impossível ver com clareza, mas deveria ser mais um enfermeiro ou médico para dar as boas-vindas a Patrick. Em uma fração de segundo, uma sombra em formato humanoide saiu de trás do biombo hospitalar – uma parede translúcida – e avançou sobre a família. Um movimento tão rápido e agressivo que não encontrou reação entre a equipe médica.

A figura das trevas se lançou maquiavelicamente sobre a criança, exalando um cheiro ácido horrendo. Maria gritou e imediatamente desmaiou, enquanto a sombra derramava gotas de um líquido sinistro na boca do recém-nascido. Inacreditavelmente, Alex superou o medo aterrador e reagiu. Tentou agarrar a parte superior da figura negra, que de forma demoníaca cuspiu a mesma substância venenosa em seu rosto, para em seguida desaparecer de forma sobrenatural. Um alarme foi tocado, enquanto médicos corriam e alguns enfermeiros desmaiavam. A cena era triste e muito cruel: Patrick agora estava em coma. E Alex tinha o mesmo destino, desfalecido, no chão.

CAPÍTULO 10

SR. E SRA. MITCHELL

MELANIE SAIU DO TRABALHO E FOI DIRETO PARA a casa de seus pais no bairro do Jardim Botânico, vizinho à sua nova casa. Com a turbulência causada pela ciência da ameaça sob a sua vida e a de seu bebê, precisava receber o colo materno urgentemente. Sua mãe, Paula, e seu pai, John, estavam efusivos com a chegada do neto. Melanie teve tempo de passar em sua confeitaria favorita e levar alguns doces e salgados para fazerem um lanche. Paula e John ficaram muito felizes.

— Oi, minha filha... me dá um beijo! Que saudade! – Dona Paula Mitchell estava radiante por ver a filha.

— Ô filha... que bom te ver! Deixa eu olhar essa barriguinha... ainda tá pequena! – disse o sr. Mitchell.

— Oi, mãe, oi, pai... vamos fazer um lanchinho?

Melanie tirou os sapatos e pulou no sofá da confortável sala de estar. Depois de muitos dias, o recanto familiar a ajudou a tirar momentaneamente todo o peso das últimas descobertas. Ela estava leve. Sua mãe arrumou a mesa de chá, e em poucos instantes estavam reunidos saboreando os petiscos juntos. Uma deliciosa torta doce trouxe satisfação e suspiros à face da jovem advogada. Após a refeição, John se levantou e ligou a tevê. O noticiário local noturno estava começando, e uma pessoa já estava sendo entrevistada. Era o Secretário de Saúde do Estado, William Gerard Toscano.

— Esses bebês precisaram ser intubados para auxílio ventilatório. Talvez o tom azulado seja causado pela hipóxia, mas é possível que haja um outro agente. Só o tempo dirá. Elas estão assistidas e alimentadas por uma sonda nasoenteral. As crianças estão vivas, e estamos trabalhando pra restabelecer a saúde plena de todas. Isso é tudo por enquanto.

O repórter começava uma nova pergunta quando Melanie pediu a John:

— Pai, por favor... poderia desligar isso? Tenho ficado muito nervosa com essas notícias.

Atendendo ao pedido, ele imediatamente desligou o aparelho e trouxe mais uma xícara de chá para a jovem.

— Como está o trabalho, filha? Difícil? Estão te tratando bem no escritório?

— Estão sim, mãe. É só o desgaste normal do dia a dia. E vamos ver até que mês vou conseguir trabalhar.

— Acho curioso você ter escolhido essa carreira. Ainda mais por eu ser um industrial. Tudo bem... atualmente sou apenas do conselho da empresa..., mas minha carreira é essa. Agora, pensando bem, você sempre teve um senso profundo de justiça, desde garotinha – sorriu, John.

— Obrigada, pai. Não tem explicação, né... é questão de gosto mesmo... temperamento. Ah, tem uma coisa importante: os pais do Christian querem chamar vocês pra jantar no Degrau no fim de semana, o que acham? Que dia vocês preferem?

— Ah, eles são bem agradáveis. E agora teremos laços maiores. Que dia você prefere, John?

— Por mim no sábado tá ótimo. Vai ser bom. São tempos de boas novas, não é, querida? Em breve levaremos o netinho pra conhecer as origens da família na América!

— O netinho ou "a" netinha, não é querido? Não esqueça disso.

Melanie deu risadas ao ouvir o diálogo dos pais, até o celular tocar e chamar sua atenção. Era Christian.

— Oi, amor, tudo bem? Como você está? Cheguei e não te vi.

— Ai, Christian, desculpa... o dia foi tenso, aí resolvi de última hora vir aqui nos meus pais. Mas tá tudo bem. Vou pra casa daqui a pouquinho.

— Tudo bem, não tem problema. Se você tá bem, eu também tô. Só fiquei preocupado. Você quer que eu te busque aí?

— Tá bom, quero sim. Ainda vou ficar mais um tempinho aqui. Te aviso na hora que for embora, pode ser?

— Claro, combinado então.

— Ah, amor... meus pais toparam o jantar. Que tal sábado?

— Ótimo, vou falar com os meus. Nos falamos daqui a pouco.

— Um beijo!

Melanie desligou e se virou para John e Paula Mitchell. Eles tinham ido ao quarto e voltado com uma surpresa.

— Filha... sua presença aqui traz luz a essa casa! Estamos muito felizes. Ainda vamos ver direitinho o enxoval e tudo o que você precisa..., mas aqui está um presentinho pra te alegrar.

Ambos puxaram ao mesmo tempo uma pequena e sofisticada sacola que estava escondida atrás deles e entregaram a filha. Emocionada, Melanie manuseou o embrulho e o abriu. Um lindo e delicado colar de ouro com a letra "M" era o belo presente cheio de significado de seus queridos pais.

— Você é a nossa garotinha. Sempre será! Christian é um ótimo rapaz, mas você sempre poderá contar com a nossa proteção! Nunca esqueça disso!

Os três se abraçaram amorosamente, e ainda desfrutaram daqueles momentos em família por algum tempo. Christian chegou e subiu para abraçar os sogros. Um novo encontro reunindo os dois lados da família estava marcado. Na verdade, ainda não haviam acontecido muitos. Agora, com a vida nova que chegava, mais um laço unia os Mitchell e os Ventura. Com um brilho nos olhos, John e Paula deram um até logo ao casal.

No caminho para a saída, a jovem deu uma olhada no belo porta-retratos com a árvore genealógica da família Mitchell. John se orgulhava dessa peça, e a deixava em um lugar de destaque no hall de entrada. No elevador do prédio de seus pais, Melanie começou a retornar à realidade, e novamente parte das palavras de Renato Singer ao deixarem o Heroland Café voltaram à sua mente:

— O relógio está girando a nosso favor. Melanie, você estará sob nossa proteção constante. E poderá passar o tempo que quiser no Heroland Café. Aqui estará absolutamente segura. Eu conheço bem o inimigo.

— Como o senhor sabe de todas essas coisas?

— Eu sei... porque eu estava lá! Em todas as ocasiões.

Um trovão cortou seu pensamento no segundo em que chegavam ao térreo. Era o primeiro sinal de que o tempo iria mudar, e uma tempestade estava a caminho.

Naquele começo de noite, a enfermeira Dulce estava dando atenção especial à miúda Clara, nascida prematura com sete meses. Sua mãe era humilde, e não se tinha notícia do pai. Sua própria existência, em função dos muitos percalços e traumas da gravidez, era considerada um milagre. Mas estava sendo tão bem cuidada que enchia os corações dos parentes e funcionários do hospital de esperança. A evolução nos dias anteriores havia sido grande, e todos estavam muito animados.

Posicionada em decúbito dorsal, Clara estava sendo alimentada naquele instante pela dedicada e veterana enfermeira. Seu rostinho delicado parecia aprovar não só o alimento, mas também a presença amorosa de sua cuidadora. Dulce sorriu, encantada com a frágil criaturinha. Afetivamente, ela já a havia adotado, como se fosse sua.

— Minha filhinha. Vou te deixar bem forte. Essa anjinha vai ficar linda!

A pequena Clara parecia tranquila, mas por um segundo demonstrou um leve engasgo. Com seu extremo profissionalismo e procurando evitar qualquer desconforto à sua querida protegida, Dulce nem pensou duas vezes. Sabia que o plantonista havia chegado, e achou por bem o chamar para examinar a delicada e frágil menina. Um pressentimento estranho havia acometido a experiente enfermeira. Ao voltar rapidamente, sentiu um pique de luz. O gerador foi ligado, mas a iluminação voltou apenas parcialmente. Viu que o médico de plantão já estava de costas para ela, virado para a incubadora, olhando a paciente. Foi em direção a eles, falando com o médico:

— Doutor, ela está ótima, mas não seria interessante ministrar um...

Dulce não chegou a terminar a frase, e entrou em choque com a visão. Não era o doutor quem estava ali, e sim uma aparente sombra etérea. Um vulto negro, que envolvia a incubadora e parecia sugar a energia vital do bebê.

— Saia daí! Socorro! Socorro! Por favor, alguém me ajude!

Outros enfermeiros vieram acudi-la, mas, ao chegarem à incubadora, viram apenas a recém-nascida imóvel, e um estranho líquido azul escorrendo de sua boca. Um policial militar de arma em punho entrou esbaforido na UTI neonatal, no entanto não havia mais o que fazer. A lista de vítimas estava aumentando de forma cada vez mais impiedosa.

CAPÍTULO 11

MANIFESTAÇÃO DAS TREVAS

RENATO SINGER RECOSTOU-SE EM SUA CON-fortável poltrona de couro em seu escritório no andar superior do Heroland Café. Nas paredes com rodapé de madeira ao estilo pub inglês havia quadros com condecorações solenes de nações e organizações militares. Em um dos cantos do aposento, pairava uma formidável jukebox Wurlitzer de 1959, com cores vivas azuis e violetas em neon.

A charmosa máquina operava no volume mínimo, enquanto o proprietário do fascinante estabelecimento organizava seus pensamentos. Ele ficou por alguns instantes olhando um porta-retratos com uma grande foto sua tirada no momento de um caloroso aperto de mão com Roger Moore, na sede da MI6 em Londres. Sua amizade com o célebre intérprete de 007 havia sido marcante, e os dois haviam participado de aventuras secretas na vida real.

Renato respirou fundo e se concentrou, agora olhando pela janela e admirando a beleza do bairro da Gávea. Em um momento intimista, ele buscou clarividência e sabedoria para traçar a estratégia adequada para enfrentar os perigos que teria pela frente. À medida que sua consciência se elevava, sua mente se distanciava dos domínios do Heroland Café.

A tarde terminava, e o crepúsculo pintava o céu com cores impressionantes. A temperatura sutilmente caía enquanto Renato mergulhava por frequências extradimensionais e analisava variáveis do destino. Foi quando um calor súbito e um odor ácido muito forte tomou a sala. Imediatamente de volta a seu corpo terrestre, ele se virou em direção à origem do fenômeno. Uma fagulha surgiu da lareira, tomou ar, e pouco a pouco foi ganhando tamanho, para depois explodir em uma grande bola de fogo. A bola ardente estacionou em frente a um dos quadros e começou a se moldar junto à gravura. Um rosto tomou forma em meio ao caos incandescente em frente à mesa de Renato. Uma voz masculina fria, ameaçadora e essencialmente perversa pôde ser ouvida quando o rosto atingiu a real proporção humana:

— Como pode ver, seu esconderijo não vai durar muito tempo. Está surpreso? Não sou o mesmo de nosso último encontro. Nós vamos atrás de vocês! Eu sei tudo o que você pretende, e já tomei as devidas precauções. Não existe escapatória.

— Você sabe que existem regras. Mesmo para alguém como você. Não pode fazer isso com inocentes. Não vai conseguir.

— Eu já consegui. E, em breve, acabarei com você. E com todos que tentar proteger. Aguarde, é uma questão de tempo. E eu tenho o domínio dele.

— Acredite no que você quiser. Você parece esquecer que seu jogo de intimidação não tem qualquer poder sobre nós. Estamos protegidos espiritualmente.

— Aproveite enquanto pode. Orgulhe-se deste "santuário" faju-
to em seus últimos momentos, pois ele vai ruir. Um a um estamos
atingindo nossos alvos, e quando você menos esperar eu estarei aí
dentro. Seu reino de hipocrisia vai arder em chamas, assim como os
que você escolheu como seus protegidos! Não existe proteção divina
contra nós! – uma deplorável combinação de ódio e desprezo aluci-
nados eram latentes na fala do espectro de Richard de Lorne.

A manifestação sombria se extinguiu. Subitamente, o som do fascinante jukebox de Renato foi interrompido, com a tradicional canção dos anos 1950 que escutava até então em volume baixo sendo
interrompida e sobreposta por um coral malévolo, em uma melodia
arrepiante. Ritos de uma religião do mal.

Renato se levantou imediatamente. Concentrando-se mais uma
vez, ele repeliu a música invasora e desligou a jukebox sem sequer
tocá-la. O destemido veterano americano não era um homem qualquer. Mas, se houvesse mais alguém ali naquele instante, perceberi-
ria um inegável incômodo e preocupação em seus olhos. Afinal, as
dependências de seu estabelecimento jamais haviam sido violadas
dessa forma. Ao sair de seu escritório, ele deu passos no corredor
do segundo andar e parou por um instante na porta de um aposento
oculto do Heroland Café. Era hora de se comunicar com alguém.
Não havia tempo a perder. Na entrada da misteriosa câmara, pôde se
ver por baixo da fresta da porta uma luz poderosa se acender com a
simples aproximação de Renato.

CAPÍTULO 12

HARMONIA FAMILIAR

TÃO LOGO FOI INICIADO O EXPEDIENTE, O telefone do restaurante Degrau tocou. Do outro lado da linha estava Paolo Ventura, pai de Christian. Um homem animado, que sempre tomava a frente para organizar os grandes momentos e festas de família. Quis logo confirmar a reserva para o jantar da noite, a comemoração do anúncio de seu terceiro neto. O gerente do turno do almoço gentilmente o atendeu e confirmou a mesa para aproximadamente doze pessoas. Extremamente tradicional, o restaurante é uma referência no bairro do Leblon. Com ambiente e decoração europeus, garçons experientes trajados com elegância, um cardápio com vastas opções e um serviço impecável, o Degrau se acostumou a receber moradores do bairro e de outras partes da cidade do Rio de Janeiro e do mundo por décadas.

— Não se preocupe, sr. Paolo. Está anotado aqui.

— Muito obrigado! Hoje a ocasião é especial! Um grande abraço.

Naquele mesmo momento, Flavio – o irmão de Christian – sua esposa e os dois filhos, Benício e Stefan, deixavam o confortável apartamento onde moravam há dois anos na rua Fábia, no bairro da Vila Romana, em São Paulo, com destino ao aeroporto de Congonhas.

Profissional da área de TI, ele era casado com Michelle, uma paulistana que havia morado por anos no Rio. Filho mais velho dos Ventura, ele já era casado há onze anos e ainda não sabia da gravidez de sua cunhada. Somente os pais e os sogros de Melanie já estavam cientes da boa-nova. Flavio e Michelle apreciavam a vida na capital paulista, e recorrentemente pegavam a ponte aérea para visitar a família. Agora, já prestes a embarcar, estavam animados com os dez dias de férias que teriam pela frente.

— Mamãe... quero ir ao banheiro!

— Ai, Stefan... de novo?

— Deixa que eu levo ele, Michelle. Mas tem que ser rápido, viu filho? Já deu o sinal de embarque.

— Mãe... enquanto eles vão, a gente pode olhar as revistinhas na loja?

— Assim a gente vai se perder deles. Agora não dá, tá, meu amor? Daqui a pouco a gente tá no Rio, aí a gente passeia perto da casa dos seus avós e eu compro revistinha pra você.

Benício, que chegou a ensaiar uma cara de desânimo, sorriu e abraçou a mãe. Logo Flavio retornou com Stefan e os quatro embarcaram. O voo foi rápido, e em cerca de quarenta minutos já estavam pousando no ensolarado Aeroporto Santos Dumont, na bela baía de Guanabara.

De volta ao Degrau, por volta das quatro da tarde o simpático garçom David chegou ao trabalho. Amigo de longa data de ambas as famílias, seria ele o responsável por servir a mesa dos Mitchell e dos Ventura naquela noite. Cumprimentou o gerente Daniel, com quem tinha uma ótima relação, e foi se trocar para iniciar o expediente. Era uma sexta-feira, e o movimento estava surpreendentemente grande, como nos velhos tempos. As horas se passaram, e precisamente às vinte horas e vinte e oito minutos, John, Paula e Melanie Mitchell já estavam na porta do restaurante. A jovem havia saído do trabalho e ido direto para a casa dos pais. Extremamente pontual, John quis chegar antes de todos:

— Podemos esperar por eles lá dentro se preferir, pai. Christian mandou mensagem dizendo que estão chegando.

— Não, quero recebê-los de pé! Vamos entrar juntos!

Nisso, o sorridente gerente do turno da noite, Daniel Penetra, veio até a entrada e cumprimentou os três.

— Boa noite, pessoal! Tudo pronto, bem-vindos como sempre. Separei uma mesa no segundo andar, como vocês gostam. David está esperando vocês!

John e Daniel deram um forte aperto de mãos, e o pai de Melanie cochichou algo no ouvido do rapaz, sem a esposa e a filha verem.

— É sério? Gostei de saber. Deixa comigo! – disse o gerente.

Em segundos, os Ventura surgiram a pé na avenida Ataulfo de Paiva, e logo confraternizaram. Estavam todos lá: Paolo e Regina, os pais de Christian, e Flavio, Michelle e os meninos. Com o restaurante cheio, David os recebeu e os levou para um dos dois salões do segundo andar, acessado por uma estreita escada com corrimãos dourados.

— Bem-vindos, meus amigos! Que alegria ver a família inteira aqui! E aí, Christian... produzindo muitos vídeos?

— Essa semana tá mais calma... a Melanie é que tá cheia de coisa. Eu não te vejo desde o meu aniversário, não é?

— Sim! Aquele dia foi ótimo! E você, Flavio... como vai a vida em Sampa?

— Oh, meu amigo... prazer em te ver! Lá é ótimo! A gente se adaptou, os meninos adoram... os restaurantes são maravilhosos, mas... só existe um Degrau, né? – sorriu ele. – Falando nisso, tô sonhando com os bolinhos de bacalhau desde que a minha mãe falou que a gente vinha aqui hoje.

— É pra já! Vão ser quantos? Duas porções? Já vou trazer.

David sorriu para todos e se virou, saindo em direção à cozinha. Foi quando um outro grupo de indivíduos incomuns que havia feito reserva chegou ao restaurante. Com vestes de aparência medieval, cerca de dez pessoas entre homens e mulheres se sentaram no salão oposto, no mesmo segundo andar. Os salões eram separados por uma divisória de vidro, permitindo que ambos os lados se vissem. O grupo chamou a atenção de todos, especialmente dos meninos Benício e Stefan.

— Olha, Bê! Guerreiros!

— Uau! Que legal! São cavaleiros medievais!

— Interessante, não é, meninos? Sabem quem eles são? São os Arautos do Evangelho – disse Regina, mãe de Christian e avó dos meninos. — São membros de uma Associação Internacional de Fiéis da Igreja Católica. O uniforme deles parece de filme, não é?

— Quero tirar uma foto com eles! – disse Stefan, animado.

— Depois a gente vê isso, tá, filho? Pessoal... a Michelle e eu queremos aproveitar o momento pra anunciar uma novidade...

Os outros ocupantes da mesa pararam de conversar imediatamente, surpresos. O que iriam anunciar? Será que Stefan e Benício iriam ganhar um irmãozinho?

— Bom, não vou fazer suspense: nossa vida em São Paulo está muito boa, e eu gosto muito de lá. Amamos a cidade. Mas... vamos voltar!

— O quê? Mas o que aconteceu, cara? – perguntou Christian.

— Nada demais. A empresa fechou contratos altos com uma subsidiária carioca. Precisam de um gerente especial aqui, e eu fui designado. No futuro eu devo retornar pra São Paulo, mas por enquanto vão ter que aturar a gente de novo na área.

— Ah, que legal! Agora vou poder brincar mais com meus guerreirinhos! – disse Paolo.

— Que notícia maravilhosa, meu filho. Eu ficava com tanta saudade de vocês...

— Falando nisso, pessoal... eu acho que a minha filha tem algo pra contar... – disse Paula Mitchell.

O irmão de Christian, a esposa e os filhos voltaram o rosto para a cunhada, curiosos.

Com seu charme natural, Melanie sorriu e disse com a voz serena:

— Acho que os guerreirinhos agora terão uma princesinha para brincar com eles nos contos de fada!

Flavio, a esposa e os filhos vibraram com a notícia, e o resto da família, mesmo sabendo anteriormente do anúncio, engrossou a comemoração.

— Que notícia legal, Chris. Quando souberam? Já sabe o sexo? É menina mesmo? – perguntou Michelle.

— Pelo que soubemos, sim. Melanie tem feito exames.

— Tô sabendo do lance que tá rolando nos hospitais daqui. Umas histórias mal contadas sobre partos, bebês paralisados. Tem que tomar cuidado, hein? Qualquer coisa, planejem o parto do filho de vocês em São Paulo. Ainda vamos estar por lá. Os hospitais são maravilhosos.

— Tomara que não precise, mas podemos pensar no assunto. Obrigado, meu irmão.

David retornou com as bebidas e os deliciosos bolinhos de bacalhau.

— Vou deixar os cardápios, podem escolher com tranquilidade. Hoje tem uma clientela grande de estrangeiros, tô tendo que dar uma força nessas mesas. Já volto pra pegar os pedidos de vocês, tá?

Mais três indivíduos incomuns subiram a escadaria para o segundo andar. Com roupas de aspecto ligeiramente semelhante ao grupo de aparência medieval, porém com características ainda mais religiosas, o grupo de clientes foi para o mesmo lado dos Arautos, sentando-se em uma mesa com vista direta para a mesa de Christian, Melanie e suas famílias. A diferença singular entre o pequeno grupo recém-chegado e os Arautos era que essas três pessoas usavam capuzes. Podia-se ver dois homens calçando botas de couro e uma túnica marrom escura sentados à frente de uma mulher de aparência muito velha e corcunda. Seu capuz era disforme e muito grande, e escondia todo o seu rosto.

Acionado pelo atencioso e extremamente cavalheiro maître Adilson, o primeiro garçom foi atendê-los, mas não compreendeu uma única palavra do que disseram. Certamente eram estrangeiros. David era o grande poliglota da equipe, dominando sete idiomas com eficiência.

— David, me dá uma força, homem! Cheguei, dei boa-noite, e não entendi foi nada. Não sei se é italiano, é uma língua estranha.

— Claro, deixa comigo. Vou tentar encontrar um idioma!

O hábil e simpático garçom, dono de uma série de elogios internacionais na página sobre o restaurante no Trip Advisor, imediatamente foi acudir o colega e se comunicar na linguagem que fosse preciso com os misteriosos visitantes. Enquanto as famílias Mitchell e Ventura prosseguiram com o animado papo sobre gravidez e planos futuros, Stefan e Benício mantiveram sua atenção sobre a mesa ocupada pelos estranhos forasteiros.

Não era possível ouvir o que era dito, mas os meninos observaram David se esforçando para se comunicar com o trio, que aparentava ter vindo de alguma terra exótica. Quando David finalmente acenou a cabeça ao se preparar para ir à cozinha após tirar o pedido com muito esforço, Stefan e Benício viram a idosa encapuzada virar o rosto encoberto na direção deles. Ambos sentiram um arrepio imediato, e ficaram com muito medo. A estranha senhora agora não parecia mais tão claudicante e, em um movimento veloz, inclinou-se para se levantar. Os meninos se assustaram ainda mais, segurando um ao outro.

Foi quando um dos Arautos do Evangelho se levantou e passou decidido pela velha senhora. Surpresa e visivelmente afetada com a presença dele, ela recuou e permaneceu quieta, na posição anterior.

David já estava de volta à mesa da família, agora anotando os pratos do jantar. Alguns escolheram os famosos frutos do mar da casa, e os meninos já pareciam totalmente despreocupados, pensando no belo bife à milanesa com fritas que iriam comer. O membro do grupo dos Arautos agora retornava do banheiro, situado no andar de baixo e acessado somente pela estreita escada de corrimãos dourados. Tal passagem só permitia que uma pessoa se locomovesse de cada vez.

— Tio Chris...tia Melanie! A gente tava com saudade! – disse Benício, sorrindo, com palavras sinceras e cheias de afeto.

— A gente também, meninos! Estamos precisando voltar ao Hopi Hari... ou à Disney!

— Oba! Convence os meus pais, tio Chris!

— Hum... isso pode ficar pra um pouco depois, quando a sua priminha estiver maior, Stefan! Mas... que tal uma tarde de teatro, cinema, hambúrguer e doces comigo e com o Chris?

— Uau! Sério? Oba! Que legal, tia Melanie!

— Boa ideia, Melanie! Vocês dois passam um tempo com eles, e depois podemos jantar todos juntos lá em casa.

Os meninos vibraram e em seguida abraçaram a avó Regina. Na mesa dos Arautos do Evangelho parecia haver alguma comemoração discreta, e pela movimentação tudo indicava que já estavam prestes a ir embora. Um a um, eles começaram a deixar o restaurante pela escadaria.

Enquanto isso, com o apoio de dois outros garçons, David começou a trazer os pratos das famílias Mitchell e Ventura. Saindo da cozinha no primeiro andar, seriam necessárias algumas viagens para servir a todos. Os pais de Christian e Melanie foram servidos primeiro, e os demais pedidos viriam exatamente na leva seguinte. Foi quando, na mesa dos soturnos estrangeiros, a idosa olhou para trás e a se deu conta de que não havia mais nenhum membro dos Arautos. Um de seus dois acompanhantes segurou sua mão e a ajudou a ficar de pé.

Subitamente, seus movimentos não pareciam mais os de uma mulher idosa, e ela se dirigiu à escada, onde os garçons subiam um atrás do outro. Fingindo desequilíbrio, ela forçou passagem na contramão obrigando um dos garçons com bandeja na mão a desviar e se encostar na parede. Sem que ninguém percebesse, a sinistra figura feminina, destampou um pequeno tubo de cristal preso a uma pulseira e, com uma rapidez assombrosa, soltou um líquido turquesa sobre um dos pratos. Grunhiu alguma coisa em seu idioma, como se pedisse desculpas pela trombada, e entrou no banheiro.

David e os colegas reprovaram a falta de cortesia da cliente e voltaram a se concentrar no serviço. Melanie e Christian eram os últimos a serem servidos. Para ele, um *fettuccine*, e, para ela, o irresistível linguado da casa. Foi quando David olhou para a mesa dos forasteiros. Os dois acompanhantes da idosa estavam vidrados, olhando diretamente para a mesa das famílias. Foi quando uma forte voz masculina disse em voz alta:

— Não toquem na comida! Eu vi algo estranho!

Era um dos Arautos do Evangelho, que havia retornado para buscar uma mochila esquecida em uma das cadeiras. Todos imediatamente se viraram para a mesa dos forasteiros, e eles haviam desaparecido. O gerente Daniel saiu de seu escritório e foi até o banheiro, onde estaria a senhora idosa. Nem sinal. Os três haviam desaparecido. O membro do grupo religioso se apresentou, e contou que estavam comemorando uma graça atingida por um de seus superiores.

— Retornei para buscar minha mochila com documentos, e nesse exato momento vi uma confusão na escada. Esperei para subir, mas vi claramente aquela estranha senhora derramar deliberadamente um líquido azul em um dos pratos. Eram três indivíduos muito estranhos.

— Mal consegui tirar o pedido deles, mesmo tentando em várias línguas. E o que eles escolheram foi ainda mais pitoresco: três águas quentes e três sopas frias – disse David.

— Olhem para o meu prato, o que é isso? – disse Melanie, assustada.

Uma estranha cor azul cintilante tomou conta do linguado, que parecia pulsar. O peixe tremeu no prato por alguns instantes e começou a derreter.

— Veneno! Agora sabemos que eram criminosos – afirmou Christian.

— Quero compartilhar uma coisa com vocês. Nós não viríamos aqui hoje. A comemoração seria interna, em nossos domínios. Mas eu insisti para que viéssemos, pela alegria que esse restaurante nos traz e por mais alguma razão que não sei descrever. Algo muito forte, quase um senso de dever, responsabilidade. Coincidências não existem. Agora está claro. Viemos aqui para ajudar a proteger a família de vocês.

Alguns familiares se emocionaram, e todos aplaudiram as palavras.

Nisso, o gerente Daniel se aproximou novamente e, com seu jeito extrovertido e agradável, anunciou:

— O perigo já passou, e se for preciso chamo a polícia pra escoltar vocês. Mas agora... quero oferecer uma torta especialmente produzida para comemorar a grande notícia do dia! Uma criança que vai chegar para trazer ainda mais luz para essa família maravilhosa!

O Arauto sorriu timidamente e foi se retirando, mas foi segurado por Christian.

— Por favor, não vá ainda. Como é o seu nome?

— É André.

— André, algum tempo atrás eu salvei um bebê. Hoje, acho que você salvou o meu. Quero que fique e nos faça companhia. Convide seus amigos que estão lá fora para que venham também.

— Por mim, eu aceito, mas não podemos demorar. Vai ser uma honra. Vou chamá-los.

Quase todos os Arautos ainda estavam do lado de fora e se juntaram a eles, ao gerente Daniel e aos demais garçons. O jantar prosseguiu com o habitual serviço impecável do restaurante e as refeições absolutamente deliciosas. Melanie ainda ganhou alguns presentes delicados e o clima ficou leve e descontraído. A noite de comemoração terminava em total harmonia familiar.

Não houve mais problema algum e todos foram para suas casas em segurança. Ao fechar a porta, o gerente Daniel foi ao banheiro, e, por via das dúvidas, resolveu fazer uma nova busca. Não encontrou absolutamente ninguém. Apenas se deparou com restos de um estranho líquido azul borbulhante recém-derramado em um dos ralos, exalando um odor incomum, putrefato e ácido.

NE QUIDEM IN VITRO SALVUS ERIS

AQUELA IDA AO TEATRO COM OS SOBRINHOS combinada desde o jantar do anúncio da gravidez havia chegado. A cunhada de Christian tinha deixado as crianças na casa do casal depois do almoço, e agora eles mais uma vez já estavam no Shopping da Gávea, com destino ao Teatro Vannucci, uma das célebres casas de espetáculo situadas dentro do complexo.

A tarde estava muito animada, com várias famílias prontas para ir ao cinema ou ver peças infantis. Uma parada na clássica loja de doces Dolce Mio era obrigatória, e as crianças agora se deleitavam no variado bufê de guloseimas. Christian e Melanie se divertiam observando Stefan e Benício enchendo seus saquinhos plásticos com os mais variados doces e balas. Christian logo percebeu que Melanie se emocionou e tentou se conter rapidamente. Ele a abraçou e deu um beijo carinhoso em sua testa.

— Pronto, tio! Eu tenho mais balas que o Stefan!

— Não tem não! Eu peguei as últimas com formato de foguetes!

— Peraí, meninos! Sem briga! A tia Melanie não gosta disso, hein... se ficarem assim não tem teatro e vamos levar vocês pra ver um filme bem chato de adulto!

— Tá bom! Estamos de bem! – disseram os dois ao mesmo tempo, com caras de sonso.

Melanie olhou para o noivo e, com um sorriso no rosto, disse:

— Humpf... crianças!

Os quatro deixaram a simpática loja e seguiram pelos corredores em direção ao teatro. Enquanto caminhavam, a música "Overdub theme" era reproduzida suavemente nos autofalantes do shopping. Atores vestidos como personagens infantis faziam propaganda de seus espetáculos pelo caminho e conseguiam fascinar o público infantil. Melanie já havia comprado ingressos digitais, e agora o funcionário acabara de liberá-los ao conferir o código no celular. Sentaram-se nas confortáveis poltronas aguardando ansiosamente a apresentação, uma adaptação do romance de Mark Twain, *As Aventuras de Tom Sawyer*. Um show de abertura com um mímico de trajes de época esfarrapados surpreendeu adultos e crianças, e tirou muitos sorrisos da plateia. O artista encerrou sua carismática participação retirando um estilingue de um dos bolsos, fingindo posição de ataque. Ele mirou no holofote que o iluminava, e fingiu atirar. As luzes se apagaram por poucos segundos, até o espetáculo principal começar de forma retumbante, com uma trilha sonora bem aventureira.

Durante pouco mais de uma hora, o público de todas as idades se divertiu com as peripécias do garoto Tom Sawyer e seu amigo maltrapilho Huckleberry Finn, vivendo aventuras e desventuras, e encarando algumas surpresas e dramas do mundo real. Com um elenco infantil muito talentoso, uma montagem moderna muito criativa e efeitos especiais surpreendentes, a plateia se desmanchou em aplausos efusivos.

Animados, os meninos deixaram a peça empolgados com a história e com a produção, talvez a primeira que tenham assistido que os brindasse com pitadas das incertezas da vida adulta. Faziam mil perguntas aos tios, e pareciam querer muito mais programas e diversão.

— Tia Melanie! Eu gostei muito! Eu queria ver um filme da Marvel, mas esse teatro me deixou louco! Que legal!

— Esse "teatro" não, Stefan. Essa peça. Que bom que você gostou! O seu tio e eu também adoramos!

— Esse espetáculo é baseado em um romance muito famoso da cultura americana, meninos! O autor, Mark Twain, é considerado o pai da literatura moderna americana. E é uma tradição na nossa família apresentar aos mais novos! – Christian completou, sorridente.

— Eu quero ser igual ao Tom! E o Stefan pode ser o Finn!

— O Tom Sawyer é muito destemido, Bê! E você viu como ele trata bem todas as pessoas, independente da aparência? Esta é uma grande lição! – as palavras de Melanie tinham ternura.

— O que a tia Mel falou é muito importante, meninos! Mas o Tom não gostava muito de ir às aulas! Só não podem imitar ele nisto, ouviram?

Christian se fingiu de sério.

— E aí, quem quer um lanche gostoso? – o convite sorridente do rapaz foi recebido com sorrisos ainda maiores por parte dos sobrinhos.

Encerrando o passeio, decidiram fazer uma parada obrigatória na Oficina do Pastel. Afinal, ninguém vive só de doces. Após um delicioso lanche com os tradicionais pastéis, eles deixaram o centro comercial pela porta da frente. Quando desceram o lance de degraus próximo ao imponente letreiro luminoso da fachada, Christian prestou atenção em um veículo que se aproximava pela pista da rua Marquês de São Vicente: uma belíssima moto Kawasaki KZ-1000 Police, com pintura e insígnias da Patrulha Rodoviária da Califórnia.

O motociclista reduziu a velocidade e encostou a moto no meio-fio. Ao desligar o motor, o piloto, vestido com jaqueta de couro, óculos escuros e capacete dourado e azul pisou sobre a calçada.

— Será que ainda tem pastel pra mim?

— Renato? É você? – perguntou Christian.

Impressionados com a figura heroica à sua frente, os meninos ficaram com os olhos vidrados.

— Moço, o senhor é policial?

— Ele é amigo da tia Melanie e do tio Chris, Bê – disse Melanie, conduzindo carinhosamente as crianças pelas mãos até Renato.

— Olá, rapazinho! Tudo bem? Na verdade, não sou policial. Fui da Força Aérea Americana há muito tempo, mas dei baixa como Capitão. Digamos que sou um amigo e protetor dos seus tios.

— Uau, que legal! Será que ele conheceu o Nick Fury, Stefan?

Todos riram bastante até Christian perguntar:

— Eu não sabia que tinha uma dessas, é linda! Como conseguiu?

— Acabou sendo uma lembrança dos meus últimos dias em Los Angeles. Um amigo meu veterano da Patrulha Rodoviária tinha duas, e eu fiz uma oferta a ele. Prometi que iria cuidar bem dela. Veio até com o cassetete e luvas amarelas que ele sempre usava.

Christian, Melanie e as crianças seguiram admirando a bela motocicleta. A estrela dourada no tanque de combustível brilhava reluzente. Passaram-se alguns segundos até que Renato finalmente disse:

— Vamos fazer o seguinte: estou louco pra comer um pastel. Desde que vim morar aqui, fiquei apaixonado por essa iguaria. Que tal eu comer um rapidinho e depois deixo os meninos verem todos os detalhes da minha Kawasaki?

— Oba! Obrigado, tio Chris! Obrigado, tia Melanie! Obrigado, tio policial!

Stefan e Benício vibraram, e todos se divertiram até o fim da tarde.

Não tão longe dali, no bairro de Botafogo, o casal Dênis e Denise Bittencourt chegava da maternidade para passar sua primeira noite em casa com o pequeno Ewan. Acompanhados da mãe de Dênis, a satisfação estava estampada em seus sorrisos. Denise tinha 45 anos, e, antes de conhecer o marido, praticamente havia desistido do sonho de se tornar mãe. Ele era doze anos mais novo que ela, e ambos haviam se conhecido por obra do acaso, em um curso de curta duração na Fundação Getulio Vargas (FGV). Foram designados pelo professor a realizar um trabalho em dupla, e a "obrigação" agiu como um improvável cupido.

Nos primeiros momentos em que se reuniram, logo descobriram um potente interesse em comum: a admiração pelas obras de ficção científica. E mais ainda: ambos compartilhavam uma paixão avassaladora pela saga *Star Wars*. Denise era uma fã das primeiras gerações, e Denis havia descoberto a obra-prima de George Lucas em um dos relançamentos. Originalmente uma moradora do bairro do Humaitá, ela era a mais velha de três irmãos, que ironicamente haviam se casado antes dela. Seus últimos anos haviam sido sofridos, após descobrir uma traição de um ex-namorado.

Durante algum tempo ele havia levado uma vida dupla, até finalmente ser descoberto. O término foi inevitável, e essa decepção a fez não conseguir levar à frente os breves relacionamentos posteriores que teve. Isso até o carismático Dênis aparecer em sua vida. Denise sempre tinha desejado ter filhos, mas com resignação esta vontade já havia quase desaparecido de seus sonhos. Estava conformada em seguir uma vida confortável, junto a seus carinhosos pais, irmãos e sobrinhos, e com seu trabalho de designer de uma conceituada rede de lojas de moda feminina. Mas o relacionamento com Dênis mudou tudo. Quando os dois se deram conta, já estavam fascinados um pelo outro. As primeiras saídas logo se transformaram em namoro, com Dênis atônito por se ver apaixonado inesperadamente. Não estava em seus planos se envolver com alguém no momento, mas o destino havia agido de forma arrebatadora em seu coração.

Em pouco tempo o namoro foi promovido a noivado, e, em um *mini wedding* com a presença de parentes próximos e os amigos mais chegados, eles trocaram juras de amor eterno. Uma bela e fúlgida história de amor, que estava apenas começando. Durante o noivado, Dênis reacendeu a fagulha da maternidade no fundo da alma de Denise. Ela não relutou, e imediatamente começaram a se informar e a pesquisar sobre gravidez e os métodos de fertilização *in vitro*. Através da indicação de uma grande amiga endocrinologista, conheceram o dr. Herman Breitner, especialista em medicina reprodutiva.

Após as primeiras consultas e uma sequência de exames, fizeram a primeira tentativa de fertilização. Foi feita a estimulação ovariana, e posteriormente realizou-se a coleta de material.

Todo o processo acabou sendo atrasado quando estava no meio do caminho em virtude de incidentes estranhos ocorridos na clínica do dr. Herman. Uma enfermeira e uma secretária-recepcionista relataram ter visto espíritos e vultos na casa, e estavam profundamente assustadas. Funcionária de alta confiança do doutor e de indubitável capacidade técnica, a enfermeira Judith Lages aparentemente se confundiu durante o cultivo embrionário, e isto obrigou o casal a fazer uma nova tentativa.

A enfermeira lamentou o ocorrido e esteve presente durante o novo acompanhamento, desta vez extremamente bem-sucedido. Porém, a trajetória da secretária Diana na clínica se encerrou na semana seguinte. Por ter presenciado não somente aparições de vultos inexplicáveis, mas ter feito uma descrição arrepiante de uma figura enfumaçada caminhando por entre os corredores da clínica e exalando um odor desesperador, Diana decidiu pedir suas contas e abandonar o emprego. As lembranças daquele começo de noite em que se preparava para trancar as portas e acionar o alarme eletrônico ecoaram em sua mente por muitos dias, até finalmente tomar sua decisão. Para todos havia sido uma tentativa de invasão ou roubo, mas ela sabia muito bem que o que havia visto não era algo deste mundo.

Mas tudo isso já fazia parte do passado. O pequeno Ewan veio ao mundo pesando 3,1 kg, com cabelos loiros com cachinhos e bochechas rosadas. Seus pais se sentiam vitoriosos e realizados. Afinal, suas vidas haviam mudado de rumo repentinamente durante os dois últimos anos. Agora, estavam desfrutando do capítulo mais incrível dessa história de tanto amor. Era uma tarde agradável, e eles acabavam de estacionar o carro na garagem do lindo e moderno condomínio onde moravam, próximo à residência dos pais de Denise.

— Finalmente! Primeira noite em casa! Meu netinho lindo!

— Mãe, obrigada por tudo. Vou precisar muito de você.

— Minha filha... já fiz isso com você e com os seus irmãos... é uma alegria estar ao seu lado neste momento!

— Dona Ivanil... fica com ele um pouquinho enquanto eu monto o carrinho? – pediu Dênis.

— Claro... deixa que eu cuido desse presentão de Deus!

Dênis terminou de preparar o carrinho e retirar as coisas do carro, e logo os três já estavam no espaçoso apartamento. A vista estonteante

para a baía de Guanabara fazia aquele fim de tarde ligeiramente ensolarado ainda mais especial. Reunidos, os familiares logo receberam a visita de irmãos de Denise e de seu pai. A visita dos parentes de
Dênis ficaria para o dia seguinte. Afinal, todos já haviam se deleitado
com o saudável e simpaticíssimo novo membro da família.

Ewan havia sido batizado em homenagem ao maior ídolo de
Denise: o intérprete do personagem Obi-Wan Kenobi no relançamento da saga *Star Wars*, o ator Ewan McGregor. Ao contrário do
que pode parecer, não foi difícil convencer o marido a fazer a homenagem. Foi uma decisão espontânea e consensual. Conhecido
pela simpatia e interação com os fãs, o próprio ator escocês havia
atendido a um tweet do casal brasileiro e feito um pequeno vídeo
vestido com seu icônico manto de Cavaleiro Jedi desejando felicidade ao recém-nascido. Pôsteres e um boneco infantil do personagem ajudavam a tomar conta do quarto onde Ewan ficaria a partir
daquele dia, criativamente decorado. Seu pai havia criado um sistema de iluminação com lâmpadas semelhantes a sabres de luz, com
um eficiente controle de intensidade.

Outros brinquedos infantis pendurados deixavam o ambiente
ainda mais fascinante. Ewan foi colocado carinhosamente no confortável bercinho, escolhido a dedo pela família após muita pesquisa.
O casal Bittencourt e a mãe de Denise relaxaram ao redor do adorável nenê, e se revezaram nas horas seguintes cuidando do adorado
filho e neto. Dênis e Denise estavam muito cansados em virtude da
emoção das últimas quarenta e oito horas, e dona Ivanil foi quem
mais ficou atenta às necessidades do bebê. Os três fizeram um lanche
bem leve, e então foram descansar, preparados para o revezamento
noturno que fariam. Ewan havia chorado um pouco, mas, ao cair da
noite, parecia sereno e prestes a ter um sono tranquilo.

— Mamãe, a senhora não quer assistir à novela na sala? Eu sei que a senhora adora. Eu tô cansada, mas o Dênis fica de olho. Não é, meu amor?

Coçando os olhos, ele respondeu:

— Hum? Ah, é claro. Já virei tantas noites trabalhando e estudando que tô acostumado. Eu consigo controlar o meu sono.

— Não precisa, gente. Isso fica disponível na internet, estou mais interessada no meu neto.

— Não, mamãe... pode assistir. Tá tudo bem.

Dênis se levantou e insistiu carinhosamente para que a sogra fosse para a sala se divertir um pouco. Dona Ivanil pegou um copo d'água e se sentou numa confortável poltrona massageadora.

— Pode ficar assistindo tranquila. Se precisarmos de ajuda eu chamo a senhora.

A sogra de Dênis sorriu e se deixou levar pelo emocionante capítulo da novela que tanto gostava. Dênis retornou ao quarto e recostou próximo à sua esposa, observando seu filho como um verdadeiro guardião. Minutos se passaram, e todos permaneceram nos cômodos em que estavam. Durante o último intervalo, dona Ivanil se levantou e foi dar uma espiada no quarto. Denise estava adormecida, mas lá estava seu genro. Desperto, ele deu uma piscadinha para a sogra. As lâmpadas do cômodo, que tinham o formato dos sabres de luz da saga estelar, emitiam uma luz relaxante em tons verdes, azuis e roxos. Realmente um efeito convidativo ao repouso.

A senhora retornou para a sala e continuou assistindo ao programa. Quando uma grande revelação acontecia no folhetim televisivo, dona Ivanil respirou fundo novamente e sentiu um perfume incomum no ar. Pensou se tratar de algum gás escapando, mas logo descartou a possibilidade. Era um cheiro bem diferente. Nem esperou a cena final que tanto aguardava, e se levantou. Desconfiada com seu protetor instinto materno, foi ao quarto novamente. Com a porta entreaberta, percebeu a luz azul da lâmpada em forma de sabre de luz brilhando e piscando com intensidade. Talvez fosse isso, alguma falha elétrica.

Ela empurrou a porta suavemente, e então se deu conta de que algo estava muito errado. Não era a lâmpada azul que pulsava com toda a potência. Um líquido azul brilhante estava sendo derramado diretamente na boca do bebê. Dona Ivanil deu um grito de pavor, mas o som simplesmente não saiu. Em choque, ela olhou para o lado e viu seu genro caído, com o mesmo estranho líquido escorrendo pela boca. Tirando coragem do fundo da alma, ela foi pra cima da sombra etérea que agora terminara de despejar a substância infecta na garganta de sua vítima. A mão da brava senhora passou por entre a névoa. Não havia mais nada lá. Até então adormecida, Denise despertou ao ouvir um breve golfado de Ewan. O seu último.

Desesperadas, mãe e filha começaram a gritar pedindo socorro ao verem Dênis e Ewan sucumbirem. Ambulâncias foram acionadas, mas haveria tempo de fazer alguma coisa? A lista de vítimas seguia aumentando impiedosamente.

A entidade que havia vasculhado a clínica do dr. Breitner havia retornado para completar seu objetivo sombrio. Agora estava claro que a experiente enfermeira Judith Lages não havia cometido um erro sequer. Todos os tratamentos que não foram adiante haviam sido obra de cruéis investidas dessa mesma força desconhecida.

OS ARQUIVOS MONROE

RENATO SINGER DESEMBARCOU DA COMPOSIção do metrô do Rio de Janeiro na estação Cinelândia. Assim que as portas do vagão se abriram, deixou as poucas pessoas saírem primeiro, e, em seguida, pisou com absoluta tranquilidade na plataforma. Havia escolhido um horário menos concorrido e sem superlotação para tomar o transporte público e realizar uma tarefa naquela parte da cidade.

Prestando atenção a cada detalhe, ele caminhava subindo a escadaria para a superfície. Afinal, no tempo em que tinha morado na cidade o metrô ainda era apenas um emaranhado de obras. Chegou ao andar superior e se deparou com quatro opções de saída. Viu a placa para o acesso ao Theatro Municipal e imediatamente se lembrou de gloriosos espetáculos de que havia sido testemunha. Sem dúvida seria um reencontro interessante caso fosse visitá-lo. Mas esse passeio ficaria para uma outra oportunidade, pois precisava visitar um endereço em particular. Seguindo sua excelente orientação geográfica, logo encontrou a saída que o levaria ao local onde outrora se encontrava o lendário Palácio Monroe.

Uma célebre construção eclética com projeto de Souza Aguiar, concebida para ser a representação do Brasil na Feira Mundial de

1904, em Saint Louis. Erguida em solo americano, após a exposição foi desmontada e trazida para a então capital do Brasil, o Rio de Janeiro. Foi sede da Câmara dos Deputados e do Senado Federal até Brasília ser escolhida como a nova capital da nação.

O Palácio seguiu existindo então com outras funções, abrigando, inclusive, uma representação local do Senado de Brasília, e serviu como sede do Estado Maior das Forças Armadas. Outros órgãos tiveram representações funcionando secretamente no Palácio neste período até ele ser tragicamente demolido em 1976. Foi justamente neste último período que Renato Singer trabalhou ativamente no Monroe, em um escritório confidencial de inteligência. Oficialmente, tal representação nunca existiu, mas Singer e sua equipe foram responsáveis por desbaratar crimes internacionais e evitar algumas tragédias.

Operante até o último dia de funcionamento do Palácio, o escritório de Singer foi desmontado e seu conteúdo sofreu uma triagem de despacho. Parte do mobiliário, equipamentos e documentos foram enviados para os Estados Unidos e alguns países europeus, e outra parte teve um destino misterioso. Agora Renato estava de volta ao bairro da Cinelândia para, finalmente, verificar o paradeiro desta outra parte.

Renato caminhou pela praça da outrora avenida Central, agora avenida Rio Branco, e parou frente ao espaço vazio que antes havia abrigado o formidável Palácio Monroe. Ficou ali parado por alguns instantes, como se estivesse se comunicando com o passado, mas aquele ainda não era o endereço que precisava visitar. Deu meia-volta e partiu em direção a um tradicional prédio da região: o imponente Edifício Serrador.

Como o próprio nome sugere, o bairro da Cinelândia recebeu as melhores salas de cinema da cidade nos anos 1920, e esta marca perdurou por décadas. Em sua caminhada, Renato passou pelo mais famoso sobrevivente dessa era de ouro, o Cine Odeon, palco de exclusivas estreias abrilhantadas com a presença de estrelas como Tom Cruise, Bradley Cooper e muitos outros nomes consagrados da sétima arte. Agora ele já chegava ao prédio, situado na rua Álvaro Alvim, de cara para a praça Mahatma Gandhi.

Cruzou o impecável saguão, alvo de uma recente e irretocável reforma nos anos anteriores, e pegou o elevador até o décimo segundo andar. O veterano norte-americano não havia marcado horário ou sequer avisado alguém de sua presença. Simplesmente executava à risca uma atribuição programada há muito tempo.

A porta do elevador se abriu, ele se viu em um corredor que havia visitado uma única vez. Deu um leve sorriso de canto de boca e foi em direção ao número 1212. Chegou a uma porta de madeira de alto padrão, muito bem envernizada e com uma placa dourada com a numeração iluminada. Não havia dúvida: nada havia mudado em todo aquele tempo. Renato fechou o punho e deu três batidas suaves. Aguardou alguns segundos e não houve resposta. Quando pensou em bater novamente, ouviu uma voz masculina envelhecida, porém muito agradável, falar ao longe:

— Enfim veio consolidar a transição... pode aguardar um instante?

— Sem dúvida. Não tenha pressa – disse Renato, sereno.

Um som de várias fechaduras se destrancando foi ouvido, e a porta finalmente se abriu. Um homem idoso de baixa estatura, impecavelmente vestido com terno e colete da mais alta estirpe, segurava a maçaneta dourada. Baixou os óculos de leitura, e, com satisfação, cumprimentou o visitante:

— Melhor do que eu pensava! Não atrasou um dia sequer! Bem-vindo, Capitão Singer!

— Bill Clayton! Meu velho amigo Bill Clayton!

Os dois se abraçaram, e o anfitrião conduziu Renato para o interior. Um ambiente muito maior do que externamente aparentava ser. Confortáveis sofás clássicos de couro marrom escuro povoavam o imóvel, com paredes pintadas em verde e ornamentadas com rodapés de madeira. Luminárias com iluminação indireta tornavam o recinto extremamente aconchegante. Diversos quadros de moldura dourada com fotografias e pinturas reproduzindo o fantástico Palácio Monroe decoravam as paredes do escritório.

No canto da sala principal havia um convidativo bar com poltronas, e uma série de garrafas de bebidas sofisticadas dispostas em série. Bill Clayton convidou o amigo a sentar e iniciou uma animada conversa depois de anos sem se verem.

— O que posso lhe oferecer? Creio que seu gosto não tenha mudado após esses mais de quarenta anos – indagou Bill, acendendo um charuto especial para o momento.

— Continuo apreciando as mesmas bebidas, meu velho amigo. Mas acho que hoje uma água com gás e gelo vai me deixar bem satisfeito.

— Hum... quer dizer que adotou uma rotina saudável? Talvez isso explique você estar rigorosamente idêntico. Não envelheceu um dia sequer!

— Gentileza sua, Bill! Você também está ótimo. Mas me diga... este posto está operante desde o dia do fechamento? Você está aqui esse tempo todo?

— Sim. Toda a nossa equipe veio aqui retirar seus pertences. Você era o único que faltava. Há muito tempo eu o aguardava.

— Me perdoe por não ter vindo antes. Fui encarregado de outras missões, em territórios longínquos.

— Me pergunto o quão distantes seriam esses lugares! – sorriu Bill, servindo a água com gás ao colega. – Um brinde à nossa amizade!

Ambos bateram os copos e relaxaram amistosamente por alguns minutos.

— Me diga...você ainda tem contato com aquele italiano louco?

— Sem dúvida. Trabalhamos juntos frequentemente. É um homem de confiança. E extremamente eficiente. Mas, e você... o que tem feito para vencer a solidão?

— Uma vez por ano, um emissário do Consulado vem até aqui. Sempre o mesmo. Faz a checagem de praxe, e traz um envelope lacrado com instruções. Sempre segui todas, e mantenho todos os documentos rigorosamente organizados, assim como o material coletado. Essa tem sido a minha rotina. Mas parece que agora fecharei um ciclo.

— Está com a minha caixa aí?

— Perfeitamente. Intocada, à sua espera. Há mais de quarenta anos. Vou pegá-la.

Bill se levantou e entrou na sala adjacente. Um incrível almoxarifado de arquivos, nem um pouco caótico e sobriamente disposto. Insígnias de agências de segurança e forças armadas tomavam uma das paredes, imprimindo um ar de autoridade ao ambiente. Ele apertou um botão num minúsculo painel de controle, e uma porta automática se abriu. Uma caixa de metal desceu por uma pequena rampa e parou direto em suas mãos.

— É toda sua. Tem a chave?

Renato não disse uma palavra, apenas respondeu retirando o referido objeto de seu bolso. Ele se ajoelhou e encaixou a chave na abertura. Um dispositivo de segredo com senha completava o kit de segurança. Destravada, a caixa se abriu sozinha, revelando seu conteúdo.

Havia uma gama de objetos guardados e adquiridos por Renato durante os mais de dez anos em que prestou serviço na representação confidencial no Palácio Monroe. Quase todos os itens conferiam com o que tinha em mente, mas alguns driblaram sua memória e o surpreenderam, como um velho artefato norueguês que recebera de um membro da família real daquele país. Renato fechou a caixa e se levantou novamente.

— Satisfeito? Tem certeza de que retirou todos os seus pertences do Palácio e os colocou aí?

— Tenho. Todos os que estavam nesta dimensão, pelos menos – sorriu ele.

Bill retribuiu o sorriso sem entender exatamente a resposta do antigo colega.

Um porta-retratos em destaque em uma das mesas chamou a atenção de Renato, que reconheceu imediatamente um outro rosto de seu passado...

— O Tenente da Marinha Brasileira, Armando Jonas... puxa... são tantos anos... ele foi um verdadeiro herói!

— É verdade, Singer. Foi quem nos salvou naquela missão no extremo sul. Aqueles mercenários não estavam pra brincadeira.

— Sim. Ele foi condecorado postumamente. Pelo menos sei que sua família está bem.

— Antes de você ir embora quero lhe mostrar uma coisa.

Bill abriu uma cortina da janela principal, que surpreendeu Renato com uma vista magnífica.

— Veja, meu amigo. Uma vista privilegiada para a praça onde ficava nossa base de operações. Quem diria que seria derrubada...

— Realmente... inacreditável, Bill. Nós sabemos quais forças estiveram envolvidas nessa destruição. Mas desde então trabalhamos em seu encalço. Mas... e se eu lhe contasse que o Monroe está sendo erguido novamente em outro lugar... o que acharia disso?

— Não é possível... isso é sério? Seria maravilhoso... com que propósito?

— O mesmo de antes. Especificamente o mesmo de antes.

— Seria maravilhoso... adoraria contribuir com meus serviços nos meus últimos dias.

— Se estiver ao meu alcance, eu providenciarei isso. Foi bom revê-lo depois de todos esses anos.

— Creio que agora estou livre para fechar este lugar. Você era o último que faltava aparecer.

Ambos se abraçaram demoradamente e Renato já se preparava para ir embora quando uma nova batida na porta foi ouvida.

— O que faz aqui, em um dia de nevasca? – perguntou Bill, em uma indagação aparentemente sem sentido. Uma voz, do lado de fora, respondeu prontamente.

— Vim buscar lenha, para nos proteger do frio da noite.

— Veio ao lugar certo!

Bill soltou as trancas, e, ao abrir da porta, Renato se surpreendeu com a visita: uma estonteante moça de trinta e poucos anos, deslumbrante em um tailleur azul-marinho com sapatos de salto alto. Seus cabelos dourados ajeitados em um lindo corte dos anos 1980 completavam seu atraente, porém, comportado visual. Renato não pôde deixar de perceber o *pin* com a insígnia de sua antiga unidade de operações no paletó que ela usava.

— Como vai, sr. Clayton?

— Receber sua visita sempre é um colírio para os olhos! Olhe que coincidência, Renato. Este é o "funcionário" do Consulado que mencionei. E veio justamente hoje.

Ela sorriu comedidamente e tirou um envelope de sua bolsa.

— Aqui estão suas instruções.

— Brenda Johnson, este é o Capitão Singer. Trabalhamos lado a lado.

— Obrigada por seu serviço, Capitão – com um olhar doce ela apertou a mão de Renato e de Bill, e se despediu. Imediatamente, o sr. Clayton rasgou o lacre do envelope e leu a mensagem:

"Missão cumprida. O último que faltava apareceu. Fechar escritório no tempo hábil. Seu retorno para casa está próximo. Aguarde novas instruções."

— Meu caro Renato... acho que estarei à disposição do novo Monroe em breve!

Bill Clayton suspirou e relaxou os ombros. Agora seu trabalho, finalmente, trabalho estava completo.

CAPÍTULO 15

MISSÃO FAIREY ROTODYNE

ERA SÁBADO, E MELANIE E CHRISTIAN FORAM ao Heroland Café se reunir com Renato Singer. Os casos sobrenaturais de envenenamento de bebês eram avassaladores, permeando os jornais em todas as mídias, e deixando a polícia local desconcertada. Apesar do empenho dos investigadores, pouco havia sido descoberto até então. A junta médica destacada para acompanhar o caso e tratar as crianças reconhecia a mesma substância química em todos os bebês, mas não havia obtido avanço algum em seu tratamento. Todos seguiam em coma, em situação estável. Incluindo Alex e Dênis, pais de duas crianças que também haviam sido atingidos ao fazer contato físico com a aparição.

Em meio a esse cenário desanimador e preocupante, o casal estava ávido para obter novas orientações do empresário e veterano da Força Aérea Americana, e, assim, reforçar a estratégia de proteção a suas vidas e a de seu bebê. Na chegada à propriedade, viram que Stacy e Newman estavam na entrada fazendo ajustes no letreiro de neon. Eles deram as boas-vindas ao casal.

— Bom dia! Vocês estão bem? O sr. Singer está aguardando vocês no bar. Bem-vindos!

— Obrigado, Stacy! Esperamos aqui?

— Não, podem ir! Estamos terminando um reparo e já os encontraremos! – respondeu Newman enquanto trabalhava.

Passaram pela bilheteria e pelo hall de entrada, e lá estava Renato Singer. Usando uma camisa amarela de botão com as mangas arregaçadas, calça bege e botas de cano curto, ele parecia folhear um livro de capa dura, com fotos e documentos.

— Estava esperando por vocês, meus filhos! Me acompanham num cappuccino com um pequeno sanduíche de bacon com queijo? Hoje será um dia importante. Vamos traçar nossa estratégia. Mas isso não precisa ser enfadonho! Vamos nos divertir!

— Oi, sr. Renato. Só de estar neste lugar com o Christian, perto do senhor... já me sinto melhor. Mas é inegável... estou preocupada.

— Aqui você está protegida! Eu afirmo novamente!

— O senhor sabia que o pai da Melanie é de origem norte-americana?

— Mitchell! Sim, eu sei! O mundo é muito pequeno. Será que nossos caminhos já se cruzaram? É uma possibilidade! Venham, fiquem à vontade. Vamos tomar nosso café!

Os três se sentaram no aconchegante bar, e Renato começou a relatar uma importante missão de que havia participado, muitos anos atrás. Naquela noite de outubro de 1959, um Rotodyne da Royal Air Force (RAF) britânica realizou uma missão secreta em Veneza, na Itália, saindo da base de Lakenheath, na Inglaterra. Situada na região de Suffolk, esta era até então uma histórica base de operações britânica em conjunto com a Força Aérea Americana (USAF).

O Fairey Rotodyne, como era conhecido, era um híbrido de helicóptero e avião, que tinha a capacidade de decolar e pousar verticalmente, sem necessidade de pista. Os militares da coalisão liderados pelo Capitão Renato Singer obtiveram de espiões informações de que uma organização secreta manteria armas de destruição em massa escondidas nos antigos Lazzarettos, remanescentes do período da peste negra na Europa.

Tais construções estavam inacessíveis, isoladas por barreiras controladas pelos Carabinieri, uma das forças policiais italianas. A incursão para averiguação, reconhecimento e captura de material teria que ser rápida e cirúrgica, e não haveria terreno extenso para uma aeronave de grande porte pousar. Inicialmente uma aposta revolucionária da indústria aérea, o Rotodyne chegou a ser considerado uma nova opção de transporte entre centros de grandes cidades, sem necessidade de embarque e pouso em aeroportos.

Ele tinha hélices como um avião, mas sua decolagem e pouso eram realizados através do grande rotor com quatro jatos que o impulsionava e fornecia sustentação. Esse mecanismo gerava um barulho acima da tolerância, criando assim um grande impasse entre seus fabricantes e as companhias interessadas em adquirir unidades. Isso acabou atrasando sua aprovação para produção e distribuição comercial.

Com muito empenho, equipes técnicas da Fairey Aviation conseguiram solucionar o problema do ruído, mas uma solicitação secreta da RAF fez com que o uso comercial da aeronave fosse cancelado. Cinco unidades foram construídas e incorporadas à frota da Base de Lakenheath para missões especiais, enquanto o mundo da aviação civil conheceu apenas a história do fracasso do Rotodyne.

O modelo utilizado naquela noite era equipado com camuflagem de radar de última geração, armamento pesado e poderia comportar quarenta passageiros. A tropa da missão era composta por apenas onze homens, liderados pelo Capitão Singer. Dois exímios pilotos completavam a equipe: o Primeiro Tenente americano da USAF Brad Connolly e o Tenente de Voo britânico da RAF Gary Feiser.

A missão partiu da base de Lakenheath ao pôr do sol, fazendo uma parada na Base Aérea de Kleine Brogel, na Bélgica, antes de partir para o destino final em Veneza. Os onze oficiais do Comando de Singer dividiam-se em cinco Parajumpers (Pararescuers) norte-americanos e seis soldados da Infantaria britânica SAS. Uma rápida tempestade pegou a tripulação de surpresa ao entrarem no espaço aéreo italiano, mas, ao chegarem ao Veneto, o tempo ficou bom novamente.

Tudo correu como planejado, e, às duas horas da manhã, aproximavam-se da região de Veneza. O Rotodyne manobrou sem ser notado e pousou silenciosamente de forma vertical perto do Lazzaretto Vechio. Com as luzes totalmente apagadas, a pequena tropa desceu da aeronave híbrida e penetrou na velha instalação. Homem a homem, os soldados foram ganhando terreno até alcançarem a porta de entrada principal do antigo hospital de contagiados da peste negra, local de dolorosas e mortais quarentenas. O primeiro Parajumper habilidosamente desabilitou as trancas, e em segundos o comando inteiro estava dentro do Lazzaretto Vechio. Uma intensa busca foi iniciada.

— Senhor, já fizemos o reconhecimento de todo o perímetro. Não encontramos nada.

— Não há nada aqui, senhor! – disse outro oficial.

— Realmente. A olho nu... não é possível ver nada. Mas ele já está chegando. Irá nos ajudar – Renato respondeu com tranquilidade e confiança.

Pela grande porta aberta por onde entrava a luz do luar que parcamente iluminava o Lazzaretto Vechio, os militares perceberam alguém se aproximar. Um vulto distante, aparentemente trajando um sobretudo com capuz, caminhava soturnamente em direção à construção.

Chegando cada vez mais perto, fez os homens ficarem em alerta e apontarem seus fuzis em sua direção.

— Não atirem! Ele está do nosso lado. Eu o chamei – disse Renato.

A misteriosa figura cruzou a porta e parou, contra a luz. Ainda em alerta, mas seguindo as ordens do Capitão, a guarnição baixou a guarda. O homem então baixou o capuz e seu rosto foi revelado.

— Seja bem-vindo, meu amigo. Seja bem-vindo, Romanelli.

Desconfiado e em posição de ataque, um dos soldados britânicos perguntou a Renato Singer:

— Isso não estava programado... nós podemos confiar nesse indivíduo?

— Senhores, creio que na missão de hoje precisaremos do auxílio de ciências não tão fáceis de serem compreendidas...

Romanelli se curvou e cumprimentou a todos, antes de se ajoelhar e tirar um objeto de sua mochila. Uma impressionante caixa de cristal, com recortes e ornamentos em sua superfície. Transparente, porém levemente fosca, a caixa de aproximadamente um palmo tinha em seu centro uma luz branca ofuscante. O mágico a colocou no chão e em seguida encostou sua pulseira em um ponto específico do artefato. Ele recuou e deixou a caixa no chão.

Em poucos segundos, o objeto começou a girar em torno de sua própria órbita, e a luz branca ofuscante foi liberada por todo o ambiente, em um efeito de rotoscópio em velocidade alucinante. As leis da física começavam a ser desafiadas, e uma realidade pairava sobre outra. O fantástico ilusionista proporcionou uma sobreposição existencial momentânea com a Dimensão de Vestígios. Uma dimensão proibida desolada, uma verdadeira sombra dos acontecimentos do mundo em que vivemos, porém com uma considerável defasagem temporal.

Coisas que deixam de existir na nossa terra ainda permanecem por lá durante algum tempo até serem consumidas pela desolação das trevas. Encontrar o acesso a este reino sombrio e manipulá-lo a seu favor é um poder raro. E proibido. Nenhum ser humano havia descoberto os segredos nefastos que seriam a chave para a sintonização com este domínio isolado na escuridão.

Todos os militares do comando continuaram parados nos mesmos lugares, enquanto observavam a textura do chão mudar, móveis desaparecerem e outros mais antigos surgirem em seus lugares. Manchas enevoadas inexplicáveis se manifestavam por todos os lados. O ar se tornou pesado e úmido, com um forte cheiro ácido. Os soldados britânicos e americanos, extremamente bem treinados, levaram as mãos a garganta em questão de segundos. O ar parecia rarefeito, e estava difícil respirar. Geograficamente estavam rigorosamente no mesmo lugar de antes..., mas aquele não era o mesmo mundo em que viviam.

— Encontrei.

Romanelli olhou seriamente para Renato Singer, como se pedisse permissão para alguma coisa. Renato imediatamente consentiu, e o italiano deu poucos passos decididos em linha reta, até se ver diante de uma figura sinistra. Horripilante, era um misto de estátua com espantalho, representando alguma criatura alada. A presença maligna era real. Os homens se mantinham firmes, mas vivenciavam uma sensação sufocante e desesperadora. Cauteloso, Romanelli puxou sua varinha mágica do casaco e a apontou para a figura. Ela acendeu como uma espécie de lamparina, iluminando a face abominável da escultura.

O mágico olhou ao redor e viu uma grande arca de ouro com símbolos marcados em sua parte superior. Focalizou a luz da varinha sobre a grande caixa dourada, que estava trancada. O Capitão Singer se aproximou e, com um único gesto, fez a tampa se levantar.

Um vento frio cortou as canelas de toda a equipe, e Renato se deparou com o conteúdo do objeto arcaico. Livros, mantos negros, luvas, botas e máscaras de médicos da peste negra. Lá estavam também pequenas garrafas com estranhos líquidos. Sutilmente, o Capitão conseguiu distinguir frascos pela cor, e guardou quatro deles nos bolsos de sua jaqueta.

— Olhem! O que buscamos está ali! – disse o Sargento Weaver, apontando para outro canto do grande salão. Lá estavam os contêineres descritos no briefing da missão como o material a ser recuperado. O objetivo estava prestes a ser cumprido.

Renato Singer tomou a frente, seguido pelos demais militares. Todo o material começou a ser recolhido para ser conduzido à Base de Lakenheath com extrema cautela. Romanelli estendeu o braço para o alto, fazendo sua pulseira com crucifixo reluzir ao estímulo do único facho de luz que vinha de fora. Subitamente, a mudança do piso, da temperatura, dos móveis e objetos começou a acontecer de maneira reversa, e logo voltaram ao plano habitual em que viviam. Estava encerrada a sintonização com a Dimensão de Vestígios.

Com eficiência, a equipe se retirou rapidamente do Lazzaretto Vechio e embarcou no silencioso Rotodyne. Todos menos Romanelli. Com um aceno o Mago se despediu do Capitão Singer e desapareceu pelas sombras da noite veneziana. A aeronave partiu enquanto, ao redor da velha construção do Lazzaretto Vechio, estranhos e arrepiantes olhos verdes em arbustos começavam a se acender. Os soldados estavam sendo observados. De volta ao presente, Christian não conteve sua curiosidade:

— Só tenho uma dúvida, sr. Renato... se o senhor e o Romanelli estavam nessa missão em 1959... quantos anos vocês têm?

Renato e o mágico se entreolharam em silêncio, e voltaram a atenção para Christian.

— O senhor deve ter perto de cem anos de idade... e Romanelli uns noventa. Estou certo? Isso não faz o menor sentido! – continuou o rapaz.

— Há certas coisas que, no devido tempo, você dois descobrirão sobre nós.

Essa frase intrigou o casal. Porém, mesmo com todos os mistérios, sentiam-se bem e protegidos naquele lugar. Havia uma tranquilidade quase utópica no ar, e a energia de Renato Singer parecia curar qualquer mal-estar.

— Meninos: o dia está lindo lá fora! Tem uma coisa que eu gostava muito de fazer no outro período em que morei no Rio e ainda não fiz dessa vez... me acompanham numa volta na Lagoa?

— Ah, gostei da ideia! Vamos, Mel?

— Tá bom... vamos aproveitar enquanto ainda aguento! – sorriu.

— Vou trocar de roupa rapidamente, volto logo. E não se preocupem: vai ser uma volta curta.

Renato Singer voltou vestido com uma camisa polo da Força Aérea Brasileira e uma bermuda cargo e tênis. O trio deixou o charmoso estabelecimento e foi em direção à rua Jardim Botânico, de onde pegaram um taxi até a Lagoa Rodrigo de Freitas. Na verdade, um carro já os esperava, provavelmente chamado por Renato ou por um dos funcionários da casa. Desceram em frente ao Lagoon, complexo de entretenimento com cinemas, restaurantes e uma filial do famoso bar de jazz nova-iorquino Blue Note Rio.

A caminhada não seria demorada, pois havia assuntos sérios a serem abordados posteriormente. Andaram primeiramente em direção ao Clube de Regatas do Flamengo, para depois retornarem em direção ao Clube Piraquê.

— Quando exatamente o senhor morou aqui no Rio da primeira vez, sr. Renato? – perguntou Christian.

— Foi precisamente de 1963 até 1976. Dei baixa da Força Aérea como Capitão e resolvi trilhar outros caminhos. Considerei que minha contribuição à nação já tinha sido satisfatória. Mas isso não quer dizer que abandonei certas lutas. Não, jamais!

— Mas o que veio fazer aqui?

— Segui prestando serviço a órgãos de segurança e acabei trabalhando no Palácio Monroe durantes alguns anos. Vocês sabem o que foi esse lugar?

— Ouvi dizer que ficava no bairro da Cinelândia e foi sede do Senado Federal Brasileiro antes da mudança da capital para Brasília, mas acho que é tudo que eu sei. Foi demolido alguns anos antes de eu nascer.

— Na verdade, aquela bela edificação foi muito mais do que isso. Foi projetada para ser o pavilhão do Brasil na Feira Mundial de 1904, em Saint Louis. Inicialmente chamado de Palácio de Saint Louis, posteriormente foi desmontado e remontado na Cinelândia, sendo finalmente batizado como Palácio Monroe. No decorrer da história abrigou a Câmara dos Deputados, o Tribunal Eleitoral e, finalmente, o Senado Federal, até que o Rio deixou de ser a capital. E é aí que eu entro na história.

— Como assim? – indagou Melanie, curiosa.

— A construção continuou servindo como uma representação do Senado Federal na cidade, mas outras repartições e colaborações foram destacadas para lá. Algumas... secretas!

O casal o olhou por alguns instantes, esperando mais informações.

— Sim, meus jovens. É o que estão pensando. Trabalhamos em algumas operações secretas, até que finalmente me aposentei dessa área e decidi me dedicar ao entretenimento. Fiquei mais algum tempo no Rio, e então decidi voltar aos Estados Unidos. Tudo teve o seu tempo. Me sinto muito realizado à frente da marca Heroland Café. Agora, é a vez do Rio conhecê-la.

— Eu acho que vai ser um sucesso. Mas não acha que se a cidade continuar esse caos, com o terror assolando os bebês nos hospitais, o panorama não vai ser ruim? – disse Christian.

— Tem toda a razão. E nós vamos resolver. Toda a minha equipe está trabalhando nisso.

Caminharam mais um pouco, agora na direção da avenida Borges de Medeiros. Renato aparentou demonstrar um pouco de cansaço ao chegarem na altura do Parque dos Patins, local onde mães passeavam com crianças e jovens patinavam alegremente. Melanie e Christian pararam, aguardando o amigo de mais idade. Renato respirou fundo e se curvou, colocando as mãos nos joelhos. De frente para o Parque dos Patins, não se conteve:

— Ah, meu querido Parque... eu ainda escuto as engrenagens, a animação, as músicas de cada atração... e a roda-gigante com a mais bela vista!

— Tá falando do...

Renato nem deixou Melanie terminar.

— Sim! O incrível Tivoli Park! Uma pena..., mas eu ainda o sinto aqui. Neste lugar. Vibrante.

O Capitão reformado da Força Aérea observava o terreno onde outrora houvera um vívido e famoso parque de diversões, agora apenas um playground ao ar livre. Uma lágrima ameaçou descer de seus olhos.

— Nós viemos muito aqui na infância, não é, Melanie? – comentou Christian.

— Nossa, agora deu até saudade – disse ela.

Ainda ofegante, Renato se resignou e foi sucinto:

— Bom... a caminhada foi ótima! Já chega de falar do passado, não adianta! Vamos tratar de defender vocês. Hora de traçar nossa estratégia de combate! Ainda há detalhes que precisam saber sobre contra quem estamos lutando.

CAPÍTULO 16

AVENTURA INSÓLITA

O QUE HAVIA COMEÇADO COMO UM MERO hobby e uma simples brincadeira entre amigos, naquela noite tomava seus primeiros contornos de sucesso. Apaixonados por rock dos anos 1980, especialmente *pop rock, new wave e new romantic*, os amigos Christian, Erik e Bruno decidiram juntar seu gosto pela música e, despretensiosamente, começaram a se reunir em algumas sextas-feiras à noite depois do expediente para brincar com seus instrumentos.

Caprichosos e detalhistas, tomaram gosto pelo resultado das primeiras reuniões e decidiram montar um repertório. Bruno havia feito escola de música e possuía ouvido absoluto, conseguindo reconhecer e reproduzir o acorde mais difícil de ser tirado. Guitarrista de mão cheia, era o cérebro da equipe. Christian e Erik também eram talentosos, com o primeiro tendo aprendido a tocar teclado com seu avô. Erik era o galã e vocalista da banda, tendo como grandes ídolos e inspiração cantores como Morten Harket, Simon Le Bon, Freddie Mercury e Chester Bennington.

Com um privilegiado alcance das cordas vocais, conseguia cantar em falsete quando necessário, da mesma forma que os vocalistas que admirava. Os amigos possuíam bons amplificadores e equipamento de última geração, e isso ajudou muito. Sempre antenados com as novidades da tecnologia, conseguiram criar um equilíbrio interessante do som de teclados e sintetizadores oitentistas com técnicas musicais atuais.

O que mais os fascinava no som da era que tanto veneravam era justamente os arranjos, desde a sonoridade específica dos contrabaixos da época, passando pelas variações de batidas *new wave*, até o inconfundível espetáculo sonoro de um Yamaha DX7.

Após os primeiros testes de gravação com bateria e percussão eletrônicas, Bruno gravou uma playlist com doze canções e mostrou à sua namorada, que ficou impressionada com o resultado. Até então ela achava que os encontros entre os amigos eram meramente uma desculpa para noites de curtição sem a presença das mulheres, mas no fundo não eram importantes. Ledo engano. Mal sabia ela, e as outras respectivas noiva e esposa, que os rapazes levavam muito a sério a ideia do grupo musical.

Naquela semana, a irmã de Claudia, a namorada de Bruno, fazia aniversário. Haveria uma pequena festa no condomínio onde moravam, na Barra da Tijuca. Pensou em sugerir ao namorado que tocassem de brincadeira na festa, mas antes preferiu se certificar de que conseguiriam variar um pouco o estilo, pra agradar a todos os presentes.

— Tocar na festa da sua irmã? Você tem certeza? Ela é bem mais nova que você, será que a gente vai agradar a galera? E preciso perguntar pros meninos também...

— Eu acho que vai dar supercerto! Se vocês também tocarem rock nacional, vai ser o máximo! Tipo... Legião, Capital Inicial, essas coisas... – respondeu Claudia.

Bruno deu um leve sorriso de canto de boca e disse apenas uma frase:

— Se eles aceitarem, deixa comigo... você vai ver!

O dia da festa chegou, e lá estavam eles no aniversário de Vanessa. O condomínio no Jardim Oceânico, no bairro da Barra da Tijuca, possuía uma enorme e bem equipada área de lazer, com um excelente salão de festas. Aquele era o cenário ideal para a "Banda do Bruno, Christian e Erik". Até então, era assim que eram conhecidos no grupo de amigos. Havia um conveniente e espaçoso palco esperando pelos rapazes, que se surpreenderam ao ver uma reluzente bateria profissional posicionada. Ficaram sabendo que o síndico era um produtor musical famoso, e que poucos dias antes havia feito um pocket show no mesmo lugar. Ao saber do aniversário, de forma muito simpática decidiu emprestar a bateria. O trio não havia se programado para aquilo, com todas as batidas já previamente programadas de forma digital.

— Pessoal... primeira apresentação, hein... será que vão gostar? – perguntou Erik.

— Só depende de nós... e hoje não vamos tocar pra gente. Vamos agradar essa garotada aí.

— Valeu! É isso aí, Chris. Foi ideia da Claudia. A Vanessa adora rock nacional. A canção surpresa tá afiada?

— Nos mínimos detalhes! Vamos nessa!

Começaram a passagem de som, com os primeiros gatos pingados chegando à festa. Enquanto se preparavam, chamou a atenção de Christian um rapaz aparentando ter a mesma idade do trio. Ele se sentou numa das mesas arrumadas para a comemoração e passou a acompanhar atentamente o breve ensaio do grupo. Os convidados foram chegando, e Christian, Bruno e Erik foram confraternizar com suas respectivas noiva e namoradas, amigos e demais conhecidos. O clima era bom, e Vanessa estava muito feliz, cercada de pessoas queridas. Um DJ improvisado dava o tom, começando a animar o ambiente. Chegando a hora, lá foram os velhos amigos para o palco dar início a uma nova página do que antes era somente um grande passatempo para eles.

Ao pular em direção a seus teclados, Christian percebeu que o rapaz continuava lá, sem tirar os olhos deles. A área de lazer agora estava mais cheia. Além dos convidados, alguns moradores jovens tinham aparecido, curiosos para ver quem se apresentaria ali. Com os primeiros eletrizantes acordes sintetizados de "Olhar 43" do RPM sendo executados, os rapazes despertaram alguns sorrisos tímidos de aprovação. Ao fim da primeira canção, receberam aplausos sinceros. A galera jovem parecia estar curtindo o que ouvia, e a sintonia dos três era realmente boa.

Tocaram sucessos nacionais e internacionais, não esquecendo de lembrar novos clássicos do Coldplay e Imagine Dragons. Foi quando Erik pegou o microfone e se dirigiu ao não muito grande público:

— Galera, a gente tá feliz por vocês curtirem! Já sacamos que vocês curtem *rock* brasileiro mas será que vocês conhecem essa aqui? Pra nós, é um clássico esquecido! Vamos lá... um, dois...

Antes mesmo que ele terminasse de contar até três, o rapaz que tanto os encarava até então se levantou e se dirigiu até eles:

— Desculpa! Eu vi vocês ensaiando... agora é "Viagem ao fundo do ego"?

— Ah... é... como você sabe? – disse Christian.

— Prestei atenção na passagem de som. Meu pai é o síndico, que deixou a bateria aí. Eu sei que vocês estão com bateria eletrônica, mas eu amo essa música. Sou baterista! Posso tocar?

— Os três se entreolharam, e em silêncio chegaram à mesma conclusão:

— Vambora, sobe aí!

O que já tinha começado bom ficou ainda melhor. Roberto, o baterista, deu um verdadeiro show. Com batidas fortes e precisas, deu mais vida à incrível canção da banda Egotrip, precocemente encerrada em 1988 devido à morte de seu baterista. Conhecida somente pelos mais antigos, com a performance executada naquela noite a canção arrebatou muitos corações. A letra era cantada com perfeição por Erik:

"[...] Quase no fim da estrada / Uma voz veio me dizer / Se você quer seguir, cuidado / Não vai gostar do que vai ver

E a volta foi difícil / Retornei de mãos vazias / Nessa minha *egotrip* / Não fui Davi nem fui Golias [...]"

Com muitos aplausos, eles acenaram para o público e logo se voltaram para Roberto, impressionados com sua atuação enérgica e eficiente. A partir daquele momento, ele passaria a ser um colaborador constante do grupo. Mas que grupo? Eles ainda precisavam escolher um nome! Já estavam há algum tempo no palco, e era hora de terminar o show. E, para isso, o que seria melhor que um dos maiores sucessos do rock brasileiro? Com as primeiras notas de "Tempo perdido" do Legião Urbana, os convidados – jovens e não tão jovens – vibraram muito!

Os três amigos e Roberto encontraram uma simbiose perfeita, parecendo que já tocavam juntos desde sempre. Vanessa e todos os seus convidados acompanharam e cantaram o hit do início ao fim, com uma completa ovação no final. Foi a vez de Christian se dirigir ao microfone e dizer:

— Pessoal, agora vamos cantar parabéns pra Vanessa. Mas antes ela queria dizer que tá muito feliz de estar aqui. E eu quero que vocês saibam que nosso repertório vai bem além do que vocês ouviram hoje. Somos apaixonados por cinema, e por trilhas de filmes. Especialmente os de aventura dos anos 1980... aventura!

Bruno olhou para a camisa que Christian vestia, com uma incrível estampa do filme *Viagem insólita*, de 1987.

— Christian! Aventura! Aventura Insólita!

Mais uma vez os amigos se entreolharam, e em silêncio concordaram. A banda agora tinha um nome: "Aventura Insólita"!

Algum tempo se passou, e agora a ainda não famosa mas já cultuada banda tinha seu maior compromisso até então: uma apresentação temática no teatro da Casa de Arte e Cultura Julieta de Serpa, no bairro do Flamengo.

Como os rapazes conheciam muita gente na zona sul da cidade, o "boca a boca" chegou a um produtor de espetáculos, que fez contato com o dono do incrível centro cultural. Originalmente um formidável palacete em estilo neoclássico, a Julieta de Serpa foi construída em 1920 como um lindo presente de amor. Um comerciante a ergueu com a intenção de dar à sua esposa a mais bela casa do Rio de Janeiro. E conseguiu. Foram felizes ali por muito tempo. Porém, depois da morte do último descendente, a magnífica residência esteve próxima da demolição. Foi quando o célebre educador e antiquário Carlos Alberto Serpa de Oliveira arrematou a propriedade transformando-a com maestria em um incomparável centro cultural, batizado em nome da memória de sua mãe.

Na verdade, a mansão havia se tornado muito mais do que um Centro Cultural. Dispunha de restaurantes, um bar, teatro e diversos salões de festas. Todos os ambientes decorados com extremo bom gosto, com mobiliário clássico e sofisticado, mas com um leve toque de modernidade. Com staff perfeitamente treinado e serviço impecável, a Julieta de Serpa passou a encantar os que a visitavam pela primeira vez.

Além das atrações, do bar e dos restaurantes, eram muitas as pessoas que ali comemoravam bodas, aniversários e até se casavam. Em seu teatro, incontáveis chás musicais e shows de artistas talentosos permearam as tardes e noites desde o começo dos anos 2000. Uma temática comum a essas apresentações era a influência cinematográfica e dos grandes musicais.

Naquela semana, executivos de alguns estúdios hollywoodianos e europeus estavam em solo carioca, negociando com a prefeitura um futuro festival internacional de cinema na cidade. Roberto, o baterista colaborador da banda de Christian, havia mostrado os últimos trabalhos do grupo a seu pai, que, em seguida, recomendou os rapazes a seu grande amigo: Serpa, o idealizador da Casa de Cultura.

Por esse motivo, a Aventura Insólita havia sido convidada a se apresentar em uma noite de convidados importantes, e decisiva para a consolidação do futuro festival. Com repertório especialmente preparado e uma dose intensa de ensaios, os rapazes apresentariam o show "The Movie Hits of the 80's". Não havia mais convites disponíveis, e todos estavam muito animados para o momento mais importante da banda até então.

O galante teatro da Casa de Cultura já estava com todas as mesas ocupadas, enquanto os três membros originais da banda e Roberto (agora efetivado, após ter hesitado aceitar o convite inicial) terminavam de se arrumar no camarim para sua grande performance da noite. Mal imaginavam eles o que acontecia lá embaixo, na imponente entrada da mansão.

Com a presença de estrangeiros e executivos da sétima arte, a já eficiente equipe de segurança habitual do estabelecimento havia sido reforçada. Um misterioso homem de meia-idade, vestido com um sobretudo incomum para o clima do Rio de Janeiro, tentava forçar sua entrada na propriedade.

Uma forte e inesperada chuva começava a cair na zona sul do Rio de Janeiro, atrapalhando o trabalho da equipe de vigilância da Julieta de Serpa. Atônitos, eles barravam a entrada do insistente senhor, que dizia coisas que não faziam muito sentido. Com certa pose e arrogância, ele aparentava ser algum tipo de autoridade. Fisicamente avantajados, eles não chegavam a se sentir intimidados pelo homem, mas começaram a sentir um desconforto espiritual.

De repente, um barulho aterrador foi ouvido, vindo dos fundos da casa. Os seguranças se entreolharam; aquilo havia soado como um terrível curto-circuito ou o desabamento de algo muito pesado. Preocupados, os funcionários abandonaram seus postos na entrada e correram para averiguar o que havia acontecido nos fundos. Todos, menos um, Bernard. Frente a frente com o soturno homem que tentava forçar passagem para penetrar a propriedade, o bravo vigilante foi tomado por uma pitoresca sensação de desespero e desolação.

Quando a sensação maligna parecia ter drenado toda sua força, algo incomum aconteceu com o funcionário: ele foi atingido por uma transferência de consciência, sendo controlado por uma força superior. Seu semblante mudou, seu peito se estufou, e ele conseguiu virar o jogo e repelir a energia intimidadora que sofria até então. Em um combate silencioso, ambos seguiram se encarando olho a olho, tentando causar a letargia espiritual que apontaria o vencedor.

Finalmente, o oponente sentiu o golpe, e compreendeu o que havia acontecido. Com um resmungo, ele recuou quando os demais seguranças acabavam de retornar. Nada havia acontecido nos fundos; o barulho assombroso que haviam ouvido tinha sido apenas uma distração causada por algo desconhecido para eles. O desespero sobrenatural que os acometeu começava a passar, enquanto eles observavam através da grade do jardim o homem se afastar, indo embora pela calçada da Praia do Flamengo.

Relaxada e ansiosa pelo show do noivo, Melanie estava sentada em uma mesa privilegiada de frente para o palco do teatro. Sentiu um súbito arrepio assustador, que a fez passar a mão sobre a barriga e fazer uma oração de proteção. Lá embaixo, os seguranças já haviam fechado o portão de entrada quando um táxi parou bem em frente a casa.

Desconfiados, ficaram na defensiva achando que o estranho homem do sobretudo escuro havia voltado. Mas um outro senhor saltou, um pouco mais alto que o primeiro, vestido com um sobretudo bege com capuz.

— Boa noite, senhores. Perdoem o atraso. As condições climáticas foram inesperadas. Creio que estou na lista para o concerto...

— Boa noite, senhor. Posso ver seu convite? Hum... está tudo certo. O show já vai começar. É só subir pelo elevador de vidro. A *hostess* Sheila vai recebê-lo e levá-lo até o seu lugar. Bom espetáculo.

O convidado entrou no elevador de vidro e subiu poucos metros, indo para a plataforma do segundo andar. Durante a subida, viu uma ave negra dar um rasante e chocar-se contra o lado exterior da cabine, para depois desaparecer na noite, provavelmente ferida. Ela havia tentado um ataque, e acabou bicando o vidro do elevador. O cavalheiro não chegou a se assustar, mas ficou observando a grotesca substância azul que começou a escorrer pelo lado externo da vidraça.

Melanie ainda estava tensa, e pediu a um garçom um snack e um drinque sem álcool. A segunda campainha soou, e o show começaria em instantes. O prestativo garçom logo trouxe seu pedido e ela já virava para o palco quando foi surpreendida por uma voz incomum em seu ouvido:

— Perdoe o atraso. Me permite acompanhá-la e protegê-la durante o show?

— Sr. Renato! Que susto! Eu não o esperava...

— Seria muita indelicadeza com Christian não comparecer a esta apresentação. Além disso... creio que este lugar tem semelhanças com o Heroland Café. Estou bem impressionado. Será interessante.

— Que bom que veio. Estava me sentindo insegura sozinha. O senhor é muito bem-vindo.

O cavalheiro Renato Singer elegantemente tirou seu sobretudo bege e o colocou sobre a sofisticada poltrona ao lado de onde se sentaria. Seu semblante era calmo e centrado como sempre, mas estava em um aparente estado de alerta. Mirava cada canto do pequeno teatro com a precisão de um sniper.

As luzes finalmente se apagaram e as cortinas se abriram, e os frequentadores da Julieta de Serpa puderam ver o palco cuidadosamente produzido com um impressionante painel inspirado em tiras de filme, tendo cada célula um painel de LED. No lado direito, uma pequena penteadeira com espelhos e luz de camarim, e um letreiro em neon púrpura com a inscrição "Aventura Insólita". Com Erik triunfante tomando a frente, a banda finalmente entrou no palco, com cada integrante se dirigindo a seu respectivo posto. Christian piscou o olho para Melanie, e pôde ver que Renato agora a acompanhava. Erik pegou o microfone e, com simpatia, disse poucas palavras:

— Boa noite, senhoras e senhores. Essa é uma noite muito importante pra gente. O que começou como uma brincadeira agora nos dá a chance de mostrar o que viemos desenvolvendo com o maior capricho. Essas são as nossas versões dos hits do cinema dos anos 1980. Nós somos o Aventura Insólita!

Christian se concentrou nos teclados, e os primeiros acordes sintetizados da belíssima e misteriosa canção "Live to Tell" da Madonna começaram a ser ouvidos. Após a introdução, a banda o acompanhou graciosamente, e a primeira boa impressão já estava garantida com o exigente público.

O grupo seguiu com a apresentação, emplacando hits dos filmes *Ruas de fogo*, *Ases indomáveis*, *Footloose*, *Os Goonies* e muitos outros, enquanto cenas de cada uma das produções eram exibidas nos painéis de LED das tiras de filme, causando um efeito atrativo para a plateia. Superando o nervosismo do desafio, Christian e os amigos se sentiram à vontade e obtiveram boa resposta à sua performance. O show passou num piscar de olhos e a apresentação se encaminhou para o final. O último número da estreia comercial da Aventura Insólita foi apresentado, e agora os integrantes já se confraternizavam com parentes, amigos e convidados.

— E aí, amor... como fomos?

— Adorei, Chris! E me surpreendi com algumas músicas!

— Ensaiamos algumas só pra hoje! Por causa do tema, né?

— Parece que alguém ficou muito satisfeito, olha lá! – Melanie se referia a Carlos Alberto Serpa, proprietário e diretor artístico da Julieta de Serpa. Empolgado, ele veio em direção a Christian.

— Meus parabéns, garoto. Foi um bom começo. Não foram bons apenas na audição nem no "boca a boca". As portas estão abertas!

— Muito obrigado ao senhor! Ah, esta é minha noiva Melanie!

— Oi, muito prazer! – disse ela.

— Ah, e esse aqui é um grande amigo nosso, e é fundador de um estabelecimento cultural parecido com o do senhor.

— Renato Singer, ao seu dispor. Nascido nos Estados Unidos, mas com um pedaço enorme do coração brasileiro.

— É um prazer, sr. Renato. Fiquei curioso... me fala mais sobre o seu centro cultural?

— Claro! Meu Heroland Café não se compara à obra-prima que é a sua Julieta de Serpa, mas acho que temos muitas coisas em comum. Acho que teremos muito assunto!

Os quatro permaneceram conversando por algum tempo até naturalmente se despedirem e irem em direção à saída. Com a mansão praticamente esvaziada, o segurança Bernard parou por um instante e ficou pensativo, olhando em direção à avenida praticamente sem movimento da Praia do Flamengo. Ele havia sido vítima de uma investida espiritual do homem que havia tentado entrar à força na mansão. Seus assistentes foram os primeiros a sucumbirem à ilusão sonora criada pelo intruso, deixando-o sozinho. Mas, ao se deparar com a indescritível aura maligna que tentou subjugá-lo, Bernard se agarrou à sua fé.

Os pensamentos do corpulento vigilante cessaram ao ouvir Melanie, Christian e Renato deixando a nobre construção. Um táxi tinha acabado de chegar e os esperava na porta. O casal cumprimentou Bernard e passou primeiro, com Renato saindo logo atrás. Com gentileza e simpatia sorriu para o funcionário, colocando a mão em seu ombro e cochichando em seu ouvido:

— Esta noite você foi muito bravo. Obrigado por me deixar ensiná-lo a usar a força que tem. Você foi o último pilar que sustentou esta fortaleza. Que Deus o abençoe.

Perplexo, Bernard apenas balbuciou:

— Foi o senhor... – por um instante ele parou, e, em seguida, completou: — Obrigado!

A hipnose maquiavélica de Richard de Lorne havia sido vencida naquela noite graças à fé inabalável de Bernard, que manteve seu coração imune ao emissário das trevas. Um conflito inevitável tinha acabado de ser postergado para outro momento não tão distante, pelos desígnios de Deus.

CAPÍTULO 17

A FEIRA MUNDIAL DE 1904

O MAIOR ESPETÁCULO DA TERRA. A MAIOR exposição que o mundo já havia visto. A Feira Mundial de Saint Louis, também conhecida como a Exposição Universal de 1904, brindava o povo americano e milhares de visitantes e participantes internacionais com pavilhões e demonstrações culturais de mais de sessenta nações e quarenta e três dos até então quarenta e cinco estados norte-americanos. Com suas atividades inauguradas no dia 30 de abril, a exuberante celebração dos cem anos da anexação da Louisiana ao território norte-americano após anos de domínio francês ganhou uma festividade irmã simultânea. A terceira edição das Olímpiadas Modernas, originalmente programadas para Chicago, acabaram sendo realizadas na bela cidade do Missouri, aumentando, assim, sem precedentes.

Jardins paradisíacos foram concebidos e ornamentados, suntuosos palacetes foram edificados. Pontes, monumentos e *promenades* foram erguidos. E, a poucos dias da inauguração, Saint Louis pulsava como o coração da civilização moderna do século XX. George Kessler, conhecido pela criação de vários parques urbanos no Texas e no meio-oeste, foi o responsável pelo projeto-mestre arquitetônico da feira.

Inúmeros foram os visitantes e lendários participantes estiveram presentes nessa histórica confraternização global.

Personalidades das áreas políticas, científicas, artísticas e sociológicas deixaram suas marcas no livro de presença da eternidade. Diversas inovações engenhosas e invenções foram apresentadas ao público e incorporadas pela população mundial a partir deste evento. Os pavilhões de diversas nações, bares e restaurantes também introduziram diferentes hábitos alimentares e irresistíveis novidades gastronômicas, historicamente adotadas e idolatradas desde então.

Pintores, artistas, escritores, intelectuais, empresários... todos estavam presentes à Louisiana Exposition Purchase. Até tribos nativas de localidades remotas estiveram representadas. Os Jogos Olímpicos também atraíam muito interesse, porém com a impossibilidade de muitos atletas europeus de renome poderem participar, a disputa esportiva se mostrou ligeiramente ofuscada pela celebração centenária territorial.

Entre os muitos departamentos de estudos da existência humana destacava-se a Divisão de Antropologia, chefiada pela consagrada escritora Florence Hayward. Inicialmente designada a Pierre Chouteau III, este não obteve êxito em sua empreitada, tendo sido substituído pela renomada jornalista, correspondente, crítica e escritora.

Radicada por muitos anos em Londres, ela fora incumbida de retornar à Europa para divulgar a Feira entre personalidades influentes, especialmente as mulheres do velho continente. Florence ficou conhecida por ser a única presença feminina no Conselho de Comissários da Feira Mundial. Seu departamento antropológico abrigou e incentivou estudantes brilhantes e recém-formados, sendo reconhecido pelo presidente do Conselho David R. Francis como um absoluto sucesso. Florence conseguiu a honradez de trazer joias da Rainha Vitória e manuscritos do Vaticano para sua seção.

Entretanto, tamanha desenvoltura da escritora causou certo ciúme ao Conselho de Administração Feminino, subalterno ao Conselho de Comissários da Feira. Entre os jovens promovidos e incentivados por Florence estava Jane Adkins, uma pintora impressionista extremamente talentosa e admiradora de Claude Monet. Seu pai era amigo de Archibald Mitchell, assistente direto de David R. Francis e figura conhecida por despachar com competência os desígnios de seu patrão. Mitchell esteve à frente da resolução de muitas dificuldades burocráticas de última hora, conseguindo solucioná-las em tempo. O sr. Mitchell havia sido uma engrenagem silenciosa, porém muito eficaz para a inauguração da exposição.

Jane Adkins passava boa parte de seu tempo concentrada em suas obras artísticas, e naquele período estava trabalhando em um quadro que batizou previamente como *O amor de mãe ao horizonte*. Na tela via-se uma linda moça com um belo vestido segurando no colo seu bebê. Ela estava em um píer, admirando o pôr do sol. Quando não estava trabalhando, Jane gostava de percorrer as ruas da exposição, e dois locais chamavam sua atenção: um positivamente e o outro nem tanto. A Torre de Telégrafo sem fio a fascinava por ser um monumento simbólico à evolução das telecomunicações. A jovem costumava comprar um hambúrguer e lanchar próximo à torre.

Outro lugar que chamava sua atenção por motivos bem diferentes era o Pavilhão Neonatal, o galpão das incubadoras. Sua vontade de tornar-se mãe era algo que a acompanhava desde muito nova, e encarava a maternidade como a mais bela manifestação humana. Para ela, a gestação era um ato de puro amor, premiado com a benção de uma nova vida.

Parou na frente do Pavilhão dos bebês em vários fins de tarde, tendo-o visitado de perto poucas vezes. Sofria torcendo pela recuperação das crianças prematuras, sem entender o porquê daquela ala estar ali. Mas, ao saber dos rumores de que dia após dia as complicações médicas aumentavam, seu forte instinto despertou. Alguma coisa em seu subconsciente a dizia que havia algo mais acontecendo naquela localidade. Passou a espiar a construção sempre que podia. Isto se tornou um hábito, quase uma obsessão. Foi quando percebeu que Richard de Lorne, um empresário notoriamente bem relacionado e dono de bares e restaurantes de expressão que operavam na Feira Mundial, mantinha uma proximidade pitoresca com a instalação médica.

Na sala de cinema do Heroland Café, Melanie, Christian, Romanelli, Stacy, Newman e Phillip prestavam atenção a cada palavra de Renato Singer. Sentados ao redor do veterano, pareciam uma tropa de soldados ouvindo as instruções de seu líder em uma trincheira no front de batalha. Estavam cansados e tensos, porém todos estavam em alerta. Christian abraçava Melanie e fazia carinho em sua mão. Por mais que estivesse com medo e sentisse o cerco se apertar, ele precisava demonstrar segurança à sua amada. Renato sorriu para o casal e prosseguiu, relatando os importantes fatos do passado na Feira de Saint Louis.

O *ragtime* dava o tom como o ritmo em voga naquela região, na virada do século XIX para o XX. O sufixo *time* era comumente incorporado à definição de um estilo musical como "tempo", neste caso, sinônimo de ritmo e fórmula de compasso. Scott Joplin, então conhecido com o rei do *ragtime*, tinha acabado de publicar o sucesso arrebatador "The Entertainer". Verdadeiro expoente do gênero, Joplin possuía uma assustadora capacidade de improvisação ao piano, tendo obtido outros sucessos como "Maple Leaf Rag", e de certa forma pavimentando influências que definiriam os caminhos do jazz na América. Peças de sua autoria foram largamente difundidas naqueles dias de exposição, com maior destaque para "The Entertainer". Havia o Palácio das Máquinas, o Palácio dos Transportes e o Palácio da Eletricidade. Thomas Edison esteve diretamente envolvido em sua concepção, estando pessoalmente à frente de sua montagem e manutenção.

Multidões se faziam presentes e consolidavam a aprovação do festival global, enchendo suas ruas, palácios, monumentos e jardins. Exultante, David R. Francis via o sucesso se multiplicar, com a opinião pública devidamente fascinada. Semanas se passaram, e as diversas ramificações, divisões e departamentos funcionavam a todo vapor.

Concentrada em sua arte, Jane Adkins chegava aos últimos retoques em sua bela criação. A tela em que trabalhava vinha ganhando contornos elogiáveis. Naquele dia ela havia feito uma pausa durante a manhã, acompanhando Florence Hayward em uma palestra sobre o desenvolvimento feminino no estudo da Antropologia.

Durante o almoço, Archibald Mitchell as acompanhou, trazendo notícias não muito agradáveis do Pavilhão Neonatal: mais três bebês haviam caído doentes, e as enfermeiras e o doutor responsável não conseguiam entender o quadro médico. Na prática, simplesmente não havia nada de errado com as crianças, mas seu sistema nervoso parecia não responder.

— E isso é tudo que me foi confidenciado. Meu patrão, o sr. Francis, se reuniu a portas fechadas esta manhã com E. M. Bayliss, do Tennessee. Este homem foi o responsável pela aquisição das incubadoras. Ainda não sei o resultado desse encontro. Em tese, o pavilhão se mantém atrativo e vem gerando um bom lucro para os investido-res. Portanto, eu não apostaria em uma suspensão no momento...

— Mas sr. Mitchell... isso é ultrajante! Já estive muitas vezes naquele lugar, e definitivamente há algo errado. Confesso que no início eu sentia curiosidade ao saber que uma nova invenção ali exposta revigoraria bebês prematuros..., mas ver as pessoas pagando para assistir o processo, como uma atração de circo... isso está me fazendo mal – disse Jane.

— Sem contar que o que temos ali são crianças pobres ou filhos de escravizados. Reconheço a aparente boa intenção em tentar salvá--las, mas talvez isso deva ser feito com privacidade. E não como um espetáculo público – completou Florence.

— Eu estou de acordo com vocês, senhoritas. Vamos ver quais serão os próximos passos do Conselho. No que cabe a mim, quando o sr. Francis me permite o diálogo, procuro emitir alguma opinião.

Enquanto comiam no restaurante dos Alpes Tiroleses, Jane percebeu um homem elegante de meia-idade passar instruções para os garçons e funcionários. Usava impecáveis roupas de primeira linha, porém seu comportamento era tenso, seu olhar era frio e, de certa forma, ameaçador. Ela o observou por alguns instantes e perguntou ao sr. Mitchell:

— Por acaso o senhor sabe quem é aquele homem ali?

— Richard de Lorne. Empresário. É dono de vários dos bares e restaurantes que estão operando aqui. Um homem de considerável influência. Soube que está a ponto de fechar um negócio milionário com o Conselho. Eu o recebi uma vez. Um cavalheiro muito bem relacionado, mas não muito humilde.

Ela assentiu com a cabeça e suspirou. O homem agora parecia ralhar com um funcionário, para depois se retirar do estabelecimento, não sem antes esbarrar de forma rude na mesa em que estavam.

Com a proximidade, Jane pôde reparar que Richard de Lorne usava um cinto com apetrechos por baixo de seu sofisticado sobretudo. Terminaram o almoço, e as moças se despediram de Archibald. Ele retornaria ao escritório, e elas voltariam ao Departamento de Antropologia e ao ateliê de pintura anexo. De volta ao presente, no Heroland, Christian perguntou:

— Sr. Renato, desculpe interromper. Tudo isso é muito interessante..., mas como sabe de tantos detalhes?

— Eu sei... porque eu estava lá.

— O senhor? Não pode ser. Como?

— É. Como? – perguntou Melanie.

— Meus jovens... durante toda a existência humana, cientistas de várias eras obsessivamente buscaram a descoberta da viagem no tempo. Diversas experiências secretas foram realizadas, algumas com final trágico e infeliz. Nunca se obteve uma resposta concreta, ou qualquer avanço significativo. Temos apenas fragmentos de tentativas frustradas. Simplesmente não é possível realizar a viagem no tempo por meios humanos. Mas... é aí que entra a Dimensão de Vestígios. É uma realidade proibida para os seres mortais, uma espécie de cópia do mundo onde vivemos, com variáveis de defasagem temporal e absolutamente nenhuma vida animal. Somente seres de existências superiores podem fazer uso deste plano como um atalho para se movimentar entre eras. E mesmo assim em situações muito excepcionais, somente com o consentimento de nosso criador.

— Foi assim que o senhor foi a 1904?

— Responderei tudo no devido tempo – disse Renato sorrindo, com a bondade e serenidade de sempre nos olhos. — Se incomodam de continuarmos essa conversa no meu escritório?

— O senhor quer que eu prepare algo para os convidados, sr. Renato?

— Ótima ideia, Newman. Vamos indo, jovens!

Newman preparou doses de Aurora, o drinque da casa, e serviu a todos. Acomodados nas poltronas, continuaram a ouvir atentamente as palavras do sr. Singer.

— Lá estava eu, de frente a Jerônimo, o grande guerreiro Apache. No fim de sua vida, lá estava ele... agora uma celebridade, dando autógrafos e tirando fotografias! Eu estava em uma missão, com rígidas ordens superiores. Estava ali com apenas um propósito.

Renato Singer caminhava pela "The Pike", a avenida principal de pedestres de quase dois quilômetros de extensão, que continha todos os tipos de diversões e atividades. Suas atrações iam muito além do propósito original da feira, que era a educação e o desenvolvimento, e ofereciam desde as alternativas mais elaboradas às mais simples.

A gama de diversões era impressionante, com entretenimento fantástico e algumas vezes assustador. Havia "Funhouses", Casas do Terror e Passeios de Barco, e a área onde foram instalados ficou conhecida como "O Lar da Diversão e Entretenimento". Vista por alguns com desprezo, essa área fascinava os mais jovens e estava a cada dia mais cheia. Na "The Pike", os visitantes eram brindados com uma verdadeira compilação da expressão cultural dos quatro cantos do planeta.

Construções, exposições, gastronomia, dança e outros elementos culturais da Ásia, África, Europa, Américas e Oceania bombardeavam o público com uma variedade jamais presenciada. Renato estava muito concentrado em sua missão, mas permitiu-se desfrutar por alguns instantes da magnífica confraternização. O calor era muito forte, fazia cerca de 34 graus naquela tarde. Não havia uma nuvem sequer no céu. Pensou em comprar alguma bebida refrescante quando naquele exato momento, notou um caprichado salão de café, mas que parecia vender outra coisa.

Era uma moderna sorveteria, anexa a um restaurante de waffles. Havia uma fila para os sorvetes, e os sortudos que os conseguiam retornavam sorridentes, em mãos com uma inovadora guloseima para a época. As bolas de sorvete estavam sendo servidas sobre um cone! Os copos haviam acabado, e o dono do estabelecimento tinha entrado em desespero. Como faria para atender aquela multidão ávida por se refrescar? Foi quando, ao observar seu vizinho comerciante de *waffles*, ele teve uma ideia brilhante: por que não sugerir uma parceria e unir os dois doces em uma única sobremesa? Foi ali, em 1904, que surgiu o sorvete sobre um *waffles* dobrado, ou o que evoluiria para o sorvete de casquinha. De Saint Louis para o mundo.

A vez de Renato chegou, e, em pouco tempo, ele já se refrescava com uma bola de sorvete de baunilha. Seguiu cruzando a avenida cheia de gente quando um cavalheiro de bigode robusto e acima do peso trombou com ele. Com bom reflexo, conseguiu salvar parte do sorvete, mas o indivíduo acabou se lambuzando minimamente na barriga.

— Perdão, cavalheiro. Não foi minha intenção. Estou muito atrasado para a prova final do...

O avantajado homem levantou o rosto e encarou Renato por alguns instantes, incrédulo.

— Singer? Singer, é você? Eu não acredito. O mundo é pequeno demais. O que está fazendo aqui em Saint Louis?

— Jack Daniel! Nem sei o que dizer! Quais as possibilidades deste nosso encontro? Como é bom ver você!

— Uma grande coincidência! Isso sim!

— Não, eu não diria isso. Tudo sempre tem um propósito. Certamente algo de bom vai acontecer.

— Quero conversar mais com você, mas agora não tenho tempo. Minha destilaria está concorrendo ao prêmio de melhor whiskey do mundo. Só fui ao armazém pegar uma garrafa especial para a prova final. Vamos, venha comigo! Rápido!

Renato nem ousou negar o convite. E lá foram eles à toda, rumo ao local do Grande Prêmio. O sr. Daniel, atônito, ia na frente desviando da multidão e dos curiosos. Mais cauteloso e sem a mesma pressa, Renato apenas tratava de não se perder de seu simpático conhecido. Finalmente chegaram à estrutura montada para o concurso, na qual se via vinte e quatro mesas alinhadas, com as melhores variações de whiskey conhecidas no planeta. Os juízes especializados iam de whiskey a whiskey sem jamais engolir. Entre um e outro enxaguavam as bocas e continuavam a avaliação.

Ao cair da noite, notáveis representantes de quinze destilarias da Irlanda, Escócia, Inglaterra e da própria América já haviam sido surpreendentemente eliminados. Foi quando um dos juízes, o célebre inglês Henry Hochter, se pronunciou em tom solene e dramático:

— Senhoras e senhores! Um minuto de sua atenção! Hoje testemunhamos uma acalorada e valorosa disputa, com nobres representantes das mais renomadas destilarias de que se tem notícia. Após uma minuciosa avaliação de nossa junta de especialistas, é com muito orgulho que declaro que o grande prêmio de melhor whiskey do mundo vai para....

Por alguns segundos o tempo parou, fazendo o barulho da plateia quase cessar, o coração dos concorrentes palpitar e seus olhos se esbugalharem, no ápice da ansiedade.

— ... a destilaria Jack Daniel's, de Lynchburg, Tennessee! Uma salva de palmas!

Com a garrafa especial que acabara de buscar em mãos, a primeira reação de Jack Daniel foi pular em cima de Renato Singer e agarrá-lo. Poucas vezes se viu o homem tão feliz como naquele momento.

— Meu amigo! Meu amigo! Você me trouxe uma estrondosa sorte! Obrigado! Você realmente tem uma luz especial!

— Meus parabéns, Jack! Fico realmente feliz com o resultado. O mérito é todo seu! – disse Renato, feliz ao ver Jack radiante.

Naquele momento passava por ali o inventor e homem de negócios Thomas Edison, acompanhado de outros distintos cavalheiros. Estavam se dirigindo à área dos doze palácios para observação do revolucionário sistema de iluminação elétrica de todas as fachadas, brilhantemente desenvolvido por Edison.

Ao se depararem com o desfecho do certame e com a celebração no pódio, tais cavalheiros fizeram questão de cumprimentar o vencedor da noite. Jack ainda conversava com Renato Singer quando, um por um, os homens o parabenizaram, até chegar a vez de Thomas Edison. Um fotógrafo acompanhava o grupo, e posicionou sua pesada câmera para registrar o momento. Renato recuou para não atrapalhar o registro, mas foi puxado de volta por Jack Daniel. Uma memorável fotografia dos três abraçados e sorridentes tinha acabado de ser eternizada sob o céu estrelado do Missouri.

De volta ao escritório no Heroland Café, Christian estava boquiaberto.

— Não... isso é fantástico demais! O senhor já nos mostrou tanta coisa inacreditável, eu sei. Mas isso é...

Renato abriu uma gaveta de sua escrivaninha e retirou um pesado e imponente álbum. Tirou a poeira da capa e o posicionou sobre a mesa, virado para Christian, Melanie e os demais. Ele não disse nada, apenas sorriu e abriu na página certa. Lá estava o histórico retrato.

— Meu Deus... é verdade! – Melanie estava incrédula e fascinada.

— O senhor realmente os encontrou... e como não envelheceu? Como está aqui até hoje? – perguntou Christian.

— Quando tudo isso acabar, se vencermos... você entenderá! – Renato respondeu, pousando sua mão sobre as mãos dadas do casal, transmitindo confiança e paz.

Newman serviu chá e água para todos, que seguiram ouvindo atentamente os importantes relatos sobre os acontecimentos da Feira Mundial.

A noite ainda traria muitas revelações. Após a vibrante coroação de sua destilaria como fabricante do melhor whiskey do mundo, Jack Daniel se despediu de Renato e tratou de cumprir seu papel de vencedor: deu entrevistas, exibiu e ofereceu seu produto generosamente ao público e entregou-se à confraternização que entraria pela madrugada, com pessoas muitos influentes.

Sereno, Renato se distanciou da premiação e partiu em direção ao outro lado da "The Pike". O encontro com o fabricante de bebidas havia sido amistoso, mas apenas um golpe do acaso. Sua verdadeira missão ainda precisava ser cumprida. Passando em frente ao Palácio da Eletricidade, comtemplou por instantes a bela cascata em sua fachada.

As águas cristalinas que ali passavam eram uma vitória da prefeitura de Saint Louis, que até pouco tempo antes da feira tinha um sistema hídrico falho, com muita poluição. O problema havia sido resolvido a tempo, e agora Renato Singer via as águas refletirem a inovadora e revolucionária iluminação de todas as fachadas dos palacetes. Um belo espetáculo, que tomou sua atenção por alguns instantes. Lembrou-se de fazer uma rápida visita ao Palácio Monroe (a magnífica representação do Brasil na exposição) e cumprimentar a delegação diplomática de serviço. Feito isso, não havia tempo a perder. Agora, ele já estava na "The Pike", um lugar não tão gracioso e nobre como a área dos doze palácios. Aqui já era possível ver homens com cartazes berrando aos populares para que visitassem as atrações e estabelecimentos para quem trabalhavam.

Havia de tudo: desde "Os mistérios da Ásia" até Casas do Terror e Cartomantes. Um homem em pernas de pau quase trombou com Renato, até que finalmente o sr. Singer chegou a uma construção incomum. Havia um alto muro ornamentado em muitos detalhes com um grande portal em arco liberando a entrada para a fabulosa edificação que repousava na parte interna: um fantástico domo azul. À frente do portal, uma estátua representando um anjo com asas dava as boas-vindas a quem por ali passava.

Renato estava diante da intrigante atração conhecida como "A criação de Roltair". Henry Roltair era um ilusionista britânico nascido em Londres em 1853, conhecido por conceber verdadeiras experiências complexas à suas obras, incorporando múltiplos elementos de imersão aos visitantes. Renato acompanhou o fluxo de pessoas que cruzavam a entrada do complexo, e, ao chegar ao ponto de partida da exibição, viu um funcionário da organização – de meia-idade e usando chapéu – emitir instruções em voz alta:

— Senhoras e senhores, o próximo barco já está cheio. Temos vaga para uma pessoa sozinha. Repetindo, um único indivíduo... temos alguém sozinho?

— Eu! Estou sozinho! – o sr. Singer prontamente respondeu ao educado, porém sério cavalheiro.

— Muito bem, senhor. A vaga é sua. Bom passeio.

Renato esticou a perna e se equilibrou sobre a embarcação, uma gôndola. Tinha acabado de ocupar o último espaço, ao lado de uma jovem senhorita. Ele a sentiu recolher as pernas e ficar um pouco sem graça, e tratou de ser cortês e deixá-la à vontade:

— Perdoe o incômodo, senhorita. Pode ficar à vontade, não preciso de muito espaço – disse ele com a elegância e a serenidade de sempre. Recebeu um sorriso tímido de volta.

O funcionário elevou o tom de voz novamente e se dirigiu aos demais visitantes na fila da atração:

— Atenção, senhoras e senhores. "A criação de Roltair" tem cerca de duas horas de duração. Continuem em seus lugares e aguardem a próxima gôndola. Não irão se arrepender. Será um deleite para seus olhos. Esta ilusão é uma representação da criação do mundo como foi descrita no Gênese.

A gôndola partiu, levando Renato, a jovem senhorita e outros curiosos. O trajeto logo surpreendeu a todos com uma manobra em descida de ré, até a embarcação se posicionar no ponto de partida do fascinante passeio. Agora eles navegavam por um caminho em curva, com uma estrutura detalhadamente concebida para representar uma jornada pela história bíblica da criação de Deus. Logo nos primeiros metros do curso, a gôndola tocou um obstáculo de madeira e perdeu momentaneamente a estabilidade.

A jovem senhorita segurava uma pequena bolsa, que acabou escapulindo de suas mãos. Porém, antes que atingisse a água, foi firmemente apanhada por Renato, que a devolveu à sua dona.

— Muito obrigada. Mal posso imaginar tudo isso se molhar. Seria a ruína do meu trabalho.

— Não precisa agradecer. Muito prazer, sou Renato Singer. Você é?

— Adkins. Jane Adkins. O senhor é muito gentil.

— Eu agradeço, mas fiz apenas minha obrigação. Você poderia ser minha neta.

A jovem sorriu. Normalmente, Jane Adkins não trocaria muitas palavras com alguém que havia acabado de conhecer, especialmente um homem. Mas, ao ver a postura do sr. Singer, sentiu-se confiante e pôde se abrir mais do que normalmente faria.

O passeio de gôndola seguia intrigante e inovador, com os ocupantes entretidos com os displays de cada dia do trabalho de Deus ao criar a Terra. O planeta aparecia como uma bola de fogo no espaço, com o caos reinando supremo. Mares de lava impressionavam os visitantes, atônitos com os efeitos especiais. A seguir, via-se que Deus separou a luz das trevas, e criou os oceanos. A jornada espetacular prosseguiu.

— É impressionante, não é? Definitivamente, atrações como essa serão o futuro. Sou empresário do ramo de entretenimento e, ao observar tudo isso, vejo que preciso atualizar os meus negócios.

— É verdade. Estou trabalhando frequentemente na feira. Sou estudante de artes e pintora, e lamento não ter conseguido ver essa atração antes. Mas servirá de inspiração para futuros trabalhos.

— Ora, uma artista. Bravo! Sou um admirador de arte. Meus parabéns!

— Obrigada, mas ainda estou aprendendo. Atualmente tenho me dedicado com afinco a um único projeto. Um quadro que retrata a maternidade. O momento divino do dom da vida.

— E não existe nada mais belo que isso, minha jovem. Seu tema não poderia ser mais apropriado.

A primeira parte da aventura se encerrava naquele momento, com a gôndola chegando a uma câmara onde os passageiros começaram a desembarcar com a ajuda de funcionários em terra. Ao reunirem-se em círculos, foram saudados por ilusões em meio a escuridão. Jane e Renato estavam lado a lado e puderam ver a forma de uma mulher viva, aparentemente só com a metade de cima, se dirigir ao público. Um homem negro, sentado nos dentes de um forcado, recitava poemas suavemente. Funcionários da produção já começavam a sinalizar para os visitantes se dirigirem a uma escada em espiral para subir quando Jane Adkins pôde ver mais uma aparente ilusão em meio à escuridão da câmara.

Um médico da peste negra, com uma varinha nas mãos, parecia encará-la com frieza. Seus olhos por baixo da máscara subitamente se acenderam em uma luz verde sobrenatural, e ele apontou para ela com a varinha de forma ameaçadora. Em seguida, desapareceu. A jovem sentiu um arrepio, e virou-se para Renato:

— O senhor viu esse último? Ele me fez sentir mal.

— As vezes não é fácil distinguir o que é real e o que é uma verdadeira ameaça. Mas você parece ter o dom.

Renato deixou a moça ir na sua frente e a protegeu durante a subida. O grupo seguia pela escada espiral em meio a escuridão quase completa, mas as pessoas já conseguiam sentir um ar mais puro vindo de cima.

Luzes fracas começavam a surgir, e um a um os visitantes foram chegando a um Ciclorama, uma tela côncava designada para obter efeitos especiais de iluminação e profundidade. Imagens de Roma e Veneza no século I eram exibidas de forma convincente, e o público estava cada vez mais imerso. Alguns de forma lúdica, alguns meramente curiosos, e outros já um tanto perturbados com a experiência intensa e sombria. Jane Adkins poderia se enquadrar nos três casos. Algo havia começado a perturbá-la. Foi quando aproveitou o tempo em que o público apreciava as imagens e desceu rapidamente as escadas para ver se a figura do médico da peste negra ainda estava lá. Sentiu um cheiro ácido enquanto descia, mas ele se dissipou rapidamente. Conseguia ver algo brilhante na câmara à distância, mas só quando chegou perto entendeu o que era.

Havia uma mulher grávida, com roupas brancas e cabelos lisos dourados esvoaçantes. Ela acariciava a barriga enquanto olhava o horizonte. Sua figura brilhava como algo divino. Jane ficou perplexa com tamanha semelhança com o quadro em que ela estava trabalhando, e sentiu uma profunda emoção. Seus olhos se encheram de lágrimas. Envolvida em uma espécie de simbiose, ela podia sentir o amor verdadeiro daquela mãe. Mas, em uma fração de segundos, uma dezena de olhos verdes sobrenaturais se acenderam na escuridão.

À espreita, eles observavam a mulher grávida como uma presa fácil. A mulher acariciou mais uma vez a barriga, e seus cabelos pararam de voar. Ao se deparar com os muitos olhos sobrenaturais, ela se desesperou e gritou para, depois de um grande susto, desaparecer no meio do nada junto a seus observadores macabros. Imediatamente, uma mão puxou Jane por trás, segurando seu braço.

— Venha, eles já iam deixá-la. Já estamos indo para outro aposento.

Visivelmente assustada com a ilusão que havia observado, Jane não hesitou e acompanhou Renato de volta às escadas. Já no salão do Ciclorama, ela se indagava se o que tinha presenciado seria uma ilusão ou uma visão.

— Sr. Singer... eu voltei porque tive a impressão de ouvir alguém chamar o meu nome. E acho que vi algo além do programado na atração. Parecia um aviso... sobre algo maligno!

— Ou um incentivo... para que dê ouvidos a si mesma... e siga o seu instinto!

— O que o senhor quer dizer com isso?

— Não sei exatamente o que a aflige atualmente..., mas, se o seu íntimo está lhe dando alguma pista sobre algo de errado que está acontecendo... não vire as costas! Vá em frente!

— Acho que eu realmente estava precisando ouvir essas palavras.

A moça seguiu um tanto pensativa. Porém, agora uma fagulha parecia brilhar em seus olhos. Não trocaram mais palavras por algum tempo, e voltaram a se entreter com a experiência de Roltair. A representação incomum das cidades italianas anciãs estava no fim. Flashes perturbadores da figura mascarada de túnica negra seguiam atormentando Jane. Então, o funcionário da atração que acompanhava o grupo deu um aviso em voz alta:

— Senhoras e senhores, esperamos que estejam apreciando esta viagem fantástica. Agora, vamos para a última parte de nosso espetáculo. Acompanhem-nos!

Cada visitante foi levado em uma plataforma circular a barcos estacionários, que balançavam em águas ilusórias. Sempre lado a lado, Renato Singer e Jane Adkins permaneceram juntos por mais de uma hora, até o último ato do espetáculo. Em um anfiteatro para cerca de quatrocentas pessoas, observaram uma superprodução no amplo palco, com a narrativa do surgimento da vida na Terra. Vulcões em erupção e potentes trovões davam o tom de uma apresentação que incluía dinossauros e, posteriormente, dois atores interpretando Adão e Eva.

A intrincada odisseia de Roltair terminava ali, com quatro anjos na cabeceira. Enquanto eram ovacionados pela plateia, o anjo mais jovem saiu de sua formação e veio até as poltronas. Ele se dirigiu até Jane e cochichou algo em seu ouvido, recebendo um sorriso tímido em retorno. Renato também esboçou um sorriso de satisfação, enquanto o jovem querubim rapidamente se retirava.

O público parecia um tanto cansado com a duração total da aventura seguida de espetáculo dramático, mas Jane Adkins parecia ter adquirido novo ânimo. Renato e a moça se levantaram e seguiram o fluxo em direção à saída.

— Não sei o que dizer. Acho que a companhia do senhor foi fundamental para mim esta noite. Me senti... protegida.

— Não fiz mais do que a minha obrigação. Como disse, você poderia ser minha neta.

— Não sei explicar. Certas coisas ficaram claras para mim agora.

— Vá em frente. Não existem coincidências. Certos encontros são escritos muito antes de se desenrolarem. Até algum dia, Jane Adkins.

Com uma reverência e um beijo em sua mão, Renato se retirou e sumiu em meio a multidão. Jane ficou perplexa, mas seu coração se encheu de coragem. Ela sabia o que devia fazer naquela noite. Marchou decidida em direção ao Pavilhão das incubadoras, sem temer o que encontraria por lá. Já não havia quase mais movimento, e ela tratou de se aproximar sem fazer barulho. Parecia não haver ninguém ali, e no interior deveria haver apenas a enfermeira de plantão.

Jane esperou mais um pouco, e quando ia se retirar viu uma figura fantasmagórica se aproximar pelos fundos. Com uma longa capa de cor indefinida e assustadora, a silhueta carregava uma espécie de mala de couro. Jane se escondeu e deixou a figura passar. O estranho intruso caminhou diretamente até a porta do pavilhão, facilmente aberta por ele com chaves. Na ponta dos pés, ela foi atrás, sem se importar com qualquer perigo.

Ao chegar próximo à entrada, Jane colocou a cabeça para dentro, e teve uma visão aterradora: a figura sombria era humana, e, já sem a capa, se preparava para aplicar uma gigantesca seringa com um líquido azul em uma das crianças recém-nascidas. Ao lado, uma enfermeira aparentemente inconsciente estava caída sobre o sofá. Com uma expressão bestial, o homem levantou a seringa acima de sua testa e a mergulhou em direção ao corpo do inocente bebê... até se surpreender com um grito!

— Pare, seu assassino!

O homem parou, e, com uma expressão demoníaca nos olhos, encarou Jane Adkins. Ele não dizia nada, e permanecia imóvel. Com a respiração ofegante, a jovem olhou bem para seu rosto e o reconheceu. Era o homem que ela havia visto brigando com garçons do restaurante dos Alpes Tiroleses.

— Eu estava certa. Não imaginava que alguém tão bem-sucedido fosse capaz de algo tão covarde. Era você o tempo todo. Envenenando as crianças. Seu covarde!

O homem, Richard de Lorne, continuava encarando-a. Com ódio e desprezo nos olhos, ele moveu as mãos e tirou um punhal de seu bolso.

— Ninguém saberá. E você pagará por sua insolência!

Com movimentos rápidos, ele deu um salto em direção à jovem e desferiu o primeiro golpe. Jane foi ágil e conseguiu pular para trás, dando uma cotovelada em De Lorne. Ela tentou correr, mas por uma infelicidade seu vestido ficou preso em uma viga solta. De Lorne se aproveitou e a encurralou, para desferir o golpe final. Até que algo inesperado aconteceu.

— Não dê mais um passo ou eu estouro os seus miolos!

Caída e ainda sem compreender quem a estava salvando, Jane olhou para cima e assimilou o que acabara de acontecer: o sr. Mitchell veio acudi-la.

Com mais dois guardas armados, ele prendeu o agressor, que não teve uma alternativa a não ser se entregar. Archibald Mitchell socorreu a jovem e a levou a um posto médico, e aquela madrugada terminou de forma tensa com os trâmites da prisão de um homem poderoso. Jane confidenciou a Mitchell que já desconfiava do envenenamento das crianças, mas que ficou surpresa ao descobrir a autoria dos crimes.

A prisão foi abafada e mantida em sigilo, pois De Lorne era uma figura com certo prestígio e um grande investidor da Feira Mundial. David R. Francis acordou irritado com a notícia do encarceramento, e uma reunião emergencial do Conselho ficou programada para o dia seguinte, antes do julgamento. Richard de Lorne havia sido pego em flagrante, porém, em virtude de sua importância, algum acordo tentaria ser costurado pelo nobre comitê.

Com relevante operação de bares e restaurantes na Feira e outras relações comerciais, um burburinho sobre sua detenção começou a circular pelos estabelecimentos que administrava. Naquele momento, todo o Conselho estava reunido, e a desconfortável conferência estava prestes a ter início. Algemado, Richard de Lorne foi trazido ao Salão Nobre por uma porta traseira, evitando, assim, qualquer exposição indiscreta.

Um caríssimo advogado já estava lá para defendê-lo. Acompanhada de Archibald Mitchell e Florence Hayward, Jane Atkins parecia ligeiramente amedrontada, porém convicta da acusação. Os guardas que haviam efetuado a prisão também estavam lá.

— Nobres cavalheiros, é com pesar que inicio este pleito, sabedor do incidente infeliz ocorrido na noite passada. Temos aqui o nobre sr. Richard de Lorne, nosso parceiro comercial e figura expoente de nossa feira. Com a fidedigna intenção de evitar uma resolução injusta deste caso, abrimos este espaço acima de qualquer suspeita para ouvir as duas partes envolvidas e tentar uma conciliação que não deixe o caso se tornar uma contenda jurídica. Senhorita Adkins...

se me permite, gostaria de ouvir o seu relato. Peço, primeiro, que faça um juramento a Deus, à América e ao estado de Missouri.

— Perfeitamente, nobre senhor – disse ela, limpando discretamente a garganta, em sinal de nervosismo.

Richard de Lorne permanecia calado, com expressão fechada e olhos preenchidos pelo fogo do ódio. A jovem fez o juramento, respondeu três perguntas e finalizou seu depoimento:

— Não ouso expressar neste momento minhas opiniões sobre o Pavilhão Neonatal e sua exposição. O fato é que observo e visito com frequência aquela construção, e há tempos estava intrigada com o adoecimento dos bebês. Até que noite passada avistei um vulto se movimentando nos arredores já no horário de fechamento, e meu instinto me alertou. O homem penetrou o recinto, e eu o surpreendi entrando logo atrás. Era o sr. De Lorne, já em posição ameaçadora de ataque a uma das crianças, com uma terrível seringa com líquido azul brilhante. Eu chamei sua atenção imediatamente, e ele tentou me golpear com um punhal. Fui salva milagrosamente pelo sr. Archibald e seus guardas, quando...

— Sr. Francis, eu protesto! – disse Murray Stalinger, advogado de De Lorne, interrompendo o depoimento.

— Isto não é um tribunal, sr. Stalinger. Mas eu lhe concedo a palavra.

— Muito bem. Obrigado, senhor. A srta. Adkins faz uma acusação leviana contra o meu cliente. O sr. De Lorne é formado em Medicina, apesar de não exercer a profissão no momento. Como bom benfeitor, quis apenas ajudar as pequenas crianças. E creio que não encontraram nenhum desses objetos com ele no momento da prisão, não?

— Sr. Archibald, policial Donovan e policial Garcia... o que têm a dizer? – perguntou David Francis.

— Bem, senhor... chegamos na cena do crime e o pegamos em flagrante. Estava empunhando a arma. Mas... ao pararmos momentaneamente para checar se a srta. Adkins estava bem... o punhal e a seringa... desapareceram! – disse o policial Garcia.

— É verdade, senhor. O policial Garcia e eu vimos com nossos próprios olhos – disse o policial Donovan.

— Sim, ele estava armado. E estou sob juramento – acrescentou o sr. Archibald.

A expressão de ódio nos olhos de De Lorne só aumentava. Após cerca de meia-hora de deliberação e conferência interna do conselho, David Francis anunciou a decisão:

— Senhoras e senhores, eu peço a sua atenção. Com o propósito de evitar um grande escândalo prejudicial a todas as partes, esta casa deliberou que um acordo assinado sob termos específicos será a melhor solução para resolver pacificamente este episódio. Sob a lei do estado do Missouri e dentro do regimento interno da Feira Mundial de 1904, solicitamos ao sr. De Lorne a assinatura de um termo de distrato imediato de todas as suas operações comerciais nesta exposição, assim como uma declaração de próprio punho de que não ameaçará, atacará ou fará qualquer tipo de mal a Jane Adkins, Archibald Mitchell e suas respectivas famílias. Caso isso seja descumprido, a promotoria local será acionada por nosso membro conselheiro Kurt Sherrod, e o senhor poderá responder por crimes que o fariam ficar preso por longos anos.

— Estão cometendo um terrível erro. Isso não terminará assim.

— Eu lamento, sr. De Lorne. Realmente não foram encontradas as provas físicas do crime. Mas o senhor estava lá. E temos o depoimento de quatro pessoas que o viram, inclusive uma vítima de tentativa de agressão. O senhor não tem outra escolha.

David R. Francis foi duro e firme em sua decisão. Richard de Lorne respirou fundo, destilando veneno com seu ar ofegante. Foi quando alguém bateu na porta.

— Estamos em reunião, eu falei que não queria...

— Desculpe-me senhor. Suas canetas estragaram, e acabamos de receber um conjunto de canetas de ouro de um renomado fabricante britânico. Tome, senhor.

— Obrigado, eu não estava sabendo disso. Quem é você? Como se chama?

— Singer... Renato Singer. Com sua licença, perdoe a interrupção.

Com uma execução precisa e cirúrgica, Renato havia acabado de entregar nas mãos da principal autoridade daquele comitê o instrumento que impediria qualquer mal de acontecer com aquelas pessoas naquele século e naquela nação. Ao sair do salão, foi fuzilado pelo olhar maligno de De Lorne. David Francis manuseou a imponente caneta de ouro e reparou em seus fantásticos ornamentos, que incluíam uma cruz cristã e a forja de uma bandeira norte-americana.

— Sr. De Lorne, está na hora. Assine aqui. Ao preencher o presente documento, o senhor reconhece que nada mais lhe pertence nesta feira, e não poderá mais frequentá-la. O senhor concorda também que não poderá cometer qualquer ato hostil contra essas pessoas e seus familiares e descendentes por um período de cem anos, em todo o território dos Estados Unidos da América.

— Dê-me isto, ora...

De Lorne tomou a caneta da mão de David Francis, e sentiu uma leve descarga elétrica ao segurá-la. Viu que a cruz estava acesa, quase incandescente. De um lado a outro, olhou nos olhos dos quatro acusadores, estalou os dedos e, finalmente, curvou-se para assinar. Estava feito.

— Senhoras e senhores, peço desculpas por tomar seu tempo, mas creio que nesta manhã evitamos algo pior. O sr. De Lorne está livre para ir.

— Escutem bem!!!

De Lorne soltou um urro, e deixou todos em silêncio e boquiabertos.

— Vocês acabam de cometer um erro irreparável! Não sabem com quem estão lidando. Essas condições não me impedirão. Vai haver uma outra hora, em outro lugar. E voltaremos a nos ver.

Com estas palavras, De Lorne se virou e saiu pela porta, para nunca mais ser visto na Feira Mundial.

Renato Singer terminou o relato dos fatídicos acontecimentos ocorridos mais de cem anos antes em solo norte-americano. Todos ao seu redor escutaram atentamente suas palavras, mas Melanie e Christian estavam de fato atordoados. As peças de um improvável quebra-cabeças começavam a tomar forma.

— Se tudo isso realmente aconteceu, e não estou duvidando do senhor... o ataque a esses bebês tem ligação com o que está acontecendo agora? Com o nosso bebê? – indagou Christian.

— Precisamente. Sim.

— Mas qual a relação? Este homem está envolvido? Não poderia estar vivo... – disse Melanie.

— Não só está vivo, como está próximo, à espreita – respondeu Renato.

O casal, assustado, arregalou os olhos, esperando uma explicação. Renato pegou uma chave e abriu um cofre debaixo de sua mesa.

Pegou uma pequena caixa de vidro e colocou sobre a mesa. Havia uma antiga caneta dourada dentro dela.

— Esta foi a caneta utilizada para assinar o distrato. O abençoado instrumento que foi capaz de proteger Jane Adkins, o sr. Mitchell e seus descendentes por cem anos. Precisamente levado às mãos do sr. David R. Francis... por mim. Porém, o tempo especificado nos termos expirou.

Melanie sentiu um frio na espinha, e olhou para Renato, incrédula.

— Sim, minha querida. O sobrenome não é uma coincidência. Archibald Mitchell era seu tataravô. Mais de cem anos se passaram e não estamos mais em solo norte-americano. Richard de Lorne está livre do contrato. Ele está aqui para se vingar. Contra a sua filha!

CAPÍTULO 18

A ORIGEM DO MAL

UMA CENTENA DE ANOS À NOSSA FRENTE, UM turbilhão de mudanças políticas, comportamentais, institucionais e governamentais havia alterado o cenário geográfico e cultural do planeta. A tecnologia prosseguiu seu avanço exponencial sobre a civilização, muitas vezes de forma cruel. Vivendo o ápice desta evolução, o mundo se deparava com uma realidade de muitos estímulos, podendo ser classificado quase como uma miríade de ilusões. Como se tratava de algo tão acessível e banal, a tecnologia estava presente em cada metro quadrado das zonas habitadas.

Após décadas de tensão e alguns conflitos localizados, tratados foram firmados e a tendência de um governo global parecia ter se dissipado. Cada nação em cada continente agora era um organismo independente na geopolítica mundial. Mas, em meio às cinzas das recentes batalhas pelo globo, silenciosamente alguns movimentos uma nova e assustadora investida tirânica. Sussurros sobre uma corrente corrompida nos pilares da Nova União Europeia Ocidental já circulavam entre os poucos mais atentos e informados.

Originalmente uma sociedade secreta, com o tempo a "Rostos Valorosos" foi multiplicando seus tentáculos e saindo das sombras, até, finalmente, se tornar uma força política determinante no cenário tumultuado do velho continente europeu.

Em disputas tensas no Parlamento da Organização do Tratado do Atlântico Norte (Otan), Jesper van Breukelen era um homem simples, que havia entrado na vida política por obra do acaso. Ele liderava o principal clã partidário pela liberdade, com ideias diametralmente opostas às de Richard de Lorne, figura de destaque à frente dos "Rostos Valorosos". O ódio entre ambos era cristalino, e Van Breukelen era a verdadeira "pedra no sapato" de Richard de Lorne, que era amparado por sua conselheira espiritual Madame Lauren, uma dignitária com braços influentes nas ramificações do poder.

Havia acusações de prática de ocultismo por parte dos dois, mas tais insinuações careciam de comprovações. Alguns acusadores desapareceram sem deixar vestígios, enquanto outros simplesmente desistiam de levar qualquer denúncia à frente, vencidos pelo medo. Por isso, as suspeitas até então nunca haviam se tornado concretas.

Com algumas realizações de âmbito social internacional amplamente difundidas pela mídia alinhada a seus propósitos, Richard de Lorne mantinha sua reputação aparentemente ilibada, e era malvisto apenas por uma pequena parcela da opinião pública.

As reuniões de despacho mensais entre o político magnata e sua guru espiritual ocorriam sempre no último andar da torre residencial em que De Lorne vivia, em uma complexa cobertura de quatro andares, no topo da maior edificação de Bruxelas. A construção era magnífica, erguendo-se por mais de cem metros acima do nível do solo. Sua aerodinâmica era inovadora, com arcos e curvaturas incomuns, surpreendentemente complementados com ornamentos góticos. Era um fantástico arranha-céu. Porém, emanava uma energia ruim, parecendo mais uma catedral lúgubre.

As luzes de sua cúpula, se ligadas em toda a sua intensidade, poderiam cegar pilotos em rotas próximas. O espaço aéreo era restrito na região, e toda a movimentação de aeronaves era controlada por funcionários da confiança de De Lorne, de dentro de uma cabine de observação de vidro espelhado. O último andar da residência também tinha vidraças igualmente espelhadas e claraboias sobre um jardim, onde uma potente cascata jorrava águas torrenciais por um duto que descia centenas de metros até a superfície. Havia um altar religioso conectado à cascata, e, em uma posição em formato de um "u" em sua frente, encontrava-se um parapeito de mármore branco perolizado. A detalhada estrutura parecia ter sido ornamentada seguindo inspirações arcaicas, e era evidente que havia em sua composição algum elemento desconhecido.

Uma bruxuleante iluminação de cor violeta sobressaía por todo o ambiente e, além disso, havia um pequeno trabalho de paisagismo, relegado a uma parede de heras da mesma cor.

Rumores de que Richard de Lorne realizava intrigantes experiências médicas em sua complexa propriedade no topo da gigantesca torre circulavam pelas clandestinas redes de informação populares disponíveis. Poucas denúncias de sinistros rituais religiosos chegaram a ser feitas às autoridades, mas as forças policiais enviadas a sua residência em parcas ocasiões não conseguiram encontrar absolutamente nada. Mesmo com o uso de avançado equipamento detector de hologramas em minuciosas buscas, nada se encontrava, e sua reputação mantinha-se intacta perante o sistema.

Aquele era um período de excelência tecnológica, em que a capacidade de se criar ilusões havia se tornado tão fabulosa que, mesmo sob um regime totalitário, um tratado minucioso havia sido outorgado para evitar o caos total. Afinal, o mais modesto cidadão possuía em suas mãos uma usina de produção de hologramas digitais inteligentes. Uma invenção revolucionária, mas que havia sido causadora de muitos problemas antes de sua rigorosa regulamentação definitiva. Sob o véu de benfeitoria da "Rostos Valorosos", Richard de Lorne era senhor de um império, e estava prestes a concluir seu plano mais obscuro.

Às vinte e duas horas daquela noite de quinta-feira, a pequena aeronave de Jesper van Breukelen cruzava os ares da capital do poder da Nova União Europeia Ocidental em direção à pitoresca e colossal Torre De Lorne.

O piloto e segurança pessoal de Jesper, Zev, observava o computador de bordo realizar todas as ações de cruzeiro. Naqueles tempos, um piloto era um mero observador após coordenar o plano de voo de suas viagens, pois todo e qualquer veículo de navegação aérea possuía um computador central à prova de erros.

Ao contrário do que se esperava, a inteligência artificial havia alcançado um estágio notável de consolidação e obediência suprema. Uma realidade bem diferente dos temores da população do século XXI, que acreditava no perigo de uma possível revolução e rebelião dos computadores e redes cibernéticas. Nada disto aconteceu. Mesmo inteligentes, as máquinas prosseguiram com seu papel de auxílio, atuando como um instrumento de progresso. Porém, o agente dos maiores problemas do mundo ainda era o mesmo: o ser humano.

As motivações eram diferentes, as facções eram diferentes, as necessidades e interesses haviam se alterado..., mas o ser humano ainda podia ser um pacifista benfeitor apoiado por uma legião de admiradores... ou um assassino mordaz capaz de cometer atrocidades em nome de seus interesses. E foram os sombrios propósitos criminosos humanos que haviam criado as Guerras Holográficas poucos anos antes. Agora, com rígido controle, a estonteante e fantasmagórica tecnologia havia sido permitida somente para uso no entretenimento. E, naquele exato instante, em meio ao seu trajeto aéreo programado, os dois ocupantes do drone executivo privado se deparavam com um anúncio holográfico cinematográfico voador.

Uma pequena plataforma levitava, projetando uma sequência de ação em looping, na qual o mais famoso super-herói de todos os tempos lutava contra seu arqui-inimigo mais perigoso. Os detalhes e a nitidez eram absolutamente impressionantes, e o rosto de dois atores já falecidos há quase um século eram assustadoramente reais.

Cada característica da fisionomia do mais célebre intérprete do herói alienígena podia ser vista no close de seu sorriso após golpear o vilão. A propaganda finalizava com o título da superprodução e o slogan: "Seus heróis são eternos. Nós os deixaremos para sempre com vocês".

Mesmo com a tecnologia não sendo novidade para os dois ocupantes, o comercial voador foi suficiente para atrair a atenção deles por instantes. Agora, uma indicação sonora nos painéis digitais os fazia despertar para a não muito agradável missão que tinham pela frente.

Era uma noite de Lua cheia, e a embarcação área compacta de Jesper van Breukelen se aproximava, agora, da grande torre residencial, a mais alta construção da cidade. Sua cúpula se destacava, fortemente iluminada naquela enevoada noite.

Com capacidade para oito passageiros, mas ocupada por apenas dois, a pequena nave girava suavemente no ar após ter sua autorização para o pouso confirmada. O transporte realizou sua descida em movimento vertical.

A poucos segundos do toque dos trens de pouso no chão, Jesper e Zev podiam ver a silhueta de dois guardas parados em sentinela à frente do arco de entrada para a parte interna da residência. Com o pouso finalizado e os sistemas entrando em *stand by*, Jesper tomou a frente e foi abrir a escotilha de saída. Imediatamente, teve o braço puxado por Zev com suavidade, em uma clara demonstração de cautela.

— Senhor, espere. Sei que o motivo de sua vinda aqui é de caráter conciliatório..., mas acho prudente sermos cautelosos e seguirmos os protocolos.

— Você tem toda razão, Zev. Acho que minha vontade de resolver logo isso me cegou por um instante.

— Perfeito, senhor. Basta ficarmos atentos.

O experiente piloto e agente especial de segurança abriu a escotilha e, ao saírem da aeronave, ambos se depararam com dois guardas. Vestidos com um uniforme negro como a noite, e usando capacetes grená com visores protetores de rosto reluzentes e botas marrons, as sentinelas lhes deram as boas-vindas.

— Boa noite, senhores. Sejam muito bem-vindos à Mansão De Lorne. Nosso Mestre já irá recebê-los.

— Obrigado, emissário. Seguindo o Protocolo do Tratado Ocidental de Segurança Política e Diplomacia, solicito permissão para meu assistente fazer o escaneamento anti-holograma de todo o complexo.

A sentinela pareceu se irritar com o pedido, e seu semblante imediatamente se fechou. Era impossível ver seus olhos escondidos atrás do visor espelhado. Mas o maxilar cerrado não demonstrava muita simpatia.

— Creio que isto está fora de questão. O mestre De Lorne não nos autoriza a...

— Ora, mas isto não será um problema! – Uma figura surgiu em uma sacada superior, acenando para eles. Era Richard de Lorne em pessoa, pairado em uma estrutura subitamente iluminada por uma evolução magnífica de lâmpadas de LED, que prosseguiam por toda sua extensão. – Guardas, descansar. Deixem-nos realizar o escaneamento. Afinal, o propósito deste jantar é totalmente amistoso e conciliatório. Deixem-nos se certificarem de que estarão absolutamente seguros aqui esta noite.

Os dois visitantes se entreolharam por alguns segundos, e Jesper retribuiu a saudação.

— Grato pela gentileza, Richard. Obrigado por seguir a lei e o protocolo. Estou feliz de estar aqui. Zev, pode começar!

Zev retornou para o cockpit da aeronave, e de lá acionou o escaneamento. Um feixe de luz projetado por um canhão na parte de baixo do cockpit começou a percorrer cada centímetro quadrado da propriedade, em busca de qualquer mínimo sinal de um programador de hologramas. Todos aguardaram em silêncio enquanto o computador do veículo aéreo prosseguia com a varredura minuciosa e silenciosa de todos os equipamentos na mansão capazes de manifestar qualquer projeção irreal. Uma estranha e incômoda sequência de comunicação se desenvolvia entre nave e residência, e agora terminava.

— Não há nada. O perímetro está limpo. Podemos ir.

Com as palavras de Zev, as sentinelas os escoltaram portal adentro, onde logo encontrariam seu anfitrião. Enquanto caminhavam, Jesper reparou na decoração do grande salão principal, com uma vasta coleção de antiguidades e instrumentos médicos arcaicos em exposição. Um *showroom* de aparelhos de diversas eras da Medicina estava disposto em vitrines de vidro. O cheiro de mofo e a exibição de material de gosto duvidoso causavam um contraste flagrante em um domicílio de arquitetura e tecnologia exuberantes como aquele.

Ao final do corredor, lá estava Richard de Lorne com um sorriso montado em seu rosto. Ao seu lado, um solícito mordomo de idade avançada estava posicionado para atender a todos os requisitos do jantar. Calvo, mas com cabelos lisos escorridos bem crescidos nas laterais da cabeça, o mordomo chamou dois garçons com um estalar de dedos.

Os visitantes foram conduzidos a um aconchegante e espaçoso bar, com Zev a todo tempo se preocupando em ficar ao lado de seu patrão. A eles foram oferecidas as melhores bebidas possíveis, mas, por conduta profissional e por motivos de segurança, ambos se contentaram com água com gás e uma variação futurística de refrigerante de cola. De forma casual, Richard de Lorne juntou-se a eles e iniciou uma conversa informal. Durante mais de trinta minutos ele se esforçou para ser o mais agradável possível. Conversaram sobre assuntos leves e amenos, distantes de qualquer animosidade.

O bar onde estavam era extremamente confortável e bem decorado, e as poltronas onde se se sentavam eram absurdamente relaxantes. Uma fragrância exclusivamente criada para a Mansão De Lorne era borrifada de tempos em tempos por dispositivos nas paredes, o que deixava o ambiente com um toque de hotel cinco estrelas, em contraste com o estranho e sombrio salão principal. Não se via mais sinal das sentinelas, e, agora, o mordomo se aproximava novamente de seu patrão.

— Mestre De Lorne... perdoe a interrupção. Está tudo pronto para o jantar – disse ele, sussurrando nos ouvidos de seu chefe.

Richard se levantou, e, com o mesmo sorriso de antes, disse aos convidados:

— Senhores! A conversa está ótima, mas está na hora do melhor momento da noite: o grande jantar! Me acompanham ao salão anexo?

Os dois acenaram com a cabeça e foram com ele para a sala de jantar. Jesper imaginava algo grandioso como o restante da propriedade, mas a sala seguia o mesmo padrão moderno do bar, com uma bela mesa de tamanho mediano e cadeiras de tecido bege. Eles se sentaram, e os garçons começaram a servi-los. O serviço foi impressionante, com a degustação de pratos impecáveis e belíssimas sobremesas. Havia desconfiança no ar, mas ela começava a diminuir tamanha a qualidade da recepção realizada.

— E então? Aprovados os talentos do meu chef, caro Jesper?

— Sim, beirou a perfeição. Acho que poucas vezes na vida experimentei algo tão bom. O que achou, Zev?

— Muito obrigado pela cordialidade e hospitalidade. Porém, estou de serviço – com um sorriso sem graça e ainda desconfiado, ele acenou a cabeça agradecendo e demonstrando o grau mínimo de simpatia para o momento.

— Fico feliz por deixá-los à vontade em minha residência.

— Ótimo. Já está um pouco tarde, poderíamos tratar agora de nossas questões em pauta?

— Sem dúvida. Meu caro Jesper... já são alguns anos de rivalidade. Temos sido uma espécie de *yin e yang* na vida, criando obstáculos um para o outro. Forças antagônicas defendendo a proposta de mundo em que cada um acredita. Sempre discordei de praticamente tudo que você prega, com muita veemência até. Temos travado um verdadeiro jogo de xadrez. Com isso, um entendimento parecia que jamais seria possível. Bom, essa era minha opinião..., mas não é mais!

Até então incomodado por estar ali, diante de um homem que sempre se posicionou como um adversário frio e incansável, Jesper se surpreendeu e relaxou os ombros. Estava curioso para ouvir o restante do aparente surpreendente depoimento de Richard de Lorne.

— Não é?... Bom... então o que você pretende? – perguntou o hóspede.

Zev seguia observando cada detalhe com olhos de lince, e nem mesmo as palavras amenas utilizadas pelo anfitrião lhe faziam baixar a guarda.

— Devo confessar que alguns dos últimos acontecimentos me fizeram mudar de ideia e enxergar a vida com outros olhos. Eu já não acreditava mais..., mas creio que mesmo um homem experiente como eu ainda pode viver experiências surpreendentes. Situações que vocês religiosos ferrenhos chamariam de... milagres!

Richard de Lorne deu um gole profundo em sua taça de vinho francês, se levantou e continuou:

— Jesper... quero lhe mostrar uma coisa. Algo que preciso com muita compaixão compartilhar com você. Me acompanha até o terraço exterior? – De Lorne continuou.

— Não posso deixá-lo ir sozinho, senhor! – Zev se levantou e disse com voz firme e postura militar.

— Ora, se quiser poderá vir também. Mas é preciso que venha um de cada vez. – disse De Lorne.

De forma sutil, Zev colocou as mãos dentro da jaqueta de piloto e manuseou um microscanner de partículas de holograma. Silenciosamente o ligou por baixo da mesa e não conseguiu captar qualquer ameaça do aposento a ser visitado em seguida. A situação inusitada e a posição em que se encontravam não o agradava. Mas estava disposto a proteger Jesper a qualquer preço. Ele acenou a cabeça para seu chefe e disse:

— Estarei de prontidão. E vou em seguida.

— Vejo que seu segurança é um agente fiel. Não se preocupe, tenho uma grande surpresa! Venha conosco.

Sereno e com a consciência tranquila, Jesper se levantou da imponente mesa de jantar e foi ao encontro de De Lorne, com Zev logo atrás. Seguiram por um amplo corredor com vários arcos com as mesmas luzes digitais, aparentemente com destino a uma área externa. Tanto Jesper quanto Zev observavam alguns estranhos símbolos nas paredes à medida que caminhavam. O percurso terminou e lá estavam os três em um grande terraço, exatamente o mesmo lugar de onde De Lorne havia acenado para ambos durante o pouso do transporte. De Lorne acionou o sistema de iluminação e os dois visitantes contemplaram a sofisticação extravagante do grande espaço.

Com metade do lugar coberto por uma clarabóia, a parte descoberta possuía quinas e pontas que ultrapassavam os limites do gigantesco edifício, causando uma forte sensação de vertigem. Completando o cenário, uma cascata iluminada caía sobre uma pequena piscina de borda infinita por trás de um parapeito. Havia algo na estrutura, mas com a iluminação indireta não era possível distinguir o que era. Richard de Lorne sorriu para Jesper van Breukelen e disse:

— Até mesmo um homem como eu pode mudar de ideia, meu caro. Agora você, terá o privilégio de saber em primeira mão o que me fez repensar tanta coisa. Venha comigo!

Antes que Jesper e Zev pudessem esboçar qualquer reação, a luz sobre a cascata que antes era uma penumbra se intensificou, e ambos puderam ver um delicado móvel branco. Zev acionou novamente o microscanner por baixo do casaco e, mais uma vez, nada foi detectado. Por via das dúvidas, com sutil eficiência destravou sua pistola escondida e ficou de prontidão para o pior. Jesper relutou em dar um passo à frente, até que algo o pegou desprevenido: uma risada infantil, em meio ao silêncio da noite.

Surpreso, ele olhou para o anfitrião que com um leve sorriso acenou positivamente para que ele seguisse caminhando. Lentamente Jesper se dirigiu pela trilha até a plataforma, percebendo, então, estar diante de um berço.

— Está vendo? Esta é a grande surpresa. Um presente que recebi das forças que regem o universo. O prêmio que não consegui em minha juventude, e que recebi agora, na vida madura.

Jesper chegou perto e pôde ver um lindo e encantador bebê, com pouquíssimo tempo de vida, sorrir angelicalmente para ele. A ingênua gargalhada infantil havia acabado de eliminar a desconfiança e o mal-estar causado durante a intrigante visita e jantar de desagravo.

— Eu realmente não esperava. Fico muito feliz por você – disse Jesper com sinceridade.

— A grande lição de tudo isso é que os arquitetos da existência têm uma história, um destino traçado para todos nós. Não importa o que façamos: o que está escrito sempre irá prevalecer. Que esse jantar seja prova de minha boa vontade. Estou desistindo do Projeto Berço da Lei. Estou vendo as coisas através de outros olhos. Tudo isso graças à benção de ser pai.

Com certo alívio nos ombros, Jesper sorriu de volta para a bebê e se voltou para De Lorne, enquanto o som da cascata atrás do berço parecia mais relaxante do que nunca.

— Creio que estamos de acordo, caro De Lorne. Agora, mate a minha curiosidade: qual o nome da sua filha?

Com os olhos radiantes e brilhando sob a luz do luar, De Lorne respondeu:

— É Laura.

Jesper chegou ainda mais perto, encantado com a linda criança que não parava de sorrir. Foi quando De Lorne suspirou e disse:

— Na verdade...

Zev endureceu o corpo e ficou em alerta novamente. Esticou a cabeça e fez rápido contato visual com Jesper, que, sem ação, esperava a conclusão da frase de De Lorne.

— É Lauren... Madame Lauren – sua voz agora era metálica e sombria.

Por instinto, Jesper baixou a vista novamente e admirou a bela criança recém-nascida, conferindo se realmente era o que seus olhos haviam visto. Mas, em poucos segundos, a forma humanoide se desfez, desaparecendo com o berço. Houve mais um breve instante de silêncio, quando um grito demoníaco foi ouvido. Saindo de dentro da cascata, uma silhueta feminina horripilante saltava como uma fera sobre Jesper van Breukelen. Soltando um guincho arrepiante e contínuo que ecoava pela escuridão, ela cravou um hediondo punhal no peito do visitante. Zev reagiu rápido, sacando sua pistola e disparando para salvar seu líder. Porém, todos os passos do crime bestial haviam sido planejados com riqueza de detalhes.

Ao seu redor, quatro médicos da peste com armaduras cibernéticas se materializaram e o cercaram. Ao ver seu tiro não surtir efeito, Zev percebeu que estava preso em algum tipo de cubo invisível. Atônito, ele tentou mais uma vez. O disparo ricocheteou e o acertou em cheio, fazendo com que desfalecesse imediatamente. Ainda vivo, Jesper cuspia sangue e se apoiava no parapeito, enquanto a maléfica figura pressionava ainda mais o objeto cortante contra ele. Em seu cabo, uma estranha pedra azul estava acesa, brilhando cada vez mais forte. Jesper teve força para dizer suas últimas palavras...

— Eu... ugh... acreditei... gasp... em vocês. Que Deus os perdoe.

Suas forças se esvaíram, e ele cambaleou. Madame Lauren, a cruel assassina, em seu golpe final o empurrou cruelmente em direção à cascata. Ele se curvou, e não resistiu. Dali, uma queda de mais de cem metros por um duto hídrico seria o desfecho de uma das traições mais covardes da história. Jesper van Breukelen tinha acabado de ser friamente executado. O corpo de Zev foi recolhido, e os lacaios de Richard de Lorne providenciaram todas as etapas de forjamento de fatos. Os médicos da peste futuristas se retiraram silenciosamente, e o soturno dono da propriedade se dirigiu até a assassina.

— Quem precisa de hologramas quando se tem você, Madame?

Com olhos inumanos e um sorriso absolutamente maligno, ela respondeu:

— Às suas ordens...

Richard se curvou e beijou a mão da dignitária, em um estranho gesto de cumplicidade e fascínio. Os dois guardas pessoais do soturno cavalheiro se ajoelharam em reverência a ela como se demonstrassem lealdade a uma divindade.

Um fim trágico para Jesper van Breukelen e Zev. Ambos haviam executado com perfeita eficiência o escaneamento em busca de geradores de hologramas. Porém, não haviam sido vítimas desta tecnologia. Sucumbiram perante algo muito mais assombroso e diabólico: uma ilusão realizada com a invocação de poderes ocultos das trevas. Pura magia negra. Naquela noite, Madame Lauren deu uma suprema demonstração de seus poderes sombrios. Onde há fumaça há fogo, e ali ardiam as chamas não de uma conselheira política, mas de uma traiçoeira bruxa.

Com toda uma equipe de lacaios ao seu comando, Richard de Lorne já havia tramado o plano perfeito para esconder o crime contra seu adversário. O transporte utilizado pelas vítimas foi conduzido ao fundo do oceano por um mergulhador treinado, com diálogos gravados por Jesper e Zev inseridos em sua memória central. Ele se acidentaria em alto-mar, portando material genético dos dois emissários, armas plantadas e planos de execuções de autoridades escondidos em sua carga. Consolidando a farsa hedionda, um escudo de camuflagem externo da cobertura da grande torre havia apagado qualquer vestígio de movimentação e aproximação do drone à residência de De Lorne. Para todos os fins, a visita naquela tenebrosa noite jamais teria acontecido.

Sem seu maior crítico e adversário político, agora o caminho estava livre para Richard de Lorne, com forte influência nas decisões da elite política europeia. Seus braços agora se estenderiam até a cúpula do comando secreto da Otan. Todos os seus aliados, verdadeiros marionetes, compartilhavam de seus ideais ou haviam sido comprados com oferecimento de vantagens ou por meio de ameaças. O caminho estava livre para a execução do intitulado Projeto Berço da Lei", e o Rio de Janeiro seria o primeiro alvo-teste. Não havia espíritos ou assombrações nos misteriosos ataques a recém-nascidos em nossa época atual.

Em busca de vingança, De Lorne escolheu a cidade do Cristo Redentor como o marco zero para as demonstrações de "desabilitações" infantis.

Estava montado o cenário preliminar para um plano de envenenamento em massa de bebês que se tornariam criminosos no futuro. Apenas um disfarce moral para um verdadeiro massacre com propósitos sombrios. O sinistro magnata político tinha sob seu comando uma equipe de médicos sem escrúpulos e com extremo conhecimento no assunto.

No castelo oculto de Richard de Lorne na região de Skalingeroth, Madame Lauren supervisionava de perto o aperfeiçoamento de toxinas criadas por químicos e posteriormente amaldiçoadas por ela. O salão principal da milenária construção era um ambiente tenebroso. De um lado havia caldeirões borbulhantes, tubos de ensaio gigantes e uma horripilante representação de bruxaria. Do outro, equipamento avançado operado por poucos técnicos e cientistas de confiança, além de cápsulas de vidro. Dali eram lançados os médicos da peste que envenenariam as crianças.

Por intermédio da mais soturna magia das trevas, Madame Lauren os fazia acessar o passado e cumprir os desígnios sombrios. De cima de um púlpito ritualístico, de forma maquiavélica, ela enviava seus asseclas através do tempo pela dimensão de vestígios. Uma sinistra combinação entre tecnologia médica e as artes das trevas.

CAPÍTULO 19

O BAILE DE MÁSCARAS

RAPHAELA, UMA DAS MELHORES AMIGAS DE Melanie, estava radiante. O dia pelo qual ela mais tinha aguardado nos últimos anos havia chegado. Não havia gravidez envolvida, mas de algum modo ela estaria celebrando uma nova vida, ou simplesmente uma nova fase em sua vida. Após anos de esforço e algumas reviravoltas em seu destino, ela era um dos formandos do curso de Direito da Pontifícia Universidade Católica do Rio de Janeiro (PUC-RJ).

Sua trajetória havia mudado de rumo depois de se aventurar por outros caminhos, incluindo uma não muito bem-sucedida primeira escolha por Marketing. Sua relação com o ex-namorado era intrínseca e absolutamente à flor da pele. Amigos de infância, ele sempre havia tido uma influência positiva sobre as decisões da moça, e isso se fez ainda mais presente no último ano de colégio. Moradora do bairro da Lagoa, Raphaela havia estudado toda a sua vida no CEL, tradicional colégio da zona sul carioca. Ao ser aprovada para a faculdade, viu a empolgação com a nova etapa se transformar em decepção e algo enfadonho. André, seu namorado, logo terminou com ela, que precisou de alguns meses para recuperar a autoestima e se reerguer. O fim da relação com seu único namorado foi algo que jamais esteve nos planos e nunca tinha passado por sua cabeça. Mas Raphaela era uma garota de fibra, e não desistia facilmente. Agarrou-se aos estudos e conseguiu ótimas notas, até finalmente perceber que não estava feliz com a carreira que havia escolhido. Melanie sempre apoiou a amiga, e quando saíam juntas sempre comentava sobre seu dia a dia como advogada.

Inicialmente relutante em começar de novo, com o incentivo da grande amiga a possibilidade de cursar Direito e trabalhar com a lei começou a trazer um brilho nos olhos da jovem Raphaela. E assim foi feito. Em um dia de um mês de julho, Melanie acompanhou a amiga que estava decidida a trancar o curso de Marketing.

Poucos meses depois, lá estava ela habilitada a frequentar seu primeiro dia de aula na charmosa universidade da Gávea. Ela se sentia realizada, e dessa vez seu caminho não encontrou decepções nem qualquer tipo de arrependimento. Seus pais sentiram a mudança e o bem-estar da filha, cada vez mais radiante. Até que o dia da grande formatura chegou. Um prêmio merecido e um final feliz para a estudiosa filha. Não bastasse a alegria natural pela conclusão do curso, a escolha do local da festa deixou Raphaela ainda mais empolgada.

Apaixonada torcedora do Fluminense Football Club, a confirmação do Salão Nobre do clube como palco da celebração foi o ingrediente final para uma expectativa de proporções estratosféricas. Melanie estava ciente da magnitude do evento e de sua importância para Raphaela. Porém, mesmo tendo confidenciado sua gravidez para sua grande parceira, a ameaça perturbadora que lhe fora revelada sobre sua futura criança a fez ter muitas dúvidas sobre sua presença na cerimônia de graduação.

Um grande fundo financeiro havia sido formado por parentes dos alunos para contribuir com o evento, e uma verdadeira superprodução havia sido concebida. O principal patrocinador e pai de um dos alunos era o magnata da construção civil George Ford. Ele não poupou um centavo sequer, e fez questão de oferecer um grande montante à comissão organizadora. Assim, um baile de máscaras à moda antiga foi o tema escolhido por unanimidade para a noite da consagração dos alunos. Especialistas internacionais hollywoodianos foram contratados para criar uma estrutura cinematográfica sem precedentes em festas deste tipo. Engenheiros especialistas completaram a equipe, desenvolvendo surpresas mecânicas que fascinariam a todos os convidados.

Antes mesmo da realização, o grande Baile de Máscaras foi mencionado com pompa em colunas sociais, e começou a atrair o interesse de figuras da alta sociedade da cidade. Seria natural que Christian acompanhasse a noiva, mas um choque de datas trouxe ainda mais dúvidas à cabeça de Melanie.

Christian e sua banda Aventura Insólita tinham sido convocados para tocar em outra festa: as Bodas de Prata de seu tio por parte de mãe. O casal tentou conciliar os eventos, mas não houve jeito. A solução que encontraram foi Melanie comparecer à formatura, prestigiar e confraternizar com a amiga no clube nas Laranjeiras e depois ir para o Jockey Club Brasileiro, onde Christian estaria tocando na festa de família. Essa parecia ser a solução mais plausível, afinal Melanie seria uma espécie de madrinha de sua confidente e companheira de aventuras da juventude.

E assim ficou combinado. Aquela sexta-feira finalmente chegou, e prometia ser muito movimentada.

— Bom dia, amor! – Melanie foi até o quarto procurando o noivo. Ele percebeu a doce melodia em sua voz, como de quem quer alguma coisa. – Olha pro meu vestido... como é que eu estou?

— Uau... linda como sempre! Tô quase desistindo das bodas do meu tio. Não tem como ficar pouco tempo nessa festa? Vou estar longe de você, não sei não... assim você vai atrair todos os olhares da formatura!

— Ah... pena que você não vai comigo. Acho que iríamos nos divertir bastante. O pessoal tá falando que a festa vai ser cinematográfica. Até interditaram o salão do clube essa última semana pra ninguém ver o que estavam montando!

— Hum... me fala uma coisa: vai ser baile de máscaras mesmo? Não acha isso perigoso? Quer que eu desista de tocar nas bodas e fale com o meu tio?

— Eu estou um pouco apreensiva, sim. Mas o Renato Singer não falou que no momento estamos seguros? Afinal eu ainda estou no quinto mês. E vou rapidinho lá, depois eu vou te encontrar. Não deixa seu tio na mão não. Eu vou me cuidar.

— Tá bom. Eu vou estar com o celular ligado, e, quando a banda for tocar, vou deixar com o meu pai. Se você ligar, ele atende e passa pra mim na hora. E o Renato está em alerta também, ontem mesmo falou sobre isso. Vai dar tudo certo. E aí depois a gente para com esses eventos de vez, até estarmos tranquilos e a situação ser resolvida.

— Tá bom, meu amor! Eu te amo muito! Agora vou tirar essa roupa e me arrumar pro escritório, hoje vou ficar pouco tempo lá.

— Eu também vou sair mais cedo, no fim da tarde a gente se vê aqui. Você tem certeza mesmo que não quer que eu te leve?

— Não precisa, de verdade. As meninas vêm me buscar aqui, uma delas tem até segurança.

— Então tá... a gente se vê no fim da tarde!

Os dois foram se arrumar, saíram para trabalhar e, ao final da tarde, estavam de volta ao apartamento. Christian estava com todo seu material arrumado para o show, e aguardava uma mensagem de Bruno, que iria buscá-lo. Todos os seus familiares estariam nas Bodas de Prata, mas os pais de Melanie estavam em São Paulo e não poderiam acompanhá-la à formatura.

— Mel, tá tudo pronto aqui. Só tô esperando o Bruno vir me buscar. Me fala uma coisa: você vai usar máscara?

— Ah, vou levar uma daquelas douradas venezianas com pena, sabe? Só pra entrar no clima. Olha aqui, que tal?

Pronta para o grande evento, Melanie estava mais uma vez esplendorosa com seu belíssimo vestido bege com ouro. Ela posicionou a máscara no rosto e fez uma pose para o noivo.

— Perfeito... parece a própria Christine de *O fantasma da ópera*. Só toma cuidado pra não aparecer nenhum fantasma pra te roubar de mim, hein!

Ela deu um sorriso e os dois se beijaram até serem interrompidos pelo telefone de Christian. Bruno já estava chegando para buscá-lo. Se despediram brevemente e Christian desceu. Melanie ainda aguardava a carona de suas outras amigas de longa data, que também chegariam a qualquer momento. Ela foi até seu closet e ficou se olhando no espelho, observando o contorno de sua barriga que já começava a tomar forma. Carinhosamente ela acariciava o ser que estava gerando, com uma mistura de carinho e apreensão nos olhos.

— Eu não vou deixar ninguém chegar perto de você! – disse ela com a voz firme, encarando seu reflexo.

Uma mensagem chegou: era sua amiga Julia. A carona chegaria em menos de dez minutos. Melanie pegou o elevador e desceu para esperá-las lá embaixo. Chegou à portaria e foi se dirigindo para o jardim externo. Para sua surpresa, uma figura conhecida a esperava na entrada do edifício com um sorriso sereno no rosto. Era Renato Singer.

— Olá, Melanie... vim desejar uma boa festa a você. Por favor transmita os meus parabéns à sua amiga. Um dia cheio, com compromissos inadiáveis. Mas tudo ficará bem!

— Oi, sr. Renato. Só estou saindo realmente porque é a formatura da minha melhor amiga, eu não...

— Não se preocupe, nem se justifique. A sua vida não deve e não vai parar. Me considere... seu anjo da guarda.

O carro de Julia chegou, pilotado pelo segurança. Uma buzinada animada atraiu a atenção de Melanie. Quando olhou novamente para se despedir de Renato, ele já não estava mais lá. Julia já tinha aberto a porta do carro e a esperava com um sorriso de empolgação. Melanie correu até ela.

— Oi, meninas... animadas?

— Bem-vinda, amiga! Uhuuu... Raphinha vai se formar, e a gente vai dançar até a madruga!

— Só um detalhe: VOCÊS vão virar a madrugada, eu tenho que ir ficar com meu noivo, esqueceu? Mas vamos ter tempo de aproveitar juntas! Oi, Julinha, oi, Nicole... tudo bem, Hércules?

— Oi, tudo bem! Vou ser o protetor de vocês no grande evento! Agora vamos indo porque tem um pouquinho de trânsito na Lagoa.

— Mel, você viu? Vai ter uma atração secreta na festa. Tem que fazer até reserva por um aplicativo, senão nem dá pra entrar. O app tira uma foto sua, e na hora você só passa com reconhecimento facial. E a gente nem imagina o que seja! Mas nós já reservamos também! Faz aí, o nome do aplicativo é *Liberty Bell*!

— Uau... gostei! Vou fazer agora!

Christian tinha acabado de chegar ao Jockey Club, e começava a testar os instrumentos e equipamentos no palco. Seus pais e tios estavam lá, e o clima era o de uma tradicional festa familiar. Enquanto ligava o seu teclado, Christian olhava a foto de Melanie em sua carteira. Estava confiante, mas uma sensação estranha começava a lhe incomodar. Seu pai e tio, então, se aproximaram dele.

— Garoto! Obrigado por estar aqui hoje! Estava falando com o seu pai... obrigado por tocar pra gente nesse dia especial! A festa é sua também! Vem aí uma nova geração na família! A Melanie vem pra cá daqui a pouco, né?

— Obrigado, tio! Eu tô feliz também! A gente vai caprichar hoje.

— É isso aí, filhão. Daqui a pouco todos estaremos juntos. Agora aproveita os salgadinhos!

— É Christian, vamos lá. Traz o Bruno e o Erik também, não deixa eles fazendo cerimônia.

Enquanto isso, no local do grande Baile de Máscaras, caminhões estacionados na estreita rua Álvaro Chaves engarrafavam o tráfego. Era a rua da portaria social do Fluminense Football Club, e da entrada de carga e descarga de material. Algo muito sofisticado parecia ter sido preparado para a formatura. Os veículos dos convidados começavam a fazer fila para o estacionamento, e muitos formandos e parentes também chegavam a pé. A rampa de entrada para o palacete do Salão Nobre começava na elegante sacada da fachada.

Um sistema de ar-condicionado muito forte era sentido até por quem passasse no meio da rua. Um impecável tapete vermelho percorria toda a extensão por onde os sortudos familiares e amigos caminhariam até chegarem ao salão. Naquele fim de tarde de céu violeta sem nuvens, o bairro de Laranjeiras pulsava de um jeito diferente. Lá estava o carro de Julia, Nicole e Melanie na fila para estacionar dentro do clube. Animadas, as amigas confraternizavam ao som de música alta, agraciadas com a paciência do amistoso segurança Hércules.

Ao passarem em frente à sacada da sede social, as moças puderam ver fumaça seca e recepcionistas vestidas a caráter. Havia muitos familiares e convidados em trajes de gala, mas também era possível ver muita gente fantasiada. Faltava pouco para elas adentrarem a festa mais misteriosa de suas vidas. Curiosos, moradores da vizinhança e sócios do clube se aglomeravam, percebendo a magnitude do evento e o considerável número de convidados.

Em meio à confusão, Hércules desembarcou as moças e seguiu para estacionar o carro. Ele retornaria para a festa para cumprir sua missão de ser a sombra de Julia e de suas companheiras naquela noite. As três amigas trajando vestidos impecáveis e estonteantes já estavam nas dependências do clube, subindo a rampa de acesso ao clássico Salão Nobre. O que outrora era uma cerimônia formal e pautada em ritos tradicionais, agora ganhava contornos extravagantes e sem precedentes.

Um jovem violinista magro de cabelos compridos usando um elegante fraque dava as boas-vindas aos ilustres visitantes ao som de Mozart. Sua simpatia e carisma ao tocar o instrumento sorridentemente eram o prenúncio de momentos fantásticos que estavam por vir. Já desfilando no belíssimo tapete vermelho, rodeado por uma escadaria e corrimãos de mármore e muitos elementos históricos, as três amigas estavam prestes a passar pela severa e rígida conferência de convites da recepção. Antes de subirem o lance de degraus do palacete, se depararam com pessoas contratadas pela produção fielmente vestidas como figuras da mitologia grega e de outras eras.

Uma linda moça loira se destacava, representando a deusa guardiã dos juramentos dos homens e da lei, Têmis. Com sua espada desembainhada em uma mão e a balança que simboliza o julgamento com a razão empunhada na outra, ela encarnava a personagem com veracidade e apontava para uma instigante novidade anexa ao evento.

Melanie e as amigas perceberam a aglomeração que se formava ao lado esquerdo do prédio. Um trabalho bem realizado de marketing parecia ter transformado a tal "atração secreta" em uma concorrente de peso para a própria cerimônia de formatura. Havia uma construção temporária, digna das superproduções dos parques temáticos norte-americanos: uma aparente réplica do Partenon, um templo da Grécia antiga dedicado à deusa Atena. Mas a construção também se inspirava no Oráculo de Delfos, que, entre outros, foi de domínio da deusa Têmis.

A curiosidade era gigante, mas agora era hora de testemunhar a colação de grau. A visita ao templo reconstruído ficaria para as horas seguintes. Subiram graciosamente o belo lance principal da escadaria, e em poucos instantes estavam no histórico Salão Nobre, lotado. Estava tão cheio que era difícil encontrar caminho até a mesa onde ficariam. A cerimônia já estava começando e, enquanto chegavam aos seus lugares, puderam ver uma grande representação da deusa Têmis, mais uma vez, no canto esquerdo do salão.

Com cerca de três metros, tinha a falsa aparência de uma estátua de pedra. O paraninfo e grande homenageado da noite era o célebre delegado Hamilton Gusmão, figura conhecida na comunidade policial. Com muitos serviços prestados à corporação da Polícia Civil do estado, era bem-visto pela opinião pública por seu posicionamento sempre justo e transparente. O Reitor acabara de fazer seu discurso de abertura, e passava a palavra ao célebre policial.

— É inevitável! Eu olho pra vocês, jovens e sonhadores... e me coloco no lugar de cada um. Eu já estive no mesmo lugar em que estão. Tive a sorte de conseguir uma bolsa de estudos naquele centro acadêmico, coisa que para mim parecia inalcançável. Minha infância foi dura, mas meus objetivos sempre foram claros e bem definidos. Meu pai era um homem sério, e me ensinou a distinguir o certo do errado desde os meus primeiros dias de vida. Dediquei minha formatura a ele, que tanto lutou para que eu me tornasse um homem da lei. Porém, eu fui mais adiante. Me tornei um protetor da lei. Então, essa noite... me refiro à memória do meu pai, para também homenagear a todos vocês. Meus parabéns. Que Deus os abençoe neste juramento de sempre defender a justiça!

Uma salva de palmas foi ouvida, e o mestre de cerimônias retomou o controle da apresentação, que havia começado cerca de dez minutos antes. Os demais professores fizeram seus discursos, assim como alguns alunos. Um por um, os formandos foram sendo chamados para receber o canudo, ao som de músicas e breves coreografias personalizadas.

As famílias vibravam à medida que o tempo ia passando e a colação de grau ia avançando. Finalmente, o Reitor dirigiu-se a todos os presentes mais uma vez, em especial, aos alunos:

— Não é a primeira... nem minha última formatura. Mas o orgulho é cada vez maior! Vão em frente! O mundo é de vocês! E a noite só está começando! Vão se divertir!!! – essa última sentença foi gritada a plenos pulmões e acompanhada por um urro de aprovação digno de multidão de Maracanã.

Imediatamente, o avançado e ultra potente sistema de som do salão lançou nos mais altos decibéis a música "P-Machinery", do Propaganda. Com seu ritmo intrigante, sua melodia misteriosa e uma batida hipnotizante, esta foi a trilha sonora que revelou mais uma surpresa da noite.

Dançarinos e acrobatas surgiram pendurados em um circuito de trilhos que fazia uma volta completa pelos balcões superiores do Salão Nobre. Mascarados e devidamente vestidos com roupas metálicas colantes, eles realizavam um fascinante e estranho balé sincronizado enquanto deslizavam pendurados pelos trilhos, como uma espécie de tirolesa. Seus movimentos robóticos formavam uma perfeita coreografia desenhando cada nuance da canção.

O delegado Gusmão observava com um misto de curiosidade e desconfiança nos olhos. Abraçado pelos demais mestres, pegou uma bebida e relaxou, ainda observando a pitoresca coreografia de pessoas penduradas sob trilhos. A multidão era cada vez maior e parecia superlotar o espaço, fazendo muito barulho.

Mal a cerimônia formal terminou, a curiosidade pela visita ao tal templo tomou conta de todo o público, especialmente os jovens, que desciam as belas escadarias do Salão com celulares nas mãos se dirigindo à enigmática atração temporária. Moças e rapazes vestidos com suas becas tropeçavam uns nos outros, na ânsia de serem os primeiros da fila.

Alguns capelos ficaram pelo chão. Melanie, Julia e Nicole cumprimentaram Raphaela com efusivos abraços, e rapidamente puxaram a amiga para se divertirem. Afinal, Melanie teria que ir embora mais cedo. Conseguiram uma boa posição na fila, e, em pouco tempo, estariam dentro da construção misteriosa. Observavam atentamente o sistema de confirmação de reserva.

Um funcionário da empresa de eventos usava um leitor para confirmar o QR code, e em seguida o convidado era colocado frente a um scanner, que confirmaria a leitura facial de acordo com o celular utilizado. A cada checagem de rostos, um potente flash era acionado e podia ser visto de longe. Esta potente luz disparada repetidamente começou a incomodar Melanie.

Com a identidade facial reconhecida digitalmente, lá foram as quatro amigas vasculharem os perigos cenográficos da fascinante atração. Completamente vedado e com um poderoso sistema de refrigeração central, o interior do templo era um labirinto extremamente realista em fazer seus visitantes se sentirem imersos em outro mundo. De cara, as moças foram recebidas por um vulto, que, com um impulso, desapareceu em meio a uma névoa que confundia a visão. Estavam se sentindo em uma verdadeira casa do terror. Logo nesta câmara inicial havia um Oráculo, que parecia conhecê-las:

— Nicole... Melanie... Raphaela... Julia... vocês serão capazes de sobreviver... ao Labirinto da Justiça? Escolham o seu caminho!

O Oráculo se encontrava sobre uma coluna de mármore, posicionada simetricamente entre os dois corredores disponíveis para prosseguirem. A voz grave soltou uma respiração pesada e se calou. Figuras mitológicas eram projetadas em espelhos pelos dois corredores, e as amigas se dividiram em caminhos diferentes. Julia e Nicole foram por um lado, e Melanie e Raphaela pelo outro.

A temperatura era gelada, e um tema musical digno de um blockbuster épico ajudava a compor o clima do desafio. Logo numa das primeiras curvas, Melanie e Raphaela se depararam com um esqueleto de um guerreiro que as assustou, despencando de surpresa de um alçapão do teto. Uma placa em latim na parede seguinte dizia algo como "Despiste o Minotauro". Elas deveriam responder corretamente a uma pergunta em uma tela no púlpito de mármore adivinhando o nome do criador do labirinto. As duas não deram muita importância ao aviso, mas, de repente, sentiram a temperatura esquentar vertiginosamente.

Um som de animal raivoso começou a ecoar pelos muros de pedra até que as duas olharam para trás e viram a silhueta de uma figura bestial trotando em sua direção. Claramente uma criação mecânica, mas verdadeiramente assustadora. Ao se distraírem com essa ameaça, elas não perceberam uma figura real que havia começado a se solidificar em meio ao nada. Aparentemente surgindo de um teletransporte, o vulto ainda era etéreo, tomando forma em uma perturbadora mistura de matéria em diversas frequências.

Atônitas e rindo de nervoso, as amigas tentavam se lembrar do criador da criatura mitológica, enquanto a ameaça real se solidificava atrás delas exalando um odor agonizante de ácido. O Minotauro mecânico estava cada vez mais perto, bufando para cima das duas, que não conseguiam acertar o nome. Em poucos segundos, a forma sombria invasora já estava completamente materializada e preparava-se para avançar sobre Melanie. Mas, em uma fração de segundo, ela virou para o púlpito e gritou:

— Dédalo!

Neste exato instante, os olhos do Minotauro se acenderam e lançaram um flash de laser. A porta à frente se abriu, enquanto o vulto escuro foi atingido em cheio pelo feixe de energia, desaparecendo instantaneamente. Raphaela saiu correndo e sumiu, enquanto Melanie de relance conseguiu ver a estranha sombra se desfazer. Poderia ser mais um dos efeitos especiais do labirinto, mas seu forte instinto a dizia que não era só isso. O cheiro ácido ficou mais forte.

Melanie ficou tonta, e de repente não conseguia mais respirar direito. Perdendo os sentidos, ela se agarrava às paredes, enquanto caía desmaiando. Tudo estava girando, e sua força parecia desaparecer. Sua maior preocupação naquele instante era a vida que carregava consigo. Será que ela teria colocado tudo a perder? Será que comparecer à formatura teria sido uma péssima escolha, e aquela aparentemente inofensiva atração teria sido seu erro fatal?

Mas Melanie não se entregava facilmente, e conseguiu se levantar. Ela seguiu a silhueta de uma presença feminina à sua frente, que acabou sendo sua guia. Um dispositivo escondido entre as rochas cenográficas bombardeava os corredores com uma insistente névoa. A grande porta abriu novamente, e ela viu uma luz brilhante. Alívio. A saída do tormento do labirinto estava ali. Ela cruzou o último corredor e logo viu quem havia sido sua guia. Lá estava Raphaela, em êxtase.

O desafio terminava em uma loja temática, com cabides com camisetas e memorabília temática da festa. Um vendedor com uma lábia sedutora já oferecia muitos produtos à amiga, que se sentia radiante por ter completado a travessia. Nicole e Julia também já estavam lá.

— Mel! Achei que você não fosse sair! Adorei! Parecia que aquele bicho ia atropelar a gente, e depois eu não vi mais nada. Que emoção! Olha que blusa incrível! Lembrança desse dia!

— Ai, Rapha... eu tava passando mal lá dentro! Eu acabei ficando tonta! E eu vi alguma coisa estranha perto da gente no final. Não era normal.

— Você tá bem agora, amiga?

— E aí, moça... está se formando ou é convidada? São duas blusas diferentes: formandos levam de graça, mas pra convidados custa 39 reais. Quer experimentar?

Duas blusas estavam disponíveis. Uma, para os convidados, dizia: "Eu sobrevivi ao Labirinto da Justiça". A blusa de brinde para os formandos tinha apenas um detalhe a mais, com os dizeres: "Eu me formei e sobrevivi ao Labirinto da Justiça". Raphaela pegou a sua blusa e, preocupada com o estado da amiga, foi logo saindo da descolada loja temática.

As quatro amigas saíram da confusão e encontraram um lugar ao ar livre onde Melanie conseguisse respirar. Atônito, o segurança Hércules veio até elas.

— Senhorita Julia, assim você me mata de susto. Da última vez que olhei, você estava no palco, dando os parabéns pra Raphaela. Fui pegar um refrigerante e um segundo depois já não te vi mais. Não querem subir um pouco e voltar pro Salão? Raphaela, seu pai está louco atrás de você! Chegou a hora da valsa!

Melanie ainda estava se recuperando do mal-estar, mas conseguiu esboçar um sorriso.

— Vai lá, amiga! Esse momento é seu!

— Você vai ficar bem aí?

— Vou, a gente só vai pegar um pouco mais de ar puro. Além do mais, olha quem são as minhas companhias! – disse ela, com ar de doçura.

— A gente cuida dela, Rapha! E em cinco minutinhos a gente sobe. O Hércules vai ficar aqui.

Raphaela saiu em disparada de volta para a festa, em busca de seu pai. Os alunos já se posicionavam com seus parentes para a dança enquanto o maestro da competente orquestra contratada já estava pronto para reger os músicos. Lá estavam os pais de Raphaela no portal de entrada após as escadarias, ansiosamente esperando pela filha.

— Raphaela, onde você se meteu? Seu pai tá aflito, é hora da valsa. Você não vai sair nas fotos!

— Ai, mãe, desculpa! Eu não podia perder o labirinto que montaram lá embaixo!

— Tá perdoada. Sem tempo pra discussão. Vai começar, filha!

Seu pai abriu um sorriso de felicidade e perguntou:

— Me concede essa honra, Raphaela?

Orgulhoso do momento, o sr. William Mendes Welfare segurou sua filha e, elegantemente, adentrou a pista de dança. Em sincronia perfeita com o ritmo da bela valsa, ele se juntou aos demais parentes que celebravam o momento com seus filhos. Um sublime regozijo, após anos de esforço e investimento. Raphaela estava radiante, e levitava ao som de cada nota. O magnata George Ford aplaudia de longe, satisfeito. Seu filho dançava feliz da vida com a namorada de muitos anos. A valsa terminou sob esfuziantes aplausos e muita emoção.

Sem deixar ninguém respirar, o cantor Paulo Ricardo e outro vocalista subiram ao palco, imediatamente fazendo o público delirar. Com uma versão eletrizante da "Música urbana", do Capital Inicial, os dois começaram seu show em parceria elevando ainda mais o clima. Lá embaixo, Melanie, as amigas e Hércules retornavam ao salão, enquanto muitos curiosos faziam o caminho contrário, em direção ao labirinto.

No Jockey Club, a festa também estava animada, e os tios de Christian recebiam os convidados com satisfação. Era apenas uma celebração familiar, sem a pompa do evento de formatura. Mas a família Ventura tinha muito bom gosto, e nunca fazia feio nas comemorações. Sentindo a falta de sua noiva, Christian comeu alguns salgadinhos e confraternizou com os parentes. Seu tio Maurício era admirador de sua banda Aventura Insólita, e fez questão de contar com uma pequena apresentação nas bodas.

Christian não teve como dizer não. Alguns minutos se passaram, e a banda já estava posicionada no palco. Enquanto organizava suas coisas no teclado, o rapaz teve uma sensação estranha. Sentiu que algo não estava certo, e que Melanie estava precisando dele.

Já estava contando as horas para terminar sua participação e encontrar a noiva. O pensamento sobre um perigo iminente se desfez ao receber uma sacudida amistosa no ombro.

— Vamos lá, Christian? Hoje é pelos seus tios! Daqui a pouco a gente bebe!

— Cara, tô preocupado com a Mel! Só quero tocar logo e ficar perto dela.

— Não esquenta, daqui a pouco ela tá aí! Curte a vida um pouco!

— Eu sei, não é isso... gravidez, né? A gente se preocupa em dobro!

— Meu irmão... isso é só o começo de uma fase abençoada na sua vida. Deus tá contigo! Bora tocar?

— Bora! Aventura Insólita chegou!

Na formatura, as meninas tinham acabado de voltar ao Salão e já estavam novamente com Raphaela. Os demais colegas de classe se reuniram, e agora um renomado DJ comandava as *tracks*. A música eletrônica deu o tom dos minutos seguintes, enquanto os recém-formados advogados extravasavam na pista de dança.

Raphaela tinha uma bandeira do seu time estrategicamente guardada, e agora já pulava pelo salão agitando-a. Melanie tinha recuperado as energias e se sentia disposta, e resolveu se permitir aproveitar aquela festa tão incomum. Porém, alguma coisa ainda a incomodava. Ainda não havia conseguido colocar um fim a essa sensação ruim. Pensou em ligar para Christian vir buscá-la tão logo estivesse liberado do show. Definitivamente não se sentia segura para ir embora sozinha.

Com muita gente jovem, bebida à vontade e hits da atualidade ecoando nos mais altos decibéis, o evento atingia seu ápice.

No Jockey Club, Christian lutava para se concentrar e conseguir tocar. Melanie estava em perigo, uma força desconhecida parecia dizer isso no ouvido dele. Ela necessitava de seu auxílio imediato.

O show estava próximo do fim, e a Aventura Insólita agora executava uma versão caprichada da canção "Alive and kicking", do Simple Minds. Enquanto tocava os acordes no sintetizador e ouvia seu grande amigo cantar, se convenceu de que a letra da música nunca havia feito tanto sentido:

"[...] O que você fará quando as chamas subirem?
Quem aparecerá e mudará a maré?
O que é preciso para fazer um sonho sobreviver?
Quem tem o toque para acalmar a tempestade por dentro?
Não diga adeus, não diga adeus...
Nos segundos finais, quem vai te salvar? [...]".

Palavras fortes, versos de uma composição que ele conhecia muito bem. E que, agora, descreviam a realidade com perfeição.

O grandioso e extravagante Baile de Máscaras das Laranjeiras seguia a pleno vapor. Havia muita pompa na decoração e em todos os detalhes da produção de arte, mas uma sensação de excesso pairava no ar. Aquela festa certamente ultrapassaria limites e entraria pela madrugada.

Alguns parentes mais idosos dos formandos já começavam a ir embora, e o ambiente se tornava a cada minuto um domínio dos mais jovens. Os pais de Raphaela continuavam lá, orgulhosos. As quatro amigas dançavam no canto direito do salão, com Melanie bem mais quieta do que as demais.

— Rapha! Sua festa tá linda, e eu tô muito feliz de ser testemunha desse momento..., mas acho que agora tá na hora de eu ir pra festa do tio do Christian.

— Ai, amiga! Eu sei... tô tão feliz de estar dividindo isso tudo com vocês... meus pais já vão embora também. O Christian vem te pegar? Ou você vai sozinha?

— Quer que o Hércules te leve? Fica só mais uma música pra saideira? — disse Julia.

— Só mais uma, Mel! – disse Raphaela.

— A próxima que tocar é em homenagem à nossa amizade! – reforçou Nicole.

Melanie sorriu para Raphaela e as outras amigas com um sorriso franco, porém consternado. Ela não bebia por causa da gravidez, mas as amigas acabavam de pegar taças de champanhe para brindar. Uma última música, antes de ir embora. O salão estava lotado, e o antes gelado sistema de refrigeração já parecia não dar conta de tanto calor humano. Melanie sentiu a mudança de temperatura e olhou para suas mãos, que começavam a suar. Havia muita umidade... e ela começava a sentir novamente o estranho cheiro ácido, ainda que fraco.

O DJ pegou o microfone e perguntou ao público:

— E aí, galera! Quem aí curte anos 1980? Quem curte new wave? Essa agora é pra sacudir!

Os acordes eletrizantes de "In the heat of the night", da fabulosa cantora alemã Sandra, começaram a reverberar pelo salão e tomaram a pista de dança. As amigas brindavam animadamente enquanto Melanie olhava ao redor e percebia a quantidade enorme de pessoas mascaradas.

Era quase impossível naquele momento decifrar quem era quem. Levou um esbarrão de um rapaz completamente bêbado, que sequer pediu desculpas. Preferiu ignorar e dançar um pouco com as colegas, afinal, em poucos instantes ela sairia dali. Naquele momento, a equipe se posicionava no balcão superior, filmando imagens panorâmicas do grande Baile de Máscaras.

Um dos câmeras focalizou o canto extremo esquerdo do salão, fazendo um plano americano que passava pela pista de dança e iria até o canto direito. Caso seu equipamento fosse sensível a frequências ainda desconhecidas para a tecnologia atual, teria capturado imagens da estranha forma sombria que se materializava no lado esquerdo, no meio da multidão, caminhando por entre os convidados.

Ainda uma projeção distorcida, sem solidez, ela caminhava friamente em linha reta, como se tivesse um objetivo a cumprir. Sua textura e rigidez eram instáveis, alternando entre os estados etéreo e sólido, à medida que marchava em direção ao seu alvo. No lado oposto, o direito, Melanie terminava de beber um refrigerante enquanto a música chegava a um irresistível solo instrumental de guitarra. A jovem estava dançando animada, e agora se preparava para se despedir das amigas.

Subitamente, sentiu um frio na espinha e, ao se virar para o meio da pista de dança, viu um convidado com uma fantasia negra brilhante e horripilante vir em sua direção. Aos seus olhos era uma assombração ameaçadora, tentando assumir uma forma sólida. Com um movimento inumano e rápido, parecia querer atacá-la. Melanie pensou em correr, mas não conseguiu abrir espaço em meio a tanta gente. O ataque era inevitável, não havia o que fazer.

Quando tudo parecia perdido, um indivíduo alto de fraque e chapéu surgiu em meio ao nada e se colocou milagrosamente entre ela e seu predador. Criando uma ilusão de reflexo falso com espelhos, o indivíduo fez o agressor das trevas ver Melanie fora de sua posição real. A figura sombria impiedosamente desferiu um golpe com seu bracelete, porém, sem precisão. O misterioso agressor se chocou violentamente contra a janela ao tentar o ataque. O vidro e as dobradiças da janela se estraçalharam, e o invasor desabou no solo em frente ao labirinto.

Um grande susto e comoção tomaram conta do Salão, enquanto Nicole e Julia gritavam de medo. O que teria acontecido? Agachada atrás de uma mesa como um último reflexo de proteção, Melanie ousou levantar a cabeça para ver quem a havia protegido. Lá estava ele, Romanelli. O grande Mago a havia salvado.

— Rápido! Foi a segunda tentativa da noite. Talvez venham mais. Você precisa sair daqui.

Na parte externa, no local da queda do invasor, Hércules e os seguranças do clube se aproximavam do corpo inerte com vestes negras e máscara de pássaro demoníaco que estava estatelado no solo. Havia detalhes tecnológicos na roupa, como pulseiras e alguns *gadgets* em pontos estratégicos.

Um estranho e fétido líquido verde começava a escorrer de algumas dobras. A equipe médica de plantão se aproximou, acreditando se tratar de algum acidente. Ao tentarem iniciar os primeiros socorros, viram o corpo se dissolver em um líquido ácido com uma inebriante fumaça espessa.

As pessoas se acotovelavam na janela destruída e nas adjacentes, curiosas para ver o que tinha acontecido com o homem que despencou parede abaixo. Ainda muito assustada, Melanie se inclinou para tentar ver alguma coisa. Foi quando ouviu uma voz atrás dela.

— Graças a Deus você tá bem.

Era Christian. Seu sexto sentido o fez sair rapidamente das bodas e ir ao encontro de sua amada. Erik e Bruno estavam com ele. O casal se abraçou com força enquanto Melanie chorava de alívio.

— Amor... que bom que você veio. Foi horrível – ela estava quase sem voz.

Romanelli se aproximou do casal.

— Foi ele que me salvou – disse a jovem.

Christian olhou para o ilusionista italiano, acenou a cabeça e o agradeceu.

— Eu não tenho palavras pra agradecer. Eu devia ter estado aqui o tempo todo. O que faremos agora?

— As coisas saíram diferentes do esperado. Será mais seguro se eu passar o resto da noite próximo a vocês. A polícia já está chegando e o delegado já está lá embaixo fazendo perguntas.

— Vamos voltar para o Jockey e ficar com a minha família.

Após alguns minutos de confusão, a festa prosseguiu, com uma pequena área interditada. Erik, Bruno, Romanelli, Melanie e Christian deixaram o clube, e foram ficar em família. Eles sobreviveram àquela noite.

A FORÇA EM ALERTA

O SOLDADO HUDSON JÚNIOR, LOTADO NO 19º Batalhão da Polícia Militar, no bairro de Copacabana, estava nos instantes finais de seu turno de patrulhamento naquele começo de tarde. Seu parceiro e ele haviam sido destacados para cobrir a orla da zona sul da cidade em um novo horário, começando justamente no dia mais quente do ano.

O calor estava insuportável, e o que se via era a cidade repleta de turistas, domésticos e, principalmente, estrangeiros. Com os hotéis cheios, o Secretário de Segurança lidava com a necessidade de baixar os níveis de roubos e demais delitos, ao mesmo tempo em que corria contra o tempo para apresentar resultados convincentes da investigação sobre os episódios envolvendo estranhos ataques a crianças recém-nascidas.

Emissoras como a CNN e a FOX NEWS já se aprofundavam no tema, e o Rio de Janeiro já começava a chamar a atenção da opinião pública internacional. Grandes centros médicos de outras nações já acenavam com oferecimento de ajuda de especialistas, e alguns renomados cientistas já se preparavam para desembarcar em terras brasileiras.

Em meio a este cenário, o coração do dedicado soldado Hudson vinha batendo mais forte há alguns meses. Sua amada esposa Tammy estava vivendo nos últimos dias da gravidez de seu segundo filho, prestes a dar à luz. Segundo a dra. Milena Bastos, que a acompanhou desde o princípio, o nascimento do pequeno Bruce aconteceria muito provavelmente em dois ou três dias. Extremamente sério e competente, naquele dia Hudson estava procurando se concentrar ao máximo em sua ronda e tentando não pensar nas questões de âmbito familiar. Mais da metade de seu turno já havia passado, e o dia parecia que iria terminar praticamente sem ocorrências. Seu parceiro, o soldado Olney, estava de muito bom humor, e soltou uma ideia atrativa enquanto dirigia o Toyota Corolla policial:

— E aí, meu velho... o dia tá calmo hoje, hein?

— É... tá calmo até demais. São esses que me assustam mais.

— Ah... eu até acho que cê tá certo! Bom... contanto que não apareça um "Kinder Ovo" pra gente, tá de boa... — Ih, vira essa boca pra lá! Quero problema não, meu filhão tá chegando aí!

— Tá tranquilo, irmão. Seguinte: em homenagem à chegada do meu afilhado, bora tomar um sorvete? Topa?

— Vamo lá, tá dentro do nosso break.

Olney deu um sorriso largo de satisfação, enquanto o Sol brilhava forte na lente dos seus óculos Ray-Ban modelo aviador. Seguindo pela pista de dentro na avenida Atlântica (conhecida via de duas mãos, em frente à Praia de Copacabana), eles já se preparavam para virar numa transversal para acessar as ruas de dentro do bairro, em direção a uma famosa e irresistível sorveteria italiana. Já estavam quase virando à direita quando um grito muito alto foi ouvido na calçada da outra pista, em meio aos quiosques próximos da areia.

Com extrema destreza, Olney rodou o volante e já se posicionou de volta na avenida principal, com a viatura cantando pneu. Com um entrosado trabalho em equipe, em dois segundos Hudson já havia visualizado uma turista jovem, de aparência do norte da Europa. Ela levava as mãos à cabeça em sinal de desespero. Ao mesmo tempo, um indivíduo corria com uma bolsa na mão, indo ao encontro de um comparsa que o esperava numa motocicleta metros à frente. A viatura policial se esgueirou por entre dois veículos e conseguiu tomar posição para o retorno para a outra pista.

Sem ligar a sirene, os policiais surpreenderam os bandidos, que acabavam de sair de moto. A perseguição foi iniciada com tamanha rapidez que a vantagem dos criminosos motorizados era quase nenhuma. Hudson segurou sua pistola Glock com firmeza enquanto a viatura se aproximava cada vez mais da motocicleta.

Não era possível ver armas nas mãos dos suspeitos, e a caçada já se aproximava do bairro do Leme, ainda pela mesma avenida à beira-mar. O trânsito ali estava completamente caótico, e todas as manobras que os fugitivos tentavam realizar estavam dando errado. Foi quando eles desistiram de virar à esquerda na avenida Princesa Isabel e decidiram ir direto para o bairro do Leme para se esconder.

Os criminosos só não contavam com uma van de entrega que, com uma ultrapassagem ilegal, abalroou o guidão da moto, fazendo o piloto perder o controle e os dois fugitivos serem ejetados para a ciclovia. O carro da polícia freou bruscamente logo atrás, e prontamente os soldados Hudson e Olney desceram de arma na mão, indo em direção aos bandidos. Muitos curiosos mantinham certa distância, mas prestavam atenção à ação.

— Tô machucado... perdi, perdi. Só não me dá tiro! – disse o condutor da moto, com o rosto sangrando e visivelmente machucado.

O comparsa estava de bruços, aparentemente imóvel. Sua queda havia sido pior. Olney revistou o piloto, que realmente não portava qualquer arma de fogo. Hudson se aproximou do outro, que aparentemente estava apagado. Não encontrou nada com ele, e já se virava para providenciar ambulância e reforços.

— Hudson, abaixa!

Em uma fração de segundos Hudson se jogou no chão, enquanto Olney fez dois disparos certeiros que atingiram o ombro do criminoso. O elemento tinha um revólver 38 escondido, já engatilhado para balear Hudson. Tirado de ação, porém vivo, o marginal gritava e tentava jogar os passantes contra os policiais. Isso não durou muito.

Em poucos instantes a vítima do roubo chegou ao local e então, com mais viaturas presentes e com os procedimentos de praxe sendo realizados, os dois policiais compreenderam o pano de fundo do ocorrido. A moça assaltada era na verdade uma missionária portuguesa. Esta era sua primeira visita à "Cidade Maravilhosa".

Assustada com o ocorrido, ela estava no Rio de Janeiro para oferecer fundos de caridade. Era conselheira de uma organização beneficente de Lisboa, criada para o auxílio assistencial de crianças com encefalopatia. Após breves dias em missão pelo nordeste brasileiro, seu último compromisso no país seria naquele dia. Os dois bandidos eram membros de uma quadrilha responsável por muitos crimes de "saidinha de banco" em bairros da zona sul e da zona norte da cidade. Mandados de prisão já haviam sido expedidos para sua captura, e ambos eram muito procurados pelas autoridades do Rio de Janeiro. Sem dúvida, a dupla de policiais havia realizado um inesperado e muito aguardado trabalho de detenção.

Os batimentos cardíacos desaceleravam um pouco e a adrenalina diminuía quando Hudson lembrou de pegar o celular e ver se havia perdido alguma chamada. Para o seu espanto, havia seis ligações não atendidas de sua esposa, e a última havia sido dez minutos antes. Naquele instante não havia mais dúvida, e ele teve um insight: era a hora, seu filho Bruce estava nascendo!

— Olney... – disse Hudson, em voz baixa.

Com a ajuda de mais policiais, seu parceiro havia acabado de colocar o suspeito algemado dentro de uma outra viatura de reforço que tinha acabado de chegar. O criminoso baleado já havia sido removido para ser medicado e estava sob custódia da Polícia Militar.

— O que foi, meu irmão?

— Seis ligações não atendidas da Tammy. Ele tá nascendo... eu posso?...

— Vai na fé, compadre. Eu resolvo o chumbo grosso. Vai ficar com a sua esposa e ver o garoto!

— Você tem certeza? E a custódia? Relatórios?

— Eu resolvo tudo. Um guarda municipal foi testemunha também. Situação sob controle.

— Obrigado, parceiro. Eu dou notícias.

Com um aceno de cabeça positivo de ambas as partes, Hudson se despediu do colega, entrou na viatura e se dirigiu ao Hospital da Polícia Militar, no bairro do Estácio. No caminho, tentou contato com a esposa algumas vezes pelo celular, até que seu sogro atendeu.

— Hudson! Sou eu... ela tá em trabalho de parto. Tentou falar com você, mas agora o negócio tá próximo. Você está trabalhando?

— Não senhor, eu tô a caminho daí. Tivemos uma ocorrência inesperada, mas eu chego num instante. Mais cinco minutos.

— Vem com Deus, vai dar tudo certo. Ela tá bem. Até já.

O tráfego ajudou, e, em poucos minutos, o oficial estacionava o veículo e chegava à recepção da maternidade, onde foi informado de que sua esposa já estava na sala de parto. Encontrou os sogros, a cunhada e sua mãe, todos muito emocionados. Sua outra filha estava na creche, onde ficaria até o fim da tarde. O procedimento foi um sucesso, e Bruce nasceu de parto normal. Com 3,5 kg, após muito choro o meninão estava nos braços dos pais orgulhosos. Quase sem voz, Tammy agradeceu ao marido:

— Meu amor... fiquei preocupada. Mas que bom que você chegou. Tive um pressentimento estranho, de que algo ia acontecer. Acho que isso pode ter apressado as coisas.

— Não se preocupa comigo. Eu sei me cuidar. Vocês são a coisa mais importante desse mundo pra mim. Deu tudo certo, e nosso filho é lindo!

Os parentes se abraçaram, e outros policiais vieram festejar e dar os parabéns a Hudson e sua família. Com o pânico dos ataques a recém-nascidos e com muitos bebês em coma, o número de policiais de plantão havia sido aumentado de forma ostensiva. Logo, como aquele especificamente era um hospital da polícia, parecia ser o lugar mais seguro do mundo. Ao ver sua esposa agora ligeiramente adormecida, Hudson pegou o celular e ligou para dar a notícia e agradecer a seu parceiro e agora, futuro compadre.

Poucos minutos depois a filha do casal chegou, acompanhada dos avós. A movimentação de oficiais e soldados era considerável. Não só no hospital da Polícia Militar, mas em todo o município. As horas se passaram, e agora Tammy descansava no quarto. Naquela noite Hudson dormiria sentado, próximo à sua esposa, se sentindo realizado. O policial não estava nem aí para o seu próprio conforto: ficou por horas admirando o sono tranquilo de sua amada até ser vencido pela exaustão de um dia cheio de sustos e emoções.

Os primeiros raios de Sol da manhã atingiram seus olhos por uma fresta da persiana do quarto, e, com um leve torcicolo causado pelo mau jeito de sua posição, Hudson lentamente se esticou. Ainda eram seis horas, e ele decidiu se levantar. Deu um beijo em Tammy, lavou o rosto, e quis logo ver seu filho no berçário. Lá estava o saudável pequeno Bruce, acompanhado de outras cinco crianças. Na entrada da sala, um bravo soldado da Polícia Militar mantinha guarda indefectível, sentado em uma poltrona. Ele se levantou, e cumprimentou Hudson:

— Bom dia! Parabéns, papai. Estamos de olho aqui.

— Obrigado, Frank. Não tem preço ouvir isso.

— Imagina, cara. Isso é coisa de irmão.

— Olha só... ele tá até sorrindo... agora tenho uma menina e um meninão pra me acompanhar no Maraca!

Duas enfermeiras e uma médica estavam examinando as crianças, e o dia começava com outros parentes de recém-nascidos celebrando as novas vidas em suas famílias. Hudson voltou para o quarto e ajudou Tammy a tomar café da manhã, e depois resolveu sair do quarto para comer alguma coisa. No corredor, viu a porta de um dos elevadores se abrir, revelando a agradável visita de seu compadre.

— Parceiro! Bem-vindo! Você não devia estar no Batalhão a essa hora?

— Fala, papai! Nem te conto: troquei de turno hoje. Meu sexto sentido me avisou que eu devia estar aqui, contigo!

Os dois deram um forte aperto de mão e se abraçaram, e foram olhar o lindo bebê.

— Já parou pra pensar no batizado? Como vai ser?

— Eu preciso ver com o padre Sérgio, ele batizou minha filha também. Devemos muito a ele.

— A Sheila tá muito feliz, quase veio ver vocês também. Mas vamos ter muitos momentos pra isso.

— Escuta... eu tô tô com fome, ia tomar um café. Quer ir comigo aqui embaixo? Mas tem que ser rápido, vou voltar pra ficar com a Tammy.

— Vamo nessa, tô com fome também.

Os dois foram até a cafeteria, tomaram dois cafés expressos, comeram dois pães na chapa e conversaram um pouco mais. A visita de seu melhor amigo e parceiro trazia mais bem-estar ao soldado Hudson. Terminado o breve lanche matinal, estavam de volta ao berçário.

— Deixa eu ir lá no quarto ver como ela está?

— Claro, Hudson. Diz que eu mandei um abraço e muitas felicidades. Eu te espero aqui.

— Tá bom. Volto pra gente sincronizar as agendas – disse o oficial, piscando o olho para o amigo.

Hudson voltou para o quarto, e Olney foi cumprimentar Frank, ainda de plantão, vigiando as crianças.

— Bom dia, companheiro. Força!

— Tô aqui sem piscar o olho. Filho de um é filho de todos.

— Belo trabalho. A gente espera poder retribuir a atitude.

— Nem precisa, é por amor à vida mesmo. Mas... já que você falou... seguraria as pontas aqui pra mim enquanto eu vou lavar o rosto e tomar um copo de café rápido?

— Claro, meu irmão. Vai na fé. Eu fico de guarda aqui.

Olney ficou no lugar do colega policial, e ali ficaria enquanto Hudson também não retornasse do quarto da esposa. Detalhista e observador, com seus olhos examinava cada canto do berçário, assim como medicamentos, aparelhagem e toda a sinalização do ambiente. Podia ser leigo, mas era atento e tinha verdadeiros olhos de águia. Olhava agora atentamente para as crianças. Algumas ainda dormindo em toda a sua delicadeza... outras já despertas, experimentando seus primeiros e mimosos movimentos. Uma grande parede de vidro com película protetora contra raios ultravioleta erguia-se por trás dos bebês, sendo a última parede da sala.

Olney se espreguiçou e se esparramou na poltrona, quando viu que sua bota direita não estava amarrada corretamente. Ele baixou a coluna e devidamente acertou os laços, e, ao retornar à sua posição inicial, sentiu o Sol diminuir de intensidade, mesmo com a película que já protegia a sala. Por poucos segundos, tentou conter sua desconfiança, e quis crer que era apenas uma nuvem passando sobre o edifício. Olhou para o pequeno Bruce, sereno, já se mostrando ser a cara do pai. Olney se manteve sério, de prontidão para qualquer eventualidade.

Ao abrir uma das pequenas bolsas de utilidade do seu cinturão tático para checar uma anotação, uma nova mudança de luminosidade no ambiente chamou sua atenção. Já com a adrenalina disparada, ele viu uma sombra negra se materializar entre o berço de Bruce e o de uma menina, e não pensou duas vezes. Com seus cem quilos de pura massa muscular, Olney saltou para cima do que parecia ser algum tipo de aparição ou entidade, desferindo um soco muito forte. Para sua surpresa, a intrusa figura era fisicamente real, e sentiu o golpe. Olney estava diante de um humanoide de seu mesmo tamanho, vestido com uma armadura preta equipada com *gadgets* sofisticados, com luzes verdes de LED.

Uma máscara hedionda com um bico de pássaro e olhos acesos como uma esmeralda brilhante completavam a vestimenta do que parecia ser um agente da morte. Atordoado, o estranho ser reagiu, e cuspiu uma substância ácida em direção a Olney, que, com muita agilidade, se desviou do ataque. Ele puxou sua arma Taser da cartucheira, e disparou um golpe certeiro no peito do humanoide. Uma descarga elétrica gigante foi ouvida, e toda a eletricidade no andar piscou e parou.

Logo, enfermeiras, parentes e outros oficiais ouviram a confusão e tentaram se aproximar. A criatura se recuperou do disparo, e esticou os braços em direção ao berço de Bruce, como se fosse devorá-lo. Olney não pensou duas vezes:

— Não! Seu demônio! Não vai matar mais nenhuma criança!

Com toda a sua força e coragem, ele deu um impulso atlético e se jogou em cima do invasor das trevas. Ambos se engalfinharam e estouraram a grande vidraça. Tragicamente, o destino seria a queda do oitavo andar da maternidade. Após um golpe certeiro que fez uma parte da armadura do invasor se partir, Olney pôde perceber que por trás do sinistro traje havia um homem.

Em seu último esforço honroso, o policial tentou se agarrar a uma viga enquanto observou a figura sombria se desmaterializar durante a queda, desaparecendo do mesmo jeito que havia surgido. Em vão. O nobre soldado despencou no jardim do hospital, para sua morte certa. Uma tragédia, sem dúvida a mais triste de todas desde o começo da perturbadora sequência de fenômenos.

O policial Frank retornou, e Hudson chegou poucos segundos depois. Ao se deparar com o terrível destino de seu grande amigo, ele precisou ser contido e amparado. Em um ato de extrema bravura, o soldado Olney havia salvado a vida de seu afilhado e confrontado o misterioso mal que assolava a população. Deu sua própria vida para salvar o filho de seu melhor amigo.

— Eu vi! Não era uma sombra, era um homem! Usando uma roupa assustadora. Ah, meu Deus... o oficial foi tão corajoso... – disse uma enfermeira tremendo e chorando muito.

Da parede de vidro estilhaçada, enfermeiras, médicos e policiais viram o corpo inerte do soldado no solo, após despencar de mais de vinte metros. O telefone do Secretário de Segurança Júlio Cézar Murphy tocou poucos instantes depois do grave incidente, ao mesmo tempo em que a notícia chegava à mídia. Os eventos trágicos se amontoavam, e, agora, a primeira vítima fatal era confirmada. Um funcionário do estado, um membro das forças de segurança havia sucumbido perante à indecifrável ameaça que enfrentavam. Os esforços precisavam ser multiplicados. A Polícia Militar estava de luto.

MARCUS OLNEY – END OF WATCH.

CAPÍTULO 21

REFÚGIO?

PRÓXIMO AO JARDIM DE ENTRADA DO HEROLAND Café, Christian ouvia o tranquilo som dos pássaros cantando. A rua era encantadora, um verdadeiro refúgio da conhecida agitação daquela região um tanto quanto boêmia.

Pela pouca distância dos bares, restaurantes e lojas, era quase inacreditável a atmosfera paradisíaca que reinava naquela propriedade. Recostado em uma parede, o jovem pensava em quanto tempo mais teriam que ficar escondidos naquele fabuloso estabelecimento até estarem livres do perigo mortal. Christian observava Melanie, que, agora, conversava com Stacy.

As duas haviam se aproximado na noite anterior, e agora ensaiavam uma amizade. Por mais que a ameaça que enfrentavam fosse desesperadora e causadora de uma incômoda angústia, Melanie parecia estar conseguindo se distrair minimamente com a ajuda da nova amiga *pin-up*.

— Gostaria de repetir a dose de sua primeira visita?

— Ahn?

— A Vaca Preta! Quer que prepare uma em sua homenagem?

— Ah... obrigado, Newman! Eu estava distraído aqui. Por favor, me desculpe.

— Não precisa se desculpar. O sr. Renato é um excelente estrategista. Nós vamos conseguir vencê-los. E Stacy é ótima para fazer novas amizades. Ela vai fazer a Melanie se sentir melhor.

— Você me convenceu. Eu vou aceitar a Vaca Preta! – disse Christian, com um sorriso no rosto. – Mas claro, não quero dar trabalho!

— Imagine... preparo num instante!

Newman foi para trás do bar e, animadamente, começou a cantarolar uma antiga canção do *ragtime*, enquanto preparava a icônica e refrescante bebida. As duas moças retornavam da cabine da bilheteria, onde Stacy estava mostrando para Melanie o sistema de ignição do letreiro e da iluminação em neon. A moça norte-americana era a responsável por boa parte dos segredos da casa.

— Espero que tenha gostado de ver como funciona!

— Ah, eu gostei sim! É sempre algo diferente. Espero que, quando tudo isso passar, Christian e eu possamos trazer nosso bebê aqui.

— Tudo vai passar, acredite. Sabe... estou acostumada a trabalhar itinerante, já é comum pra mim ter que me acostumar a lugares diferentes, com pessoas e culturas distintas. Mas esta região me surpreendeu. Acho que este bairro tem algo de muito especial. Especialmente... os pastéis de *brie* e de camarão desse restaurante maravilhoso aqui pertinho! Tive a chance de experimentar um dia! Ah... e coxinhas! Eu amo coxinhas!

— São maravilhosos mesmo! Bom saber que você gostou! Vai ser nossa convidada pra jantar lá! – sorriu Melanie, enquanto ficava cara a cara com o noivo e o beijava rapidamente.

— O Newman gentilmente tá fazendo uma Vaca Preta pra mim, amor...

— Gostaria de experimentar? Quer que prepare mais uma, moça?

— Muito obrigada, talvez numa outra hora.

— Vem comigo, Melanie! Vou te mostrar os camarins!

Stacy a puxou, e ambas foram para os fundos do Heroland Café. Enquanto saboreava sua bebida no bar, Christian folheava uma edição exclusiva e raríssima dos "Galaxy Rangers", com arte de ninguém menos que Mike Ross. Quase no último gole, lembrou-se de perguntar a Newman:

— Hum... ainda não vi o sr. Singer hoje. Sabe se ele está aqui?

— Sim... está lá em cima, reunido com seu superior desde cedo. Romanelli está com ele.

— Superior? Pensei que ele fosse o proprietário e gerente.

— Desta unidade, sim. Mas está a serviço de nosso chefe. Todos estamos.

Sem dizer qualquer palavra, Christian apenas acenou a cabeça positivamente, acreditando ter compreendido. Newman continuou:

— Mas não se preocupe. Ele deve descer a qualquer momento.

O rapaz terminou o gole e se levantou, guardando a fantástica revista em sua capa de proteção e a colocando em seu lugar de destaque na suntuosa exibição de quadrinhos. Agradeceu a bebida e se dirigiu ao banheiro no salão principal, enquanto Newman foi cuidar de outros afazeres. Instantes depois, Stacy e Melanie voltavam do camarim e do salão de shows, passando pelo bar em direção à saída.

— Puxa, me desculpa... deve ser o nervosismo. Devo ter apoiado o celular no console quando você me mostrou os controles e esqueci ele lá. Não queria atrapalhar – disse Melanie.

— Não tem problema... preciso mesmo voltar para fazer um ajuste e trancar a cabine. Vamos lá!

— Meus pais estão em São Paulo e estão seguros. Não sabem que estou aqui. Mas preciso ficar com o celular do meu lado.

As duas passaram pela última porta, e agora já estavam do lado de fora. Stacy abriu a cabine da bilheteria e Melanie logo avistou seu celular. Ela o segurou e saiu, checando se havia alguma mensagem ou ligação perdida. Stacy trancou a fechadura novamente e se lembrou de checar uma caixa de força.

Distraída, Melanie deu poucos passos no jardim enquanto olhava o aparelho. Foi quando ouviu uma voz extremamente familiar, que simplesmente não devia estar ali:

— Melanie! Melanie, é você?

A jovem permaneceu imóvel, sem entender o que estava acontecendo.

— Graças a Deus, filha! Você está aí! Algo horrível aconteceu!

— Pai..., mas vocês não estavam em São Paulo, o que aconteceu?

O sr. Mitchell tinha as feições desesperadas, e estava acompanhado de dois policiais militares armados.

— É a sua mãe. Ela foi sequestrada. E nos disseram que você estava morta. Venha comigo, filha. Foi um milagre encontrarmos você.

Horrorizada com as notícias e, ao mesmo tempo, aliviada por estar diante de seu amado pai, Melanie deu um passo adiante, segurando a mão de John.

Ouvindo o que acontecia, Stacy abandonou a caixa de força e retornou, ainda com uma ferramenta na mão. Ela tentou impedir que a jovem saísse dos limites do jardim:

— Melanie! Não faça isso! É uma armadilha!

Melanie tinha acabado de dar um passo para fora do terreno do Heroland Café. De mãos dadas com seu pai, ela sentiu a textura da pele que a tocava se alterar. O sr. Mitchell agora não parecia mais desesperado, escoltado pelos dois policiais de alta estatura. Sua expressão era de felicidade, com seu semblante protetor e o habitual sorriso amoroso. Um sorriso que começou a se desfazer em uma horripilante metamorfose, com sua face borbulhando e sua pele derretendo.

A mão que anteriormente amparava a jovem com um calor familiar agora se convertia em epiderme envelhecida e quase putrefata. Em pouquíssimos segundos a transformação estava completa, com a figura revelando sua verdadeira identidade: a diabólica Madame Lauren, braço direito e conselheira espiritual de Richard de Lorne.

Melanie se debateu, mas, em questão de segundos, tinha um punhal apontado para sua barriga, enquanto era segurada pelo pescoço pelas garras da perversa mulher. Tão rápida quanto esses movimentos foi a reação de Stacy, partindo para o confronto direto com a oponente. Porém, quando iria desferir um golpe sobre Madame Lauren, foi surpreendida por uma figura descomunal encapuzada em uma armadura à sua frente. Fazendo uso do mesmo feitiço de ilusão, o disfarce também havia se dissipado dos dois policiais. Eram, na verdade, dois médicos da peste vindos do futuro.

Apesar de toda sua força e habilidade, a desvantagem numérica foi decisiva no confronto. Stacy foi destemida, mas o médico da peste ciborgue a acertou em cheio acima do peito, com um disparo certeiro de veneno, lançado de um dispositivo em seu pulso. Melanie havia conseguido se desvencilhar do ataque da bruxa, e se desesperou ao ver sua nova amiga e então protetora desfalecer estatelada no gramado da entrada do Heroland Café. Imóvel, a *pin-up* parecia não ter mais vida. Renato, Christian, Romanelli e Newman apareceram em poucos instantes, mas, apesar de muita luta, Melanie já estava dominada e subjugada pelos médicos da peste intrusos.

Em um último ato desesperado de defesa, Romanelli lançou sua cartola com o intuito de criar um círculo de energia, o que causaria uma reação que poderia anular os poderes da feiticeira invasora. Teria dado certo, fosse isso poucos segundos antes. Agora, os intrusos e Madame Lauren já consolidavam sua fuga, com suas formas físicas a cada segundo perdendo sua tangibilidade, até desaparecerem definitivamente ao fim da rua Monroe levando a desesperada jovem grávida.

Seu último grito de socorro foi abafado até seu corpo simplesmente não estar mais ali. Christian demonstrou extremo desespero, esmurrando o chão, sendo consolado por Romanelli. Triste, mas tentando manter-se resignado e ávido por uma reação, Renato logo voltou-se para o corpo de Stacy, desoladamente inerte no chão. Havia um ferimento profundo, ela havia sido atingida em cheio pela mesma substância que já havia feito tantas vítimas.

— Vamos levá-la para cima. E fazer o que precisa ser feito.

— Levá-la para cima? Mas ela vai morrer! Ela precisa ir para um hospital!

— Confie em mim, Christian. O destino de Stacy já foi decidido por forças superiores. Ela cumpriu sua função.

— Sr. Renato, estou desesperado! Isso não podia ter acontecido. O senhor disse que aqui a Melanie estaria segura! O senhor disse que esse era o refúgio perfeito. Que refúgio? Ah, meu Deus... o que vamos fazer agora? Minha mulher e meu bebê estão condenados! – disse Christian, em um choro gutural.

Romanelli e Newman recolheram o corpo sem vida de Stacy e voltaram para dentro da propriedade. Ela seria conduzida ao misterioso aposento no segundo andar, de onde Renato havia saído pouco tempo antes. Agora, sozinho com Christian, Renato deu um passo firme e colocou carinhosamente a mão sobre o ombro do rapaz.

— Escute, meu filho. Vocês estiveram seguros o tempo todo, desde o dia em que nos conhecemos. Mesmo quando não estávamos juntos, mantive uma redoma de proteção sobre vocês dois com os poderes que me foram concedidos.

— Então porque isso aconteceu agora? Eles são mais fortes? — Christian estava transtornado.

— Precisei me reunir com meu superior por instantes e houve uma ruptura momentânea do meu laço com vocês e com essa propriedade. A conselheira espiritual de nosso inimigo se aproveitou disso e nos localizou, após muitas tentativas.

— Melanie está condenada! – desesperado, o rapaz socou a parede e se virou para o jardim, sentindo uma angustiante combinação de impotência, revolta e inconformismo. Olhou pra trás e não viu mais Renato, que subitamente havia desaparecido. Na ânsia de tomar alguma atitude para um improvável resgate, o jovem seguiu a trilha até a rua em busca de alguma pista. Mas não foi isso que encontrou. Havia um papel no chão, com palavras escritas à mão. Ao segurá-lo, Christian imediatamente reconheceu a folha. Era do bloco de notas que Melanie usava, talvez o hábito mais antiquado que sua amada possuía. Sob forte emoção, o rapaz leu a anotação:

"Meu amor. Meu guerreiro protetor. Estamos vivendo uma grande provação em nossas vidas, lutando contra algo desconhecido e assustador. Justo quando Deus nos presenteou com um bebê, fruto do nosso amor, uma força do lado oposto parece não descansar para tirar isso de nós. Sei que não somos os únicos nesta situação. E eu prometo ser forte. Se pudesse escolher, eu faria tudo de novo. Repetiria cada passo até aqui, pois sei que estou diante do homem da minha vida. Que ninguém ouse encostar em você e na nossa filha, ou vai se ver comigo. Nós vamos vencer. Da sua Melanie."

Com os punhos cerrados e tremendo com um misto de adrenalina e lágrimas, o jovem foi perdendo os sentidos, e tudo ao seu redor parecia girar. Pensou nos acontecimentos em sua vida desde o dia em que conheceu Renato Singer, e viu uma grande confusão tomar sua mente. A vertigem piorou e, agora, tomado pela raiva e tristeza, Christian se arrependia de suas escolhas. Sua pressão foi às alturas, e a visão ficou turva. O problema de saúde que ele havia escondido de todos durante os últimos anos agora ressurgia com violência. Parecia não haver mais esperança.

CAPÍTULO 22

BATALHA NO PARQUE ESQUECIDO

A TARDE SE ENCAMINHAVA PARA O FINAL, COM os últimos raios de Sol banhando a bilheteria e o letreiro do Heroland Café. Desolado, Christian estava do lado de fora, de joelhos, sozinho, enxergando muito pouco, olhando para o nada. Todos os cuidados, toda a estratégia montada para proteger seu maior tesouro, a família que estava construindo, haviam sido em vão.

O desânimo se misturava amargamente com revolta em seu coração, e, em um rompante de fúria, ele socou o chão. Será que sua mulher, grávida, estaria morta agora? Aquela era uma realidade sombria da qual não poderia fugir. Um sentimento de impotência tomava conta de sua alma, e ele desabou definitivamente em um choro compulsivo. Pensava ele que estava revivendo o mesmo choro do palco, durante sua participação na *avant-première* de Romanelli.

Uma aparente triste ironia premonitória, agora consolidada como um cruel desfecho para a ameaça que enfrentaram. Em sua tristeza, ele ouvia o som dos pássaros cantando, como uma ode ao seu fracasso. Mas o inconformismo que sentia sugeria que este não poderia ser o final de tudo.

— Levante-se, meu garoto. Enxugue essas lágrimas. E levante a cabeça! Coragem! Chegou a hora da batalha final!

Christian se recompôs e viu Renato, de pé. Ele havia subido para ajudar Romanelli e Newman com o corpo sem vida de Stacy, mas já estava de volta. Imponente, ele trajava sua jaqueta de couro da Força Aérea, calças cargo e botas de combate.

— Sr. Renato... eu me recuso a acreditar no que aconteceu. Será que ainda temos alguma chance de salvá-las?

— Meu chefe mandou dar esse chiclete a você. Tome. Vai lhe fazer bem...

— Chiclete? Numa hora dessas? – ainda muito tonto e sem enxergar direito, Christian abriu a embalagem incomum e colocou o doce na boca. Contrariado, em poucos segundos ele viu seus sentidos voltarem ao normal.

— Seu chefe sabe mesmo das coisas. Como você soube o que eu tinha?

Renato apenas sorriu moderadamente.

— Não há tempo a perder. Nós sabemos que eles ainda estão por perto. A eles não basta o seu bebê. Eles querem o fim de Melanie também. Faz parte da vingança pessoal de Richard de Lorne. Vamos agir imediatamente. Você está pronto?

Christian acenou a cabeça positivamente, engolindo as lágrimas e com uma mudança de postura impressionante. Renato deu um leve sorriso e disse bravamente, fazendo um sinal com a mão direita:

— Nós somos a Resistência. O "V" da vitória!

Com semblante sério e compenetrado, Romanelli, Newman e o pianista Phillip Kehr estavam de volta, preparados para o que quer que encontrassem pela frente. Romanelli usava seu traje de gala, com sua icônica e imponente cartola *High Crown* sobre sua cabeça.

Ao esticar seu braço e ajeitar a manga de seu fraque, sua pulseira de prata com a cruz cristã reluziu, refletindo o último raio de Sol daquele dia. Atento, Christian pensou:

— Será esse um sinal de esperança? – Seu pensamento foi cortado por um inesperado toque de buzina. O rapaz virou o rosto e foi surpreendido com um veículo que, até agora, não havia sido visto por ele, ligado em marcha lenta, parado no asfalto em frente à propriedade. Em um raríssimo Chevrolet Opala de Luxo 1974 dourado, Renato Singer esperava por eles ao volante.

— Podem embarcar. Vai ser uma viagem e tanto.

Newman tinha uma antiga mochila de tamanho modesto em seus ombros, enquanto Phillip Kehr portava uma pequena valise. Com sua varinha em mãos, Romanelli sinalizou para que todos entrassem no carro. Acomodaram-se rapidamente, com o mágico acompanhando Renato no banco de couro inteiriço da frente, enquanto Christian sentou-se no banco de trás com os outros dois ocupantes.

O sr. Singer engatou o drive no câmbio automático – naquele modelo posicionado no volante – e então seguiram em direção à saída do bairro da Gávea, ao final da praça Santos Dumont. Enquanto conduzia a máquina possante, Renato tratou de pedir a atenção de todos. Com uma notável postura de liderança, passou instruções aos homens, especialmente a Christian.

— Nós só temos uma chance. Eles ainda não partiram. Toda a movimentação deles é feita através da Dimensão de Vestígios, por intermédio da feiticeira Madame Lauren. Porém, como querem levar Melanie com eles, precisaram carregá-la até o marco zero de suas operações, o portal por onde entraram nessa época e nessa cidade.

— E, em seu pacto ocultista sombrio, esse portal de entrada se encontra sempre em locais semelhantes para De Lorne e sua maquiavélica aliada: ao pé de uma roda-gigante. É por onde tentarão desaparecer em direção ao futuro nefasto onde vivem. Precisamos ser rápidos, não pode haver erro! Christian, preste muita atenção: aconteça o que acontecer, fique sempre entre Renato e eu – completou Romanelli.

Descendo a rua Jardim Botânico, o grupo encontrou o confuso trânsito daquela região nos dias de semana, mas logo conseguiu escapar para o bairro da Lagoa pela avenida Lineu de Paula Machado. Pegando um retorno poucos metros adiante, eles agora se aproximavam do estacionamento do Parque dos Patins, local onde existira o outrora movimentado e tradicional parque de diversões Tivoli Park.

As operações do parque haviam se encerrado em 1995, dando lugar a um espaço aberto para lazer, um parque descampado. Naquela hora do dia, havia movimentação de mães passeando com filhos pequenos, além de alguns jovens patinando e moradores fazendo suas habituais caminhadas ou corridas. Os cinco homens desceram do Opala e, por um instante, contemplaram a belíssima vista da Lagoa Rodrigo de Freitas.

O céu estava limpo, e as estrelas brilhavam com força. O reflexo dos nobres edifícios residenciais reluzia na água, formando um cenário charmoso e acolhedor. Cenário esse que para eles se transformaria drasticamente, dentro de pouco tempo. Prestes a realizarem uma perigosa alternância de dimensões, os cinco cavalheiros respiravam fundo e se concentravam para agir com destreza absoluta durante os fatídicos momentos a seguir. Com tamanha união de forças concentradas no árduo objetivo, não foram capazes de perceber o veículo que os seguia a distância desde a praça Santos Dumont, e que, agora, estacionava discretamente algumas fileiras de vagas antes do Chevrolet Opala. Era uma viatura policial descaracterizada, e no volante se via um policial civil de meia-idade, usando um colete cáqui e óculos escuros espelhados. Era o delegado Hamilton Gusmão, ávido por descobrir a real identidade dos dois sujeitos estrangeiros presentes nos hospitais que haviam atacado os bebês agora em coma.

Após tirar algumas fotos de seus suspeitos de dentro do carro, ele bateu a porta do veículo sem chamar a atenção, e se esgueirou até o arbusto seguinte. Para ele, era uma questão de honra resolver esse caso e evitar que o caos que havia se instalado na segurança de clínicas e hospitais se tornasse um tormento ainda maior. A trágica morte do policial militar Marcus Olney tinha sido o estopim da crise.

— A placa desse veículo é fria, não existe. Eu sei que esses caras estão envolvidos – pensava ele, apenas esperando o momento certo para abordar o grupo. Sem alarde, o delegado havia resolvido prosseguir sozinho com a investigação, como havia feito com sucesso em muitos casos em sua premiada carreira e em excelentes serviços prestados à corporação. Seu *feeling* dizia que a discrição naquele momento era fundamental. Portanto, não cogitava chamar reforços.

Simultaneamente, os bravos indivíduos aguardavam a instrução final de Romanelli. Ele riscou o chão de terra com o pé direito, fez alguns cálculos no ar com as mãos, e, finalmente, retirou uma familiar caixa de cristal da mochila carregada por Newman. Estendendo seu braço com o punho cerrado para a frente, ele encostou o bracelete com a cruz em uma marcação da caixa de cristal, obtendo encaixe perfeito entre as duas peças. Os outros quatro companheiros abriram espaço, e a caixa foi posicionada no chão, começando a emitir uma luz pulsante.

— Atenção. Estejam todos prontos. Christian: não saia do nosso lado, sob nenhuma hipótese. Agora é guerra. Temos que surpreendê-los!

Romanelli ativou a caixa de cristal, e ela começou a girar em seu próprio eixo. Um grande clarão de luz branca foi emitido em todas as direções, e os cinco homens desapareceram.

Com tamanha intensidade do fenômeno, o delegado Hamilton Gusmão ficou momentaneamente cego, e, com uma rajada de vento, foi jogado para trás. Sob o ponto de vista de Renato, Christian, Romanelli, Newman e Phillip, poucos segundos se passaram, durante algo que pode ser descrito como uma violenta viagem interdimensional.

Espectros e imagens distorcidas se misturavam, acompanhados de odores, sons e temperaturas diferentes, até que um novo clarão estourou na frente deles. Lá estavam eles no meio do antigo Tivoli Park, na Dimensão de Vestígios... e cercados! Vários indivíduos vestidos como médicos da peste futuristas os vigiavam, com braços estendidos, armados com disparadores. Suas indumentárias eram a verdadeira combinação de ciborgues com os antigos e sombrios doutores com máscara de bico de pássaro.

A decepção no rosto de Renato e Romanelli era flagrante. Christian buscava forças e esperança nos olhos de seus aliados. Em vão. Para piorar, não havia nenhum sinal de Melanie. Foi quando eles escutaram uma voz abafada, vinda de uma área um pouco distante. Os cinco olharam na direção do corredor principal do parque. O que antes era um contagiante conjunto de atrações juvenis, aqui, nesta dimensão, era um desolado pesadelo de engrenagens enferrujadas e abandonadas.

Lá estava uma figura humana vestida com túnica e capa negras, com o rosto oculto por uma máscara anciã dos médicos da peste. Não a versão futurista dos demais, mas a original, da era da peste negra europeia. O som de suas palavras causava arrepio, e não parecia algo deste mundo.

— Em vão. O sr. Renato Singer deveria saber que este seria o desfecho. Foi avisado. Cada jogada foi cuidadosamente planejada para nos trazer a este momento.

Era Richard de Lorne em pessoa. Sua voz soava inumana, semelhante ao som de galhos sendo quebrados, com a sonoridade de um antigo gramofone.

— Eu quero ver a minha esposa e a minha filha! Pode fazer o que quiser comigo, mas deixe elas viverem!

Richard de Lorne soltou uma gargalhada demoníaca, e respondeu a Christian:

— Quanta ingenuidade. Uma desavença tão antiga não pode ser perdoada dessa forma.

Foi quando um novo grito foi ouvido.

— Christian! Eu estou aqui! É uma armadilha!

Todos viraram em direção à Lagoa Rodrigo de Freitas. A até então estática roda-gigante havia começado a girar. E Melanie estava sentada em uma das gôndolas. Abatida, ela era segurada pelo pescoço por uma figura sinistra de cabelos grisalhos. Aparentemente, uma mulher. Era impossível ver seu rosto. Melanie deu um novo grito, e foi esbofeteada pelo vulto que a detinha.

— Quieta!

A voz de sua captora soava igualmente inumana, um verdadeiro grunhido. Ao ver aquilo, Christian imediatamente tentou partir em direção à roda-gigante, mas foi contido por Romanelli. Ainda segurando Melanie, a horripilante figura se pronunciou em voz alta:

— Sejam bem-vindos... ao parto!

Era Madame Lauren. Seus olhos eram brancos, sem pupilas, e sua simples presença exalava maldade e causava os arrepios mais profundos que alguém pode imaginar. Foi quando Christian e seus quatro aliados viram algo montado no solo, próximo da lateral da roda-gigante. Lá estava uma bizarra estrutura, com camadas de tecido preto entrelaçadas, como abóbodas.

Com mais alguns segundos de observação, os cinco homens compreenderam que estavam diante de um berço gótico das trevas. Três enfermeiras com assustadores uniformes negros como o espaço sideral trabalhavam adornando o tenebroso móvel infantil. Com seus rostos tapados por abomináveis véus, eram meticulosas, e realizavam movimentos atrozes.

— Vamos riscar vocês da existência humana! Mas antes vamos remover essa criança. Ela será nossa! Temos um propósito para ela. As outras foram uma mera desculpa para chegarmos até vocês – Madame Lauren cuspia ódio ao falar.

Os demais médicos da peste se moveram e avançaram alguns passos em direção a Christian e seus aliados. Foi quando Renato Singer se manifestou.

— Phillip, agora.

Phillip Kehr abriu sua valise e retirou uma pequena sacola de tecido.

— Como quiser, senhor.

Renato segurou a sacola e a apontou na direção dos médicos da peste, que pararam onde estavam.

— A desavença é antiga, meu caro De Lorne. Mas certos momentos da história ficam marcados para sempre.

Renato retirou algo da sacola, e um objeto bem familiar para alguns dos presentes foi revelado. A caneta de ouro utilizada para assinar o distrato, na Feira Mundial de 1904.

— Eis o instrumento que estragou seus planos em Saint Louis. A caneta de ouro que você utilizou para firmar o compromisso de abandonar aquelas terras e não chegar perto de quem denunciou seus crimes. Você é um assassino de crianças, desmascarado por Jane Adkins e Archibald Mitchell.

— Isso não tem valor! – bradou rispidamente De Lorne. – Silenciosamente eu esperei. E passo a passo manipulei vocês até esse momento. Eu não teria conseguido sem o alimento espiritual daquela que me completa. A guia que me fez compreender a arquitetura deste mundo, e suas passagens para outros.

À medida que De Lorne mencionava Madame Lauren e a exaltava, o rosto dela era preenchido por uma satisfação maligna, que a fazia suspirar de forma quase excitada. Com isso, ela retirou de suas vestes sombrias seu macabro punhal, enquanto apertava o pescoço de Melanie com ainda mais força.

— Sim, Renato. Agora todas as peças estão no tabuleiro. É hora de trazermos o nosso bebê a este mundo! – bradou a bruxa, em êxtase.

— Não! – gritou Melanie, desesperada.

— Vingança dupla, Christian Ventura! – disse De Lorne, finalizando com uma gargalhada hedionda.

— O que você quer dizer com isso? Que história é essa? – perguntou o rapaz.

— Ora vamos, Singer... você conta? Ou eu conto?

Christian olhou espantado e desconfiado para Renato Singer que, resignado, falou sem alterar a voz:

— O mal trabalha em silêncio. Mas os seres de luz estão sempre a postos para combatê-lo. Existe algo mais, além da ligação familiar de Archibald Mitchell e Melanie, Christian. Após o incidente entre Jane Adkins e o criminoso De Lorne... – Renato encarou seu inimigo enquanto disse isso — Jane recebeu um presente de Florence Hayward. Sua tutora ficou muito preocupada com seu estado emocional após o ataque que havia sofrido, e, fazendo uso de sua ilibada reputação e excelentes conexões profissionais internacionais, solicitou uma oportunidade de estudos para Jane na Universidade de Florença. A jovem não pensou duas vezes em aceitar, e pouco tempo depois mudou-se para a cidade italiana, onde iniciou uma nova vida.

Christian se mostrava incrédulo, parecendo adivinhar o que viria a seguir. Renato continuou:

— Lá, ela prosseguiu com os estudos, abraçou uma nova cidadania, e conheceu o amor de sua vida. Um homem chamado... Domenico Ventura.

— Dupla vingança! – berrou Richard de Lorne a plenos pulmões, continuando com uma gargalhada insana.

— Sim, Christian. Você é descendente de Jane Adkins, que mudou de nome ao se casar com seu tataravô. Quis o destino que os caminhos dos parentes futuros de Archibald e Jane se cruzassem e gerassem uma vida, fruto de um grande amor – finalizou Renato.

— Hora de consumar o ritual! – gritou do alto Madame Lauren.

Ofegante e atônito, Christian olhou para a roda-gigante, buscando esperança para salvar sua mulher e sua filha. Foi quando Romanelli piscou o olho para ele, e, num movimento rápido, rápido tirou sua cartola da cabeça, buscando um feitiço de efeito bombástico. Não houve tempo para nada. Um grande disparo de raios foi ouvido, e os corpos de Renato Singer e Romanelli foram sumariamente desintegrados. As mãos de Madame Lauren estavam envoltas em chamas roxas bruxuleantes. Ela havia feito o disparo certeiro. Os dois principais protetores de Christian e Melanie agora estavam mortos.

A cartola do mágico rolou no chão, e, em seguida, pegou fogo, até ser totalmente consumida e virar cinzas. Ao ver a histórica caneta de ouro no solo, De Lorne caminhou até ela e a esmagou impiedosamente com sua bota de couro. Parecia não haver esperança. Em um ato de desespero, Newman e Phillip Kehr respiraram fundo e se posicionaram corajosamente ao lado de Christian.

Ouviu-se um rangido desafinado, e a roda-gigante começou a girar com maior velocidade. As enfermeiras lacaias se ajoelharam ao redor do berço que haviam preparado enquanto Madame Lauren descia com Melanie para subjugá-la com seu terrível castigo.

— Christian... Adkins! Posso chamá-lo assim? Creio que será mais apropriado. Quero que testemunhe algo inédito. Madame Lauren é uma artista, uma verdadeira especialista em manipular o vulnerável dom da vida. Sob o sangue das trevas, a última criança de nossa lista, sua filha... será nossa! Que comece o parto!

Dois dos médicos da peste se aproximaram de forma ainda mais intimidadora de Christian, Newman e Phillip. O jovem se encheu de coragem e se posicionou para enfrentá-los, mas, ao olhar para os companheiros, viu dois homens com semblantes derrotados e aterrorizados.

Cabisbaixos, ambos demonstravam abatimento e acusavam o golpe. Eles se ajoelharam, e não ousaram mais levantar a vista. Um claro sinal de rendição. Derrota. Christian engoliu em seco e enxergou o pior. Não havia ninguém para lutar ao seu lado. Eram fracos. Era questão de tempo até a devastação de sua família se consumar definitivamente.

Praticamente cara a cara com seus agora prisioneiros, os médicos da peste baixaram seus braços com braceletes disparadores e se movimentaram para pôr de pé os dois funcionários do Heroland Café.

Foi quando, num movimento inesperado e veloz, Newman puxou de dentro de sua mochila um revólver Winchester dourado e deu um tiro certeiro na cabeça de seu algoz. Simultaneamente, Phillip Kehr surpreendeu o outro oponente com um preciso tiro de Beretta 950 no abdome, justamente a parte vazada da armadura high-tech dos lacaios de De Lorne. Uma reação surpreendente, que fez Melanie gritar de cima da roda-gigante, em comemoração. Christian renovava suas esperanças.

— Creio que temos um empate momentâneo. Duas baixas para cada lado. Mas isto não é problema. Seus aliados mais poderosos se foram. Estão mortos.

Os outros médicos da peste começaram a disparar de longe, e Christian, Phillip e Newman foram obrigados a se abrigar atrás de um banco de concreto. Em menor número, como iriam conseguir sair dali?

Um forte trovão ecoou pelo Tivoli Park daquela estranha dimensão, e um raio riscou o céu purpura. A gôndola onde Melanie era mantida prisioneira agora já estava no nível da superfície, e Madame Lauren era assistida por suas enfermeiras. Elas a bajulavam com veneração doentia, aparentemente alheias à batalha que se iniciava. O berço estava pronto, e, em seu desespero, Melanie pôde ver grandes frascos de vidro com líquidos azuis e verdes-esmeralda posicionados junto à cama, em um abominável suporte com protuberâncias góticas pontiagudas.

Os médicos da peste pararam de disparar momentaneamente, e Christian, Newman e Phillip mantiveram-se escondidos. Fez-se um silêncio agoniante, e Lauren abraçou Melanie por trás, começando a sussurrar em seu ouvido.

— Deixe sua mente voltar no tempo, querida... lembre-se dos dias em que era uma menina e brincava na escola. Lembra de quando ficou presa na sala de música e subitamente faltou luz? Lembra dos vultos que a envolveram naquele momento e seus pais disseram que havia sido a sua imaginação? Lembra de quando fez sua primeira excursão pelo colégio e sentiu um frio na espinha ao fazer a trilha na floresta e se perder de suas amigas? Sempre fui eu... envenenando o seu caminho...

Melanie relutava em acreditar, mas a expressão em seu rosto agora era um misto de choro e desespero.

— De Lorne não podia chegar perto de você por causa do acordo que assinou..., mas eu podia! E agora sua filha será nossa!

— Não! A minha fé é maior que você!

Melanie se desvencilhou bravamente de Lauren e lhe acertou um soco violento no rosto. A feiticeira tombou, e poucos segundos depois se recuperou do golpe, agora parecendo mais velha e consumida. Ela declamou palavras desconhecidas e com uma sonoridade lúgubre. Melanie imediatamente começou a sentir contrações e a se contorcer.

Uma dor sobrenatural tomou seu ventre, e, ao se curvar, ela foi amparada com perturbadora graciosidade pelas criadas enfermeiras. A jovem gemia de dor, enquanto a bruxa seguia com sua oração do mal, agora com palavras do nosso mundo:

— Mestre! Seguimos o teu plano, agora conceda-nos este ser vindouro! – ela declamou em voz alta, finalizando com uma gargalhada diabólica distorcida.

Melanie agora não conseguia resistir, e começou a sentir sua filha se movendo dentro de seu corpo. Seu bebê estava sendo retirado de seu organismo à força, em um nascimento por obra de bruxaria. Ela fez um último esforço de resistência, e seu grito derradeiro foi ouvido além daquela dimensão.

— Não!

Renato Singer e Romanelli despertaram um pouco desorientados e doloridos. Não, eles não estavam mortos. Em uma fração de segundos Romanelli conseguiu reagir ao disparo de Madame Lauren, lançando a Renato e a si mesmo em outro vórtice da Dimensão de Vestígios. Agora estavam em outro tempo, no interior de uma construção, sob o breu total. Renato esfregou os olhos e, com a voz ainda abalada, perguntou:

— Estamos onde eu penso que estamos, Romanelli?

Caído, Romanelli se levantou, sacudiu o fraque e, com um estalar de dedos, criou uma chama semelhante a um fósforo aceso em seu polegar direito.

— Precisamente. No Palácio Monroe, na Dimensão de Vestígios, em algum momento dos anos 1960.

A aparente insignificante fonte de luz foi o suficiente para iluminar o perímetro ao seu redor. Estavam bem no meio da galeria de acesso ao suntuoso conjunto de escadarias do Palácio.

— Vamos, não há tempo a perder. Precisamos encontrar a sala onde eu trabalhava! – disse Renato, apressadamente.

Os dois subiram correndo as longas escadas em meio à escuridão, com Romanelli iluminando o caminho.

De volta ao conflito no Tivoli Park da Dimensão de Vestígios, Melanie não aguentou a violência das contrações sobrenaturais causadas por Madame Lauren e desmaiou. Ajoelhadas como animais, as enfermeiras lacaias a seguravam, enquanto a bruxa terminava de fazer seu serviço sombrio.

Os médicos da peste voltaram a se mover, atirando em direção a Christian, Phillip e Newman, que continuavam escondidos. Richard de Lorne, aparentemente desarmado, caminhava junto a seus soldados.

Confiante, ele mantinha uma retaguarda estratégica, comandando a caçada impiedosa a seus alvos.

Em meio a este cenário, ninguém percebeu uma figura encapuzada que havia acabado de chegar ao parque. Atlético e trajando roupas escuras, ele surgiu em meio às sombras, calculando cada movimento e fazendo absoluto silêncio, até se posicionar oculto em algum lugar próximo à ação. Enquanto isso, em um novo esconderijo, Christian sussurrou para Newman:

— Não vou me esconder mais. Prefiro morrer lutando. Eu vou atacar a bruxa e tirar a Melanie de lá.

— Eu sei. Vou te dar cobertura. Deixa eu ir na frente e depois você corre pra lá! Quando eles me renderem, você corre!

Newman respirou fundo. Em seguida, falou em voz alta:

— Eu vou me render. Não atirem. Tenho uma coisa importante para revelar.

Ele saiu de trás de uma das construções do parque andando calmamente e fazendo um sinal de trégua.

— O que você tem a dizer antes de morrer? – perguntou De Lorne com máxima arrogância.

Newman nem chegou a começar a falar quando Christian surgiu correndo do lado oposto, indo em direção à roda-gigante e ao berço.

— Não dê ouvidos! É o que eles querem! Eu vou remover essa criança de uma vez e matar essa mulher! – Madame Lauren gritou em fúria, lambendo o punhal e tomando impulso para mutilar Melanie. Christian não conseguiria chegar a tempo, e sua mulher não resistiria ao ataque. Mas, milésimos de segundos antes do golpe decisivo ser desferido, o intruso oculto encapuzado deu um salto em cambalhota de cima de uma das gôndolas da roda-gigante e agarrou a pavorosa feiticeira, quebrando-lhe o pescoço. Esguio, o herói deu um novo salto e pousou no chão, em posição de combate. Vestindo um conjunto preto de moletom com capuz e usando tênis brancos, ele finalmente revelou seu rosto:

— Quando for atacar alguém... mostre sua verdadeira face, bruxa!

— Stacy? – Christian parecia não acreditar! Ela estava viva.

Destemida e soltando seus belos cabelos dourados, a assistente de Romanelli deu uma nova cambalhota e, com muita habilidade, chegou até Melanie. Em meio a novos disparos dos médicos da peste, Christian também chegou até sua amada, que se encontrava desfalecida. Stacy e ele a agarraram, conseguindo abrigo em seguida. Ao mesmo tempo, as enfermeiras lacaias se deitaram sobre sua Mestra, em uma bizarra demonstração de luto.

Atônito, Christian checou seu campo de visão, e não conseguiu encontrar Newman e Phillip em parte alguma. Os médicos da peste haviam se reagrupado e, acompanhados de De Lorne, agora marchavam em direção à roda-gigante atirando a esmo, tentando atingir seus alvos. Com Melanie inconsciente em seus braços, Christian fazia carinho em seus cabelos, sem saber se o amor de sua vida sobreviveria.

A boca da jovem estava suja, lambuzada com o estranho e já familiar líquido azul, que escorria por seu rosto. Sentindo o desespero no rosto do rapaz, Stacy o confortou com poucas palavras:

— Ela vai sobreviver. E a sua filha também. Tome isso!

Ela puxou uma arma de suas costas e deu a ele.

— É fácil de usar. Quando eles chegarem perto, vamos com tudo!

— Eu estou pronto!

Com os médicos da peste cada vez mais próximos, os dois já contavam os segundos para um último ato desesperado de bravura. Foi quando sentiram um arrepio indescritível. Gemidos maléficos vieram das enfermeiras lacaias, pousadas sobre o corpo da feiticeira morta.

Subitamente, elas definharam, e um corpo fragmentado começou a se levantar de forma demoníaca: Madame Lauren. Sua silhueta era vista sem nitidez por quem a encarava, erguendo-se como um pesadelo vivo. Ela havia drenado toda a energia vital de suas escravas, e agora obtinha uma forma sobrenatural ainda mais poderosa.

Já de pé, a dantesca criatura urrou assustadoramente, e, em alta velocidade, foi para cima de Melanie, Christian e Stacy. Seus pés não tocavam o chão, e ela deslizava pelo ar indo em direção a eles. Sua face era hedionda, impossível de ser descrita. Stacy e Christian conseguiram atirar em sua direção, mas de nada adiantou. Ela repeliu os tiros e alcançou Melanie novamente.

Christian foi atingido no braço por um disparo de De Lorne, e tombou. Newman e Phillip finalmente reapareceram, e deu-se início a um fogo cruzado caótico, enquanto a bruxa monstruosa terminava de consumir Melanie.

Foi quando todas as luzes do Tivoli se acenderam, como se estivéssemos em nossa própria realidade, com o parque funcionando normalmente em seus dias de glória. Subitamente, todos os brinquedos estavam magicamente consertados e em pleno funcionamento, como se fossem novos. O frio sobrenatural havia se dissipado.

Nos autofalantes do parque, a canção "Walk of life", do Dire Straits, ecoava em alto e bom som, mas em um compasso ligeiramente distorcido e claudicante. A letra da canção, arranjos e melodia pareciam querer limpar todas as energias negativas presentes. Como um animal sombrio, a mutação infernal que Madame Lauren havia se tornado cessou brevemente seu tormento sobre a pobre Melanie. Desconfiado, Richard de Lorne também hesitou.

— O que é isso agora? – Christian perguntou a si mesmo, sentindo fortes dores no braço atingido.

Um clarão explodiu na frente de todos, e uma bola laranja de energia se formou. De repente, todos puderam ver duas figuras saindo de dentro da esfera, que parecia um portal multidimensional.

— Eu não acredito. Não pode ser! – bradou De Lorne, inconformado.

Lá estavam Renato Singer e Romanelli. O Mago levitava com os olhos fechados, agora trajando um terno oriental branco e um turbante com uma joia brilhante na cabeça. Seus braços estavam cruzados e sua postura era absolutamente imponente. Ele parecia meditar, em transe. Renato Singer estava com seu semblante mais sereno do que nunca, e tinha em suas mãos uma espécie de arma espacial que parecia de brinquedo, como as de filmes muito antigos de ficção-científica.

— Vocês voltaram! Para morrer de vez!

De Lorne correu em direção a Singer, enquanto a luta feroz entre Stacy, Newman, Phillip e Christian contra os médicos da peste era retomada, com estes últimos encontrando sérias dificuldades. Os invasores do futuro começavam a ser subjugados pelos destemidos heróis. Mesmo visivelmente machucado, Christian havia derrotado alguns inimigos em combate. Agora De Lorne finalmente estava cara a cara com Singer, enquanto Madame Lauren se preparava para a estocada definitiva em sua presa. Romanelli seguia imóvel no ar, em transe. Seus olhos permaneciam fechados.

— Acabou. E você sabe disso, não sabe? – disse o dono do Heroland Café.

— Sabe o que é isso, Singer? O último sopro dos seus esforços. Melanie já está morta, e a criança é nossa. Agora vou acabar com você de uma vez por todas, como fiz com todos que ousaram se meter em meu caminho.

Com um movimento rápido, De Lorne disparou um líquido putrefato no rosto de seu eterno desafeto, acertando precisamente sua boca. Singer levou as mãos ao rosto, e se ajoelhou. Sua face estava encoberta, mas era possível ver muita fumaça saindo de seu rosto, devido ao golpe à queima-roupa. De Lorne tirou sua máscara, e, possuído, gritou:

— Eu venci! Lauren! Mate-a agora!

A maquiavélica feiticeira se regozijou com a ordem, e, mais dantesca do que nunca, se inflou para extrair o último sopro de vida de Melanie. Foi quando os olhos de Romanelli despertaram. A joia em seu turbante brilhou com intensidade solar, e, em um voo gracioso, ele alcançou Madame Lauren.

Com fogo emanando de suas mãos, ele incinerou a velha maquiavélica, que, mesmo tentando contra-atacar com outro feitiço, foi sumariamente derretida até sobrarem apenas cinzas. Sereno, o Mago parou onde estava, e apenas observou o desfecho do confronto entre Singer e De Lorne.

— O problema, meu caro De Lorne... é que agora todos já estamos imunes ao seu veneno. – disse o Capitão, vagarosamente retirando as mãos do rosto.

Perplexo, o malfeitor engoliu em seco, percebendo que, agora, estava sozinho.

Singer se levantou e pegou sua arma espacial, que estava caída no chão. Ela possuía um tambor, na verdade, um reservatório transparente, que ele engenhosamente abriu. Ele cuspiu ali o resto do líquido que ainda estava em sua boca. Em um último ato de covardia, De Lorne puxou um punhal de sua vestimenta e tentou golpear Singer, que fez um disparo com a pitoresca arma no peito de De Lorne.

Atingido em cheio por um jato líquido contínuo, o vilão começou a ser petrificado vivo. Sua consciência foi aos poucos se esvaindo, enquanto seu corpo deixava de ser orgânico e tomava uma forma rochosa azul.

— E este é o fim de quem tanto mal causou, em diversas eras. Alimentou-se de seu próprio veneno – disse o veterano combatente.

O corpo de Richard de Lorne havia se tornado uma mera estátua. De pé, ele, agora, assombrava o espectro do parque de diversões.

— Amigos, por favor! Me ajudem! Ela está imóvel!

Era Christian pedindo socorro. Parecia que Melanie não iria sobreviver. Romanelli voou até a jovem e a fez levitar, como se estivesse deitada em uma cama imaginária.

— Ela não reage... nós não conseguimos – disse Christian, desolado.

Singer se aproximou e disse ao jovem:

— Meus parabéns, Christian. Estou orgulhoso de você.

O rapaz se acalmou. Renato havia retornado vestindo um robusto sobretudo com muitos bolsos e, de um deles, retirou uma seringa.

— Com licença, rapaz.

O Capitão espetou a seringa no braço de Christian e depois despejou o sangue dentro do tambor de sua arma líquida. Com uma nova seringa, espetou o braço de Melanie e repetiu o processo. Após um rápido ajuste no equipamento, ele disse:

— Agora, confie em mim.

Renato Singer abriu a boca de Melanie e disparou o líquido de sua arma com cuidado na garganta da moça. Por alguns segundos nada aconteceu, mas, pouco a pouco, a energia vital da moça foi retornando. Ainda muito fraca, Melanie tossiu algumas vezes até recobrar a consciência alguns minutos depois. Ao abrir os olhos, ela viu o

262

homem por quem sempre foi perdidamente apaixonada à sua frente. Christian a abraçou, com os olhos cheios d'água.

— Obrigado. Você foi maravilhoso. Achei que tudo estivesse perdido – disse o jovem.

— Demorou, mas conseguimos encontrar um antídoto. Tentamos curar as crianças secretamente, sem sucesso. Este veneno era fruto de magia negra aliada à ciência. Mas conseguimos decifrar o grande enigma a tempo. Faltava um reagente no soro que criamos. E era justamente uma mistura do DNA de um Mitchell com um Adkins.

— Foi com esta crueldade que De Lorne criou seu veneno paralisante – completou Romanelli.

Depois de muitos dias de aflição, o jovem casal se via livre do fardo de serem caçados por forças implacáveis. Ao ver Melanie pouco a pouco recuperando suas forças, Christian tirava um peso de toneladas de suas costas. Ele beijou a testa de sua mulher enquanto fazia carinho em seus cabelos. De repente, a moça viu uma silhueta soturna se erguer por trás de seu futuro marido.

Segurando um objeto pontiagudo, estava a segundos de desferir um golpe mortal e indefensável no rapaz. O coração de Melanie Mitchell gelou, e, em um segundo, ela esboçou uma reação, com seu marido de costas para a ameaça. Mas não houve tempo. Um estampido foi ouvido no parque. Atingido em cheio no peito, o agressor tombava morto próximo ao casal. O último médico da peste sobrevivente que havia se mantido escondido, agora, estava liquidado. Todo o grupo se voltou para o corredor central e viu de onde havia partido o disparo salvador.

Um homem de colete, com uma pistola .9mm na mão, observava a todos à distância. Era o delegado Gusmão. De alguma forma ele havia sido arrastado para a Dimensão de Vestígios pela poderosíssima transição temporal, durante o ressurgimento de Romanelli e Singer.

— Eu nem sei o que dizer. Vi o que aconteceu, e não acredito nos meus próprios olhos. Como isso é possível? – disse o policial, em busca de respostas.

Após muitas explicações sobre os acontecimentos de outro mundo que havia acabado de presenciar e um pedido de plena colaboração por parte de Singer, o delegado concordou em ajudar o grupo. Com o antídoto fornecido, todos os internados nos hospitais seriam curados, e mais nenhuma vida seria perdida. Uma explicação satisfatória seria fornecida às autoridades e à opinião pública.

Romanelli abriu o vórtice temporal, agora em uma rotação significativamente mais branda. Um a um, os corpos dos médicos da peste abatidos começaram a desaparecer, retornando à sua época e dimensão de origem. Com a exceção de Richard de Lorne.

Agora ele jazia imóvel, solidificado em rocha. Uma estátua solitária que assombraria o espectro do Tivoli Park até que este deixasse de existir definitivamente. Naquele pedaço de terra na Lagoa Rodrigo de Freitas do nosso mundo, os sobreviventes da batalha se recompunham.

— Ainda não acredito no que vi, sr. Singer. Mas o seu plano é bom. Dessa forma não teremos problemas em convencer a Secretaria de Saúde a utilizar o medicamento. Isso é o mais importante. Mas um policial morreu, e certos detalhes vão precisar ser averiguados. Eu mesmo só fiz o disparo depois que tive certeza de que vocês estavam do lado certo.

— Você terá tudo que precisar de minha parte, delegado.

— Ótimo. Porque, se não for assim... eu vou atrás de você – disse Gusmão, com um leve sorriso quase canastrão.

— Não se preocupe. Além da quantidade de antídoto que já fornecemos a você, amanhã o dr. Baker o procurará. Com o laudo médico que ele fornecerá, todos os infectados pelos médicos da peste serão curados, inclusive os adultos. Ele estará ao seu lado até essa crise ser devidamente dissipada – disse Singer.

— Mais uma coisa, delegado...

Christian se aproximou e fez questão de apertar a mão do policial.

— Seu tiro me salvou. Eu não tinha visto o último deles se levantando. Obrigado por me deixar voltar pra minha esposa e minha filha.

— Esse é o sentido do meu trabalho: proteger as pessoas boas. Mas vamos manter contato. Vou precisar de vocês. A gente se fala.

Enquanto o policial se dirigia de volta para a viatura, Singer e Romanelli se aproximaram do casal. Melanie estava parcialmente recuperada, mas não conseguia se lembrar do tormento vivido nas mãos de Madame Lauren. Mais aliviado, Christian perguntou:

— Achamos que vocês haviam sido desintegrados! O que aconteceu? Como sobreviveram?

— Eu consegui reverter o feitiço de Lauren, e usei o raio para nos jogar para outro lugar dentro do vórtice – respondeu o italiano.

— Para onde? – perguntou Melanie, ainda fraca.

— Para o Palácio Monroe. Já devem ter ouvido falar. Foi onde trabalhei durante anos, no centro da cidade. Foi demolido neste mundo, mas está intacto na Dimensão de Vestígios. É onde mantemos armazenados boa parte dos nossos segredos e descobertas. E onde finalmente manipulamos o antídoto final.

O casal sorriu por alguns instantes, deixando em seguida as fisionomias ficarem preocupadas novamente.

— E o que será de nós agora? Eu nem sei se perdi o bebê – perguntou Melanie, começando a chorar.

— Não tenha medo, minha filha.

A voz de Renato parecia mais angelical do que nunca, enquanto ele paternalmente acariciou a barriga da jovem. Melanie sentiu uma energia indescritivelmente revitalizante.

— Nada aconteceu à sua filha. Ela está saudável e pronta para vir a este mundo. Muito em breve vocês serão três. Agora, posso pedir uma coisa?

— Sim, claro!

— O propósito real de De Lorne ao envenenar as crianças era puramente destrutivo e egoísta. Porém, o que está por trás de tudo isso é o projeto malicioso que ele criou no futuro onde vivia. O Projeto Berço da Lei foi concebido experimentalmente, com agentes médicos viajando no tempo para envenenar crianças recém-nascidas que comprovadamente teriam cometido crimes no futuro. Camuflados com o traje que vocês viram, esses seguidores de De Lorne só conseguiram transitar no tempo através da bruxaria de Madame Lauren. Nossos inimigos criaram uma lista preliminar de criminosos a serem punidos, escolhendo o Rio de Janeiro como a primeira amostragem oficial. Uma mera desculpa para De Lorne realizar sua vingança. Se tivesse sido bem-sucedido, seu próximo passo seria eliminar todos os seus opositores e desafetos, em todas as épocas em que esteve. Não queiram saber o que aconteceria. Posso garantir que seria algo muito ruim para a humanidade. A maldade dessas pessoas não conhecia limites, e De Lorne era um indivíduo muito influente.

— Mais um motivo pra gente comemorar. Mas me diz... aonde você quer chegar? – perguntou Christian.

— Apesar de tudo que falei... a lista de futuros fora da lei realmente é verdadeira. Sob a ótica do comitê secreto que aprovou o projeto no futuro, todas essas crianças da lista realmente haviam cometido crimes. Inclusive sua filha. Então... estejam atentos à sua herdeira.

Os olhos de Melanie se arregalaram. Emocionada, ela abraçou o veterano norte-americano, que lhe deu um beijo na testa.

— Eu teria dado a minha vida por você se fosse preciso, minha jovem.

— Eu é que devo a minha vida e a da minha filha ao senhor e ao Romanelli. Obrigada.

— Foi um prazer. Na verdade, foi meu dever. Mas eu gostaria de lhe fazer um pedido. Como eu disse, todas essas crianças... incluindo a sua filha... foram selecionadas em uma lista de pessoas com problemas com a lei no futuro. Então, teoricamente, elas ainda vão cometer esses atos. Posso lhe fazer um pedido? Até onde sabemos, elas estão salvas, mas que tal considerar uma mudança de carreira da área trabalhista para a área criminal? Poderia acompanhar o desenrolar de tudo isso atentamente, e evitar o pior. Gostaria que acompanhasse com o devido interesse o destino de cada um dos outros bebês.

Resignada e balançando a cabeça positivamente, a jovem respondeu:

— E eu poderia dizer não? Depois do que passamos e de tudo que fez por nós, não tenho escolha. Aceito esse dever, sr. Renato! – ela sorriu. — Bom... vou deixar vocês dois conversarem um pouco mais. Devemos tudo ao senhor.

— Sem dúvida não teríamos sobrevivido sem a sua ajuda. Podemos contar com a sua amizade e auxílio daqui pra frente? – Christian completou.

Renato elegantemente beijou a mão de Melanie, que os deixou momentaneamente. Sereno, ele se voltou para Christian.

— Precisei da ajuda do meu superior para conseguir descobrir o paradeiro de Melanie. Foi preciso um poder que eu jamais havia usado.

— E quem é esse seu chefe?

— Meu superior é alguém a quem você sempre seguiu, meu rapaz. E que se orgulha de ter emprestado a você esse nome. É isso mesmo, meu filho. Nós vencemos! Nosso Senhor dará a você uma vida muito feliz com a sua família.

Com a emoção à flor da pele, Christian buscava palavras para agradecer.

— Eu não sei o que dizer. Você... você mudou a nossa vida... nos protegeu. Você é...

— Um anjo.

Boquiaberto e emocionado, o jovem encarava Renato Singer impressionado. Sim, as coisas nunca fizeram tanto sentido. A revelação que lhe fora feita explicava a sensação de confiança e bem-estar contínuo, mesmo nos momentos mais sombrios. Foi o que levou Christian a confiar sua vida àquele homem, com a intuição de que estava fazendo a coisa certa.

— Nunca havia me sentido assim na vida. Obrigado.

— Não há o que agradecer. Posso dizer que, poucas vezes em minha longa trajetória, conheci pessoas tão boas.

— É muito bom ser seu amigo!

— Sei que viveremos para ser velhos amigos!

Os dois se abraçaram como pai e filho, ou como avô e neto. Lágrimas de felicidade também podiam ser vistas no rosto de Renato.

— Tínhamos uma missão muito importante nesta cidade, e, momentaneamente, ela está cumprida, Christian. Meu grande propósito aqui era ajudá-los. Nossas operações são itinerantes.

— Há um outro chamado para nós neste exato momento. Algo que ainda espera uma solução – disse Romanelli, deixando clara a necessidade de deixarem aquele local e partirem para alguma outra missão.

Você tem o meu número, sabe como me encontrar. Este não será nosso último encontro – completou o Capitão Singer.

Com Melanie e Christian novamente reunidos, Newman, Stacy e Phillip se aproximaram e abraçaram o casal carinhosamente.

— Parabéns, garoto. Você foi um leão na batalha!

— Obrigado, meus amigos! Vocês acenderam a fagulha em mim no momento mais crítico do confronto.

— Sr. Renato... Romanelli... Newman... Stacy... Phillip... obrigada por lutarem tanto por mim. Você também, meu noivo corajoso. Isso só aumenta o meu amor por você e pela nossa filha. Cuidar de vocês será uma maravilhosa responsabilidade que vou exercer feliz a cada dia da minha vida.

— Bom, não há tempo para mais nada. Precisamos sair depressa deste lugar. O delegado e eu compartilhamos a opinião de que ele deve acompanhar vocês no restante dessa noite. E nunca se esqueçam dessas palavras: eu estou me despedindo ao Sul, mas nós nos encontraremos ao Norte. Adeus, minhas bravas crianças. Eu os amo como se fossem meus filhos – as palavras finais de Renato foram firmes, amistosas e otimistas.

Com lágrimas de felicidade e um pouco de tristeza pela despedida, Melanie e Christian observaram o sr. Renato Singer e os demais companheiros entrarem no Chevrolet Opala de Luxo 1974. Hamilton Gusmão observava um pouco mais afastado, em silêncio.

O veterano norte-americano deu a partida e, antes de engatar a primeira marcha, deu uma irresistível piscada de olho para os jovens, com um sorriso que transbordava bondade. Com seu motor potente, o carro andou menos de vinte metros e subitamente desapareceu. Aos olhos do casal, apenas a areia levantada por seus pneus continuava ali.

Realizados por estarem vivos e próximos de seu grande sonho de logo serem três, o casal finalmente tinha compreendido quem eram as pessoas que os haviam ajudado e protegido. A figura angelical de Renato Singer ficaria para sempre em suas memórias, e seria uma grande influência para toda a vida. Como havia sido decidido, o delegado já estava com a chave da viatura em mãos, pronto para dar assistência e apoio à Melanie e Christian. Os três decidiram ir a um dos melhores hospitais da cidade e fazer exames. E os resultados foram os melhores: estava tudo bem. Melanie estava absolutamente saudável e sua gestação fluía sem qualquer motivo de preocupação.

No dia seguinte, o delegado Gusmão foi visitado pelo médico americano dr. Baker, um grande infectologista internacional que tinha acabado de descobrir o antídoto para os envenenamentos, segundo ele, fruto de uma inusitada pesquisa de Medicina arqueológica, a Paleoparasitologia.

Em poucos dias, doses da medicação foram ministradas às crianças e aos adultos atacados pelos visitantes sombrios dos hospitais, e todos ficaram curados, sem sequelas. Marcus Olney, única vítima fatal dos covardes ataques aos recém-nascidos, foi homenageado com todas as honrarias da Polícia Militar, e seu nome acabou batizando um novo prédio do Hospital da Polícia Militar do Estado do Rio de Janeiro (PMERJ), na rua Júlio Chaves.

Uma a uma, cada vítima dos médicos da peste do futuro despertou do envenenamento, em cenas de pura emoção entre famílias. Parentes se abraçavam e choravam de alegria vendo seus filhos e filhas antes desenganados retornarem à vida.

Após as investigações terminarem e o caso ser parcialmente esclarecido, o dr. Baker desapareceu sem deixar vestígios, mas Melanie e Christian mantiveram um laço de amizade com o delegado Gusmão em virtude do pacto de vigilância que deveriam ter a partir de então com as crianças que haviam salvado. Afinal, cada uma das crianças curadas poderia ser um criminoso em potencial.

No futuro, as consequências da Batalha do Tivoli Park se resultaram positivas para a realidade. Uma onda de desdobramentos varreu a teia de conspirações e maldades do magnata.

A confiança na plena execução de seus planos era tamanha que Richard de Lorne e Madame Lauren não tomaram precauções emergenciais para o caso de um revés. Cem anos à nossa frente, uma operação da Scotland Yard sob a chancela da Otan encontrou provas irrefutáveis de crimes de tortura, prendendo alguns de seus funcionários de confiança como cúmplices. Zev, o piloto e segurança de Jesper van Breukelen, foi resgatado vivo.

Muito doente, ele estava encarcerado em uma cela escondida na complexa cobertura de De Lorne. Seu sangue havia sido misturado com as mesmas substâncias utilizadas para envenenar as crianças recém-nascidas do passado. Com muito esforço, a comunidade médica foi capaz de compreender a engenhosa composição do líquido tóxico e criar um antídoto.

Após um complicado tratamento, Zev se recuperou e depôs contra De Lorne e Madame Lauren, que foram condenados por assassinato e crimes contra a humanidade. Em um depoimento emocionante, Zev relatou com detalhes a cruel execução de Jesper e todos os detalhes da cilada arquitetada para eles. Como a tecnologia de transporte temporal oficialmente jamais havia sido inventada e a Corte Internacional não tinha conhecimento das incursões de De Lorne e Madame Lauren ao passado, ambos foram considerados foragidos e colocados na lista de prioridades de busca da Interpol.

Em memória de seu chefe e amigo, Zev decidiu honrar sua luta e abraçou sua causa política. Ele adotou seu sobrenome, tornou-se um grande líder e venceu definitivamente os remanescentes da organização de De Lorne. Em absoluto descrédito, os planos secretos de desabilitação culposa foram encerrados de uma vez por todas. Uma nova era de paz surgiu, com o mundo livre de Richard de Lorne e seus asseclas.

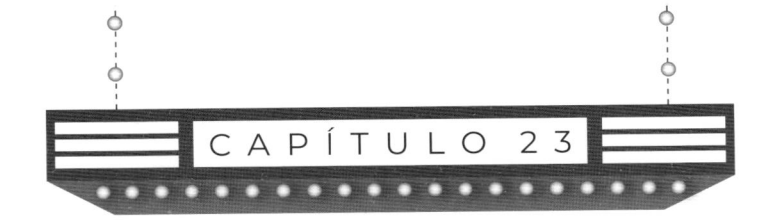

FINAL (EPÍLOGO)

DE VOLTA A 1904, A FEIRA MUNDIAL DE SAINT Louis acabou durando, aproximadamente, oito meses. Suas magníficas construções, pavilhões e representações cívico e culturais de diversos povos e nações foram um sucesso retumbante, mas o drama dos bebês adoecidos na grande sala incubadora era uma das páginas mais tristes dessa história. Esgotada, a equipe do dr. Stevens lutava contra o tempo para salvar os indefesos bebês.

— Dr. Stevens, as crianças não respondem. Os sinais estão cada vez mais fracos! O que faremos?

— Em toda minha vida acadêmica nunca havia me deparado com algo tão cruel e insolúvel. Porém, não vamos desistir! Enfermeira Fawcett, concentre-se nesse aqui. Russell, Jenkins, ajudem-me!

— Não adianta, doutor... o coração está parando! Os bebês estão condenados!

Em uma última tentativa de reanimação, a enfermeira Fawcett vê seus esforços não darem resultado, e o bebê lentamente cessar sua respiração. Lágrimas tomam o seu rosto, e um choro uníssono toma conta de todo o Pavilhão Neonatal. Ela encosta a cabeça na parede, corroída por profunda e devastadora sensação de impotência.

Tristeza, raiva e inconformismo tomam seu coração enquanto ela mira o horizonte pela janela, desolada. É quando, subitamente, bem ao longe em meio a uma névoa do calor exterior sufocante, ela enxerga o vulto de dois homens caminhando. É impossível reconhecê-los ou sequer definir quem são. Pouco a pouco, eles se aproximam do Pavilhão.

Contra a luz do Sol, Fawcett e o dr. Stevens agora conseguem distinguir a silhueta de um homem de meia-idade, forte, e de outro bem esguio, de fraque, com um estranho turbante na cabeça. Com pressa, eles se dirigem à porta de entrada da construção.

— Dr. Stevens... viemos ajudar. Creio que possuímos o que tanto procuram.

— Sr. Singer... o senhor por aqui? – perguntou o médico, incrédulo.

— Trouxemos um antídoto para salvar as crianças, mas precisamos ser rápidos! Venha, ajude-nos!

— Sob ordens de quem? Desculpe, preciso de um parecer médico, e preciso checar a composição do líquido nesses frascos. Sabe de minha admiração pelo senhor, mas eu não poderia...

— Isso não será um problema! É um prazer conhecê-lo! Sou o dr. Romanelli, clínico-geral e pediatra formado pela Universidade de Florença. Acabo de chegar da Europa, e o sr. Singer gentilmente me trouxe até aqui. Enfrentamos o mesmo problema com crianças recém-nascidas, e, após pesquisas intensivas, descobrimos a cura. Está tudo documentado aqui.

O dr. Stevens e as enfermeiras olhavam atentos para os papéis e rótulos exibidos pelo mágico, convencendo-se, finalmente, da procedência e eficiência do medicamento. Convicto e aliviado, o dr. Stevens parecia fascinado ao ler a composição. Médico e enfermeiras... todos envolvidos pela perfeita ilusão de Romanelli, pois, na verdade, os documentos e rótulos estavam em branco. Não havia tempo para explicar nada.

Com a concordância da equipe, as enfermeiras ministraram pequenas doses em cada bebê. Dentro de poucos minutos, todas as crianças (inclusive as mais doentes) começaram a dar claros sinais de melhora. Até então desgastadas, as enfermeiras sorriam e se abraçavam ao ver todos se curarem. Com o clima de tensão superado, Renato Singer e Romanelli sentaram-se no único sofá do Pavilhão, recuperando-se da longa viagem que haviam feito. Satisfeito, e muito curioso a respeito de Romanelli, Stevens se aproximou dos dois.

— Quero agradecer imensamente a ajuda de vocês. Em especial a sua, dr. Romanelli. Estávamos desesperados, já não havia mais o que fazer.

— Felizmente, meu velho amigo Renato soube de nossas pesquisas bem-sucedidas enfrentando a mesma moléstia e decidiu me trazer até aqui. A alegria de ver todas as crianças curadas valeu todo o esforço.

— Gostaria de demonstrar toda a minha admiração. Quem sabe não seria possível um intercâmbio entre a comunidade médica do Missouri e de sua região na Itália? Realizaram um trabalho formidável! Eu só não consigo entender uma coisa: ao mesmo tempo em que é genial, a fórmula parece um tanto óbvia. Eu poderia até dizer que estou sonhando com isso.

— Ora, mas não está, doutor! – sorriu Renato. — Como prova de agradecimento aos valiosos esforços do dr. Romanelli, gostaria apenas de um favor seu: por favor, convença o Comitê da Feira Mundial a cancelar definitivamente esta atração, e retornar os bebês às suas famílias. É tudo o que pedimos.

— Essa já era a minha vontade há muito tempo, mas tudo se complicou. Não queriam encerrar demonstrando um fracasso retumbante. Vou tentar, mas não posso garantir...

— O senhor pode contar conosco. Estamos dispostas a fazer coro – disse a enfermeira mais experiente, sendo apoiada pelas demais.

— Você tem o conhecimento e a influência para convencê-los, Stevens. Por favor, faça isso.

O médico concordou acenando a cabeça enquanto os dois fizeram uma educada reverência e partiram, nunca mais sendo vistos ali.

No magnífico *rooftop* bar localizado no trigésimo-nono andar do Hotel San Francisco Marriott Marquis, os Ventura relaxavam ao fim de uma tarde ensolarada. Recém-chegados àquela cidade tão significativa para ambos, Melanie e Chris estavam comemorando seu aniversário de namoro.

Extremamente aconchegante, a cobertura do fantástico hotel era cercada por vidros em forma de arco que iam do chão até o teto, permitindo uma iluminação natural perfeita e uma vista estonteante da cidade. Realizado, o casal se aproximou de uma das gigantescas vidraças e deu as mãos. Mas havia uma terceira pessoa. Melanie olhou para baixo e segurou uma mão delicada, de boneca.

Com pouco mais de um ano de idade, a pequena Jane olhou para a mãe com um ingênuo sorriso de admiração. A luz do Sol iluminava os lindos olhos cor de mel da jovem descendente dos Mitchell, dos Ventura e dos Adkins. Lágrimas de felicidade desceram dos olhos de seus pais, orgulhosos e, ao mesmo tempo, tranquilizados por terem sido bem-sucedidos ao protegerem a filha.

— Vocês duas são a minha vida. A minha luz.

— Eu te amo, meu amor!

— Sempre estarei ao lado de vocês, e sempre as protegerei de qualquer coisa!

— Então fica sabendo que eu também nunca vou deixar ninguém chegar perto de você! – disse Melanie, fazendo pose de lutadora de boxe e soltando uma charmosa gargalhada.

— Olha, amor... viu o que estão montando ali?

— Um palco? Vai ter show aqui?

— Hum... eu acho que sim! – Christian sorriu para Jane, que, sem entender, apenas sorria com seu jeitinho infantil.

O bar já não estava mais tão vazio, e os operários que terminavam de montar o palco começavam a se retirar. Foi quando um trio muito familiar saiu de uma sala de funcionários e subiu ao palco. Acompanhados de um baterista, eles se posicionaram para dar início ao espetáculo para poucos sortudos. Melanie parecia não acreditar, e enxugou os olhos, duvidando do que estava vendo.

— Eu não acredito!... são eles? – disse ela, contendo um grito de pura alegria!

— Surpresa, meu amor! Um pocket show da sua banda preferida... na sua cidade preferida!

— Eu te amo! Como você conseguiu isso? Que presente maravilhoso!

— Bom... eles já iriam estar na cidade mesmo... foi só me esforçar e fazer uns contatos! – sorriu ele.

Os três se abraçaram em uma linda demonstração de amor, enquanto Morten Harket, Paal Waaktaar-Savoy e Magne Furuholmen já estavam em ação. Morten, o vocalista e líder da legendária banda norueguesa A-ha, dançava aos primeiros acordes da maravilhosa canção de amor "You are the one", agora em uma versão com a letra modificada e versos compostos especialmente para celebrar o amor do casal.

Ao som da contagiante batida e dos arranjos irresistíveis, Christian acenou para o bar e pediu um drinque. Com um amistoso piscar de olhos, recebeu sua bebida de um barman do hotel, passada para ele segundos antes por outro barman. Ninguém menos que Newman. Um momento de pura felicidade, sob o Sol da tarde na Califórnia. A maneira perfeita de encerrar esta história.

ALGUMAS HISTÓRIAS REAIS EM *HEROLAND CAFÉ*

Palácio Monroe

O lendário Palácio Monroe, representação do Brasil na Feira Mundial nos Estados Unidos, posteriormente reconstruído no Rio de Janeiro.
Imagem disponível em: Wikimedia Commons.

Projetado para ser a representação do Brasil na Exposição Mundial de 1904 em Saint Louis, no Missouri, Estados Unidos, o Palácio Monroe foi posteriormente desmontado e reconstruído na Cinelândia, região central do Rio de Janeiro.

Na então capital da república, o palácio abrigou temporariamente a Câmara dos Deputados entre 1914 e 1922, e de 1925 a 1960 foi a sede do Senado Federal.

Vistos do alto, os imponentes Palácio Monroe e o Edifício Serrador, que tinha vista privilegiada para o suntuoso palácio.
Fotografia de Augusto Malta.

Trata-se de uma construção eclética, e, após a transferência da capital para Brasília, o palácio recebeu outras funções, até ser demolido em 1976 sob muita polêmica e tentativas de preservação.

Já o Edifício Serrador, situado à Rua Álvaro Alvim, no mesmo bairro, tinha vista privilegiada para o Monroe.

No capítulo "Os arquivos Monroe", o personagem Renato Singer faz uma visita a um velho conhecido no Edifício Serrador, que permanece no local como um sobrevivente até os dias de hoje.

Fairey Rotodyne

O revolucionário Fairey Rotodyne, um híbrido de avião e helicóptero.
Imagem disponível em: Wikimedia Commons.

Na década de 1950, o número de viagens realizadas por aviões entre as grandes metrópoles do Ocidente estava em constante crescimento, porém os aeroportos, em sua maioria, não se situavam nos centros das cidades, e o trânsito caótico já era um problema real para os viajantes.

Foi quando empresas aéreas surgiram dispostas a criar aeronaves que poderiam atender a esta demanda, com os voos partindo de helipontos no meio das cidades. Inicialmente, foram utilizados helicópteros, mas, devido ao alto custo, esta prática não foi adiante. Até que a empresa britânica Fairey Aviation apresentou uma ideia revolucionária: o Fairey Rotodyne, um híbrido de avião e helicóptero.

Essa aeronave conseguiria levar um bom número de passageiros e poderia operar fora de aeroportos, fazendo uma ligação ágil e direta entre centros urbanos.

O Rotodyne era capaz de decolar com agilidade de diversos helipontos.
Imagem disponível em: Wikimedia Commons.

O panorama era o melhor possível, com a empresa recebendo encomendas de diversas companhias aéreas e a iminente implantação de rotas. Contudo, um fator foi devastador para o futuro comercial dessa revolucionária invenção: o ruído ensurdecedor.

A equipe técnica da companhia tratou de encontrar meios de reduzir a emissão sonora e solicitou mais investimento do governo britânico, que já havia até mesmo encomendado unidades para uso militar.

A Fairey Aviation acabou sendo incorporada por outra companhia ligada ao governo, a Westland Aircraft, e o orçamento acabou sendo drasticamente reduzido. As companhias aéreas desistiram das encomendas, e, em 1962, o projeto foi cancelado.

Em *Heroland Café*, presta-se uma homenagem a essa fascinante criação, e, no capítulo "A missão Fairey Rotodyne", o Capitão Singer relata uma intrigante missão a bordo de um Rotodyne.

A Feira Mundial de 1904 – As incubadoras

Imagem real do Pavilhão das Incubadoras, na Feira Mundial de Saint Louis, no estado do Missouri, Estados Unidos, em 1904.
Imagem disponível em: Neonatology.net.

Entre as fascinantes coincidências de *Heroland Café* com fatos históricos reais, talvez essa seja a mais improvável (impressionante). Pierre-Constant Budin (1846-1907) foi o responsável pelo grande salto da neonatologia, afinal, ele foi o criador das incubadoras, uma invenção revolucionária que passou a reduzir drasticamente a morte de recém-nascidos pelo mundo.

No fim do século XIX, essa engenhosa máquina se tornou uma atração em eventos, como na Exposição de Berlim, em 1896. Aluno de Budin, Martin A. Couney (1869-1950) foi para os Estados Unidos no mesmo ano e ficou conhecido como o primeiro especialista a oferecer cuidados médicos a crianças prematuras.

BABIES SENT TO THE INCUBATOR FROM ALL PARTS OF THE COUNTRY

LITTLE JACK.

Foi grande a repercussão na imprensa sobre os bebês tratados no Pavilhão Neonatal.

Imagem disponível em: Neonatology.net.

Em 1904, no grandioso evento do Missouri, nos Estados Unidos, o Pavilhão Neonatal estava presente na "The Pike", como uma atração secundária. Estranhamente, muitos dos bebês realmente adoeceram durante o período da exposição. A fantástica ligação fictícia que é apresentada na narrativa aponta que os prematuros de 1904 foram vítimas das mesmas forças que agiram mais de um século depois no Rio de Janeiro, envenenando os bebês. Uma arrepiante conexão entre Saint Louis e o Rio de Janeiro, cidades contempladas pelo mesmo monumento: o Palácio Monroe.

A Feira Mundial de 1904 – Inovações e "A criação de Roltair"

A *promenade* de palacetes construídos para a exposição e sua exuberante iluminação elétrica.
Imagem disponível em: Celebrating the Louisiana Purchase.

Com atividades inauguradas no dia 30 de abril, a Feira Mundial de 1904 em Saint Louis, no estado do Missouri, Estados Unidos, foi um evento internacional de dimensão gigantesca, além de ter sido um grande palco de acontecimentos e invenções revolucionárias.

Sessenta países foram representados em sedes espalhadas pelas belíssimas *promenades* da área da exposição, na bela cidade norte-americana.

Entre as fabulosas inovações apresentadas, pode-se mencionar as máquinas de raios-X, os automóveis individuais para compra e o projeto de iluminação elétrica de toda a extensão da exposição (a primeira em todo o mundo a ser contemplada com tal tecnologia), concebida e supervisionada pelo próprio Thomas Edison (1847-1931), cuja presença foi constante em toda a exposição.

A intrigante "The Pike", a avenida de pedestres de quase dois quilômetros de extensão, com bares, restaurantes e todo tipo de atrações.

Imagem disponível em: Celebrating the Louisiana Purchase.

O fabuloso arco da entrada da atração "A criação de Roltair", a primeira *ride* de que se tem notícia.

Imagem disponível em: Celebrating the Louisiana Purchase.

Thomas Edison (1847-1931) foi o responsável pelo sistema de iluminação da Feira Mundial e por diversas outras inovações, como o Palácio da Eletricidade.
Imagem disponível em: Wikimedia Commons.

Além disso, a gastronomia nunca mais foi a mesma após esse evento. Ali surgiu o sorvete de casquinha, e foi também o ponto de partida para a popularização do hambúrguer nos Estados Unidos, além da consagração de outras bebidas e comidas relatadas nesta aventura.

E, por falar em aventura, a exposição mundial de Saint Louis foi realizada com os Jogos Olímpicos e contou com uma avenida imensa, a "The Pike", repleta de novidades, incluindo a primeira atração no estilo *ride* de todos os tempos: a intrigante "A criação de Roltair".

O Palácio Monroe, por sua vez, está presente no começo, no meio e no fim da narrativa *Heroland Café*. Seja no Brasil ou nos Estados Unidos, essa esplendorosa construção paira como um verdadeiro vigilante atemporal dos acontecimentos.

Tivoli Park da Lagoa

Irresistível para as crianças, o Tivoli Park tinha localização privilegiada na linda Lagoa Rodrigo de Freitas.
Imagem disponível em: Espaço Nostalgia - wordpress.com.

Situado à beira da belíssima Lagoa Rodrigo de Freitas na zona sul do Rio de Janeiro, o Tivoli Park era o destino preferido das crianças cariocas (e de fora da cidade) entre as décadas de 1970 e 1980.

Fundado em 1973 pelo empresário Orlando Orfei, o parque de diversões tornou-se rapidamente um programa irresistível para o público infantojuvenil.

O letreiro da entrada do Tivoli Park da Lagoa.
Imagem disponível em: Espaço Nostalgia - wordpress.com.

A harmonia entre a deslumbrante paisagem do local e as atrações, como o trem-fantasma, Konga, a Mulher Gorila, e uma linda roda-gigante que era refletida na lagoa, foi a receita de um grande sucesso.

O parque encerrou suas atividades em 1995, mas, recentemente, a marca foi relançada e, atualmente, opera em outra área da cidade.

Este livro foi impresso nas oficinas gráficas da Editora Vozes Ltda.,
Rua Frei Luís, 100 – Petrópolis, RJ.